政协委员文库

Zhengxie Weiyuan Wenku

凭栏意

阎晶明 著

中国文史出版社

自　序

　　文章一到要汇编的时候，才知道自己原来写得不成体系且这么少，搜罗一番之后又感觉，居然也写了这么多。然而仍然是不成体系，或者说不成一个完整的系列。文学评论、读书杂谈、记人记事，长短不一的文章杂合起来，也可见出几年来的写作和思考踪迹。把这些不同的文章结集在一起，对自己，最大的意义是见出观察、思考、写作的线索；对读者，但愿可以在不同的类别里找到一两篇愿意一读并且还有点兴味的文章。收在本书中的文章，无论是评论文学作品、谈论文艺现象、记述故人旧事，都是自己站在某处，观潮流涌动，看此起彼伏，念故人旧地，心有所感，遂以记之。虽不能与各类宏论作比，也不敢以美文自许，但可以说都是真情实感的表达，真有所悟，方才议论。书名取为《凭栏意》，既是借古人说法表达一点感念，同时也符合其中大多数文章的写作缘由。职业生涯超过了三十年，长时间里是一种旁观者的感觉，渐渐地也培养起一点参与的意识，虽然仍是观望的状态，但毕竟与潮流、与弄潮人愈来愈近，渐有融入之感。

　　本书出版之际，有许多需要感谢的人士。本书列入"政协委

1

员文库"，这是一份特殊的荣幸，也是对自己尽好委员责任的鼓励。感谢中国文史出版社的热诚约稿，感谢责编的认真负责。

前路漫漫，愿以读书写作保持继续前行的姿态。

作　者

2020 年 8 月 9 日

目　录

第一辑　思潮·阐释

第二辑 读书·观象

第三辑　怀人·恋土

第一辑　思潮·阐释

现实主义与现代性的融合

不用迟疑，2018 年是中国长篇小说创作不同凡响的一年。如果必须用一个词概括这一年长篇小说创作的总体特征，会很困难，从状态上来说，应该就是"井喷"。从年初开始，一部接一部长篇新作的出版引发了人们的不断热议。这种"井喷"式的创作态势发展到年底，更是有一种拥挤的感觉，值得评说的长篇小说新作一部接着一部，以至于要概括总结 2018 年的小说，一下子还无从下手。

比起数量上的多，2018 年的长篇小说在艺术上所呈现的风貌更让人兴奋，小说的质量有了整体的提升。要从理论上概括这些百花齐放式的艺术创新，当然也是很难的。

前几天看了一部关于交响乐发展史的纪录片，其中有一句话印象深刻，让我联想到 2018 年的中国长篇小说创作特点。纪录片在讲到一位音乐家的时候说，他坚守传统，但是绝不故步自封，他高瞻远瞩，但绝不是现代主义。我觉得，2018 年中国的长篇小说创作好像正具有这样的特点。不是简单、浅表的现实主义，也不是虚幻的现代主义。融合，是我想到的一个词。

简单回顾一下，四十年中国长篇小说的创作风姿多彩，各种风格、各种艺术形式、各种艺术手法，我们都耳熟能详，都能找到对应的文本。总体上说，现实主义和先锋小说处于长期的此起彼伏的状态。发展到今天，到了2018年，我个人的看法是，这二者有一种融合的趋势。

回想20世纪80年代，先锋文学和现实主义，其实在一定程度上就是两种创作，甚至就是指称两类作家，他们有时甚至是格格不入的。后来的情况越来越发生变化，这种变化的原因是多方面的，比如我们的小说评价体系、角度都在多元化，都在变化。读者的认可度，简单地说就是发行量，艺术形式转换的可能性，简单地说就是影视剧的改编机会，再比如文学评奖的价值导向等等，都让长篇小说创作出现一种整体上的变化。

一个很明显的变化，就是很多从前的先锋小说家，逐渐转向了现实主义创作的路径，甚至很多过去以中篇小说、短篇小说见长的作家，也开始把创作的主要精力用在了创作长篇小说上。以至于我相信，如果在20世纪80年代提出小说家是"讲故事的人"这个概念，会引起很多争议，但是现在提出来，大家都会认可。

2018年，小说创作的一个特殊意义还在于，中国作家正在自觉地运用具有现实主义的创作方法，又能够自觉地在艺术上打开格局，也就是把先锋文学的诸多艺术元素、艺术手法融入其中。难得的是，这种并存和融合不断呈现在一个作家的同一部作品当中。过去我们说，某个作家是偏向于现实主义，某个作家是倾向于先锋文学，但是我们现在可以在一个作家的一部作品里看到这

4

两种创作方法的融合。我认为，这种融合使得中国的长篇小说因此既具有传统的根性，又具有与时代相吻合的现代性。2018年，已经有很多作品可以为我们证明这种艺术融合上的自觉，作家的创作方法在作品中日趋成熟。

2018年，从九十岁的长者，一直到80后、90后的青年，众多作家都有他们的长篇新作发表出版。其中的不少长篇作品，在艺术上都给我们带来惊喜，也印合了我所强调的观点，即现实主义与现代性的融合。这些小说或者有地域性，或者有历史感，或者刻意流入纪实性，或者刻意打通人兽灵分界。这种既有当下性，又有寓言性，既有来自土地、历史、生活的根性，又有强烈的时代标识和作家艺术自觉的创作，正是我们从理论上和阅读上所期待的小说品质。2018年，长篇小说的收获，其中所创造出来的艺术高度值得我们铭记，更值得我们深入评说。从艺术融合的角度来说，亦是如此。

我们曾经膜拜的魔幻现实主义，其实并不神秘或者神乎其神，不少这一概念下的小说都有一个特点，就是在一部作品里把多种艺术元素、艺术手法拼接、拼贴，或者说融合在一起。它们是严肃文学，但看上去又是流行小说。小说里有地域风情，有民族历史，有严肃的政治，有民间的传奇，同时还有一种广阔的世界性。一个作家能不能调用整合这些元素，纳入一个小说当中，使其成为互相关联、交融的小说要素，从而形成一种合力，形成一种小说的力量，这对当代小说家，不仅是中国的小说家，在世界范围内也一样，是一个巨大考验。其实，严肃主题、传奇色彩、美学抱负，如果这些要素在一部作品当中同时呈现，小说的流通性、小说性、艺术价值，可能会同时得到提升。近二十年，一些中外长篇小说能够在世界范围内拥有广泛读者，在文学批评上得到普遍的高度评价，艺术上的这种融合应该是一个很重要的原因。

过去我们常常把文学按照类别划分，无论是题材、体裁、创作的方式，有一种非此即彼的观念，要么是余华，要么是路遥，要么是张承志，要么是王朔。但是今天，我们很欣喜地看到，中国作家正在走一种相通、融合的道路，这是一种创作实践的追求，也是一种艺术自觉的标志，有很多作品可以支撑我们这样评说。

从这个意义上说，2018 年是中国长篇小说创作具有标志性的一年，包括发表、出版、编辑，也包括批评家的推荐，大家共同形成合力。2018 年的小说，特别是长篇小说创作上的收获，在未来相当长的时间里，其中的一些优秀作品，都应当会成为我们一段时期内不断评说的话题。

（《中华文学选刊》2019 年第 3 期）

当代文学发展三大新动向

中国文学最大的特征就是作家队伍庞大、文学作品丰富、艺术风格多样。甚至文学出版、发表、发布的渠道，读者的阅读选择、欣赏方式都有很多新样式。

当代中国的现实生活是最受关注的创作题材

今年是中国改革开放四十周年。四十年的中国发生了千年未有的巨变。当代中国全面开放、全力改革的进程中，出现了太多值得作家书写的人物和故事。中国作家的创作题材领域越来越广泛，历史题材、国际背景、玄幻穿越、科学幻想，无不形成一个又一个的热点。但其中最受关注的表现对象，无疑是当代中国社会已经和正在发生的变革，是改革开放的中国呈现出的生活画卷和复杂多样的心灵情感，其中也包括生活中的矛盾冲突、喜怒哀乐。

中国每年出版的近一万部长篇小说以及其他文学样式的大量作品中，表现现实中国的作品是作家创作的主流题材，也是读者最为关注和追踪的创作领域。中国作家协会每一年主办的文学大奖，也都把鼓励现实题材创作作为一种倡导。

科学精神和专业知识在文学创作中渐成热点

文学作品常常要借助想象力来完成。传统的中国文学，作家的想象力无比丰富，无尽的想象及夸张的表现手法具有悠久的历史和实践传承。当代中国，特别是改革开放以来，中国经济社会迅猛发展，科学技术日新月异，社会公众的文化素养普遍提高。文学想象力的内涵也在发生历史性变化。有一个现象值得特别关注，科幻文学近年来在中国迅速崛起。科幻文学不同于一般的科普写作，也有别于传统的文学想象。科幻文学创作中的想象是基于科学知识、渗透着科学精神的想象，是作家努力用科学发展的成果、自己掌握的科学知识，对世界以及宇宙的未知领域进行遥想和追问，是对宇宙未来和人类命运攸关的诸种问题的探索和思考。读者对科幻文学的热衷，在很大程度上超出了传统文学界的认知和预想。科学精神深入到作家内心，成为其认识世界与人心的重要资源和出发点。这种科学与文学的结合，正在成为当代中国文学创作中的新现象。

在更多并不标注科幻文学的文学创作中，我们也注意到，各领域的专业知识正成为许多文学作品叙事时的借力点。比如网络文学，曾经经历过玄幻、穿越等无边的想象和描写，今天的网络文学作品，有许多是对不同专业领域的描写和表现，其中交织着相应的专业知识和文化，作品因此具有了基于文学性的更多的认识价值，并格外吸引读者的目光。其中涉及经济、法律、科技、中华传统文化、重大历史事件和人物，等等，读者从中获得的收获至少是双重的。即使在传统的散文创作领域，主题性、系列化、知识性的写作现在也颇为流行。近十年来，谍战、悬疑小说在中国小说中颇受欢迎。这类创作也最受电影、电视剧创作界的追捧。谍战小说、谍战剧的长盛不衰，其中的一个很重要原因，就是作品中时有考验接受者脑力、心力、知识面的描写和叙述，是创作者和接受者在智力上的某种对话，接受者愿意也乐于经受这样的挑战。优秀的谍战小说还对接着重大的历史和现实主题，因此更具冲击力和影响力。

艺术探索上呈现出向传统经典致敬与努力体现现代性的融合趋势

对西方现代派文学的热情追踪已成往事，中国传统文化在全社会的倡导和热潮，也影响到了文学创作。小说家是"讲故事的人"，这句话这几年在中国文学界很流行，而且似乎文学批评界对此也未进行过太多质疑和争议，可见人们在审美上是如何想共同纠正往日之偏颇。中国传统文学的艺术成就，让许多曾经的先锋文学的代表性作家也诚意借鉴和学习。我们所说的传统经典，既包含几千年中国古代文学，也包括五四以来的中国新文学。对中华传统文化的当代阐释，对经典作家的人生经历及其精神世界的理解，正在成为中国当代大众文化生活中的热点。当代作家创作也自觉从中汲取营养。但这并不是一次简单的向过去回归。现代性，包括艺术风格上的当代色彩、国际视野，仍然是中国作家努力追寻的创作品格。中西如何合璧，传统与现代如何融合，这需要一个过程，需要时间来臻于完美对接，但至少这种融合的要求已成为许多中国作家的艺术自觉。

中国每年出版的长篇小说数量有近万部之多，文学期刊更大量发表各类文学作品，在中国，从事诗歌及诗词创作的人数以十万计，网络文学则更是一个难以计数的创作现象。与此同时，读者的需求越来越高也越来越分化。繁荣发展是当代中国文学的总体形势，但人民群众期待的文学高峰，能够代表一个时代、一个国家的大作品，在数量上和影响力上还远远不够。

中国文学的国际影响力不断增强，中国作家与世界各国作家的交流日益频繁，中国当代作家作品的对外译介十分活跃。当然，这一过程中仍然存在作家作品影响力、传播力、有效性不足等问题。这就需要我们加强各国作家间的密切交流，互鉴互学，共同创造文学新辉煌。

（《人民日报》海外版 2018 年 10 月 20 日）

数学时代的文学新生态

　　大约二十年前，在中国，人们是这样预测文学未来前景的：影视艺术不断发展，大大挤占了文学的生存空间，文学写作与欣赏已经不再是社会文化生活中的重要方式了。随着网络迅猛发展和普及，更加上手机等现代通信在生活里的无处不在，文学的式微就是一种必然的结局，虽然我们不能预测文学消亡的准确时间，但它的衰落无可挽回。

　　是的，二十年前甚至再早一点时间，很多人，包括从事文学创作的人，都是如此感慨和判断文学形势的。

　　二十年后的今天，在中国，文学的繁盛超出了许多人的预想。传统的纸质文学依然具有强大的影响力，在艺术上，在思想与艺术的融合上，起着重要的示范作用。网络文学异军突起，众多的写作者通过网络文学发现和证明着自己的创作才华，网络文学也拥有广大的受众，尽管他们是以分众式地选择呈现的，但毫无疑问，因为网络文学的出现和逐渐发展，形成了文学阅读人群的几何式扩充。现在，在中国，人们几乎无法统计有多少人在网络上写作并可称之为网络作家，但可以设想，如果没有网络的发

11

达，很多人不会走上文学写作的道路，而是继续他们的银行、建筑、IT 等职业。发展到今天，手机已成为人们生活中最重要的陪伴，几乎须臾不能离开。手机上拥有打开生活之门的所有钥匙。这其中，也包括了文学。人们在手机上阅读，在今天的中国，已不能简单判断人们无一例外地低头翻看手机就是沉溺于游戏或其他不务正业的事情。文学阅读在很多时候在手机上完成。甚至一部分人开始尝试用手机进行写作。

总而言之，现代科技和现代传媒彻底改变了文学的生态，但它们不是使文学式微，而是让文学插上了科学的翅膀，开始了更有力、更高的飞翔。文学的社会影响力不断增强，作家的职业感也许没有从前那么强了，但创作出具有社会反响的作品的作家，具有广泛的名誉和影响力。许多电影电视剧也因为改编自文学作品而产生广泛影响，这些改编作品既来自传统的文学书籍，也来自网络上的各种小说。在中国，很多人用文学人口这个概念来分析当今的文学态势。传统意义上的作家，网络文学写作者，文学杂志、报纸、出版社的编辑，文学网站的从业者，作家协会等组织的工作者，等等，如果把广大的文学阅读者也计算在其中，那则是一个非常庞大的数字。也有人用全民写作来比喻今天的文学人口之多，我以为全民写作肯定谈不上，但由于网络的发达和手机通信的普及，博客微博、微信以及微信公众号等交流平台的漫延，几乎可以这么说，手机用户中愿意进行文学式阅读，尝试进行文学类写作的人空前增加，这才是二十年前想都不敢想的情形。一些从前与写作毫无关联、怯于用文字表达思想感情的人，慢慢地加入了写作的队伍直至显露出创作的才能。

文学影响力的扩大还表现在近年来申请加入中国作家协会及各地作家协会的人不断增加。以中国作协会员发展为例，今年的申请人数突破两千人，要知道，这些都是已经达到基本条件的申请者，即出版过两本以上文学著作，在文学报刊上发表过一定数量的作品。中国作家协会的会员人数目前已达到一万两千人。全国各省级作家协会的会员人数总计在五万人以上。文学创作者队伍之庞大可见一斑。回过来说，二十年前人们预测的文学将随着影视、网络、手机的发达而逐渐衰弱的想象并未成为现实，现实是文学表现出前所未有的强劲生命力，是文学写作的千姿百态和文学阅读的分众化。

　　说到底，让我们站在今天预测文学在未来世界的可能性和发展状况，终究是一件难以做到位的事情，也很难真正将预测在未来的现实情形中兑现。就像我们二十年前并没有准确地预测到今天一样。但我们仍然可以对文学创作的内在变化做出一定的分析。比如在小说领域，以中国小说界的情形看，从内容到形式的融合正在成为趋势。在现实主义和先锋文学此起彼伏、并行不悖若干年之后，近年来，现实主义与先锋文学正在逐渐形成融合。中国作家正在自觉运用现实主义的创作方法，又能够在艺术上打开格局，把先锋文学的诸多因素融入自己的创作中。这种融合使当代小说既具有传统的根性，又具有与时代吻合的现代性。我曾经专门就此做过探讨，认为在当代中国，不少优秀的小说既有当下性，又有寓言性，既有来自土地、历史、生活的根性，又有强烈的现代标识和作家艺术自觉的创作，形成一种饱满的当代小说品质。甚至我们可以说，在传统的纸质文学作品与网络小说同行的时代，严肃文学与流行小说的界限也开始变得模糊。同一部小说里，可以有地域风情，有民族历史，有民间传奇，也有最新的当代生活，同时还有一种广阔的世界视野。如何能够调动这些因素，使其成为互相关联、交融的小说要素，从而形成一种合力，创造出既有文化上的要脉，又有现实生活的律动，还有开放的世界眼光，将严肃主题、传奇故事、美学抱负融为一体，正成为对一个小说家综合能力与创作实力的考验。我相信而且也从有限的阅读中感到，这种趋势在世界范围也是一样的，甚至早有先例。

站在当代中国往前看，我们有理由相信，文学的未来前景值得期待，因为人们的生活与文学的关系正在发生着越来越紧密的联系。

（《中国文化报》2019 年 8 月 28 日）

文学的期许

2019 年，祖国和人民构成一道贯穿全年的鲜明主题，热烈与喜庆成为遍及大江南北的浓烈氛围。这一年里，我亲历了天安门观礼台上庆祝中华人民共和国成立七十周年的壮观，分享了人民政协成立七十周年的喜悦，见证了我所供职的中国作协成立七十周年、曾经供职的《文艺报》创刊七十周年的欣喜。可以说是经历了心情激荡的一年。

新中国七十年来，社会生活的多个侧影，历史发展的跌宕起伏，人间世相的千姿百态，人们情感的喜怒哀乐，林林总总，目不暇接，都呈现、体现、表现在不同时期的文学作品当中。总结新中国七十年的发展道路，各个历史时期的优秀文学作品是不可缺少的参照；梳理新中国七十年中国文学的风貌，同样可以读出国家、社会的丰富景观。通过优秀的文学艺术作品叙说一段历史，也成了近期以来众多总结中颇具特色的一种。央视的文化节目《故事里的中国》，《光明日报》的"新中国文学记忆"专题系列，都在讲述优秀的文艺作品如何与时代息息相关，在历史发展进程中又起到了怎样的作用，它们产生的社会轰动，对世道人心潜移默化的影响，等等，以多种方式进行了总结、演绎和回顾。把一部作品融入一段历史当中，契合于国家、社会、人心的发展主题与思潮涌动中，揭示一种家国情怀，提炼作品的社会价值，成为这一年评价文学艺术作品最重要最集中的角度。从某种意义上讲，2019 年也是文学创作与研究中国家国意识、家国情怀格外激发的一年。

2020 年就要到来了，在新的一年里，中国文学的发展非常值得期待。作家创作更自觉地处理个人与时代关系，展现个人命运与表现时代精神的关系，在思想上进一步向深度掘进，在故事性上拓宽延展，在艺术性上努力提升，更好体现与时代社会的密切关联，涌现引发社会广泛关注的文学作品应将成为一种良好态势。

从美学追求上观察，现实主义与现代主义的融合正在形成一种创作自觉，未来也必将成为作家创作的共同追求。回顾改革开放新时期四十多年的文学发展历程，现实主义无疑具有最强劲的生命力，随着社会不断开放，文化交融不断增强，社会公众的审美水平不断提升，更因为传媒手段渠道的日新月异，人们的审美方式和艺术接受选择，都发生了很大变化，现实主义的疆域不断拓展。现实主义的概念在此之前曾加设过太多的限定，这些限定并非是确定的文学概念，但它们表达了作家和批评家在创作与研究当中的最新思考以及对现实主义的重新认识。与此同时，现代主义作为一种世界性的创作潮流与开放的中国文学产生了越来越多、越来越频繁密集深刻的碰撞探索，实验、新潮、先锋，曾经怎样剧烈的鲜活的成为中国作家创作的新追求和新风貌，不但带来审美上的拓展，让人们感受到艺术探索的无限可能性，而且对于社会市场观念更新都具有强大的冲击力，可以说先锋文学作为一种文学力量，在改革开放的中国和中国社会产生过极强的影响作用，文学也因此显现着赶时代性变领风气之先的生命力。

当然我们也应看到，长期以来，现实主义与现代主义似乎成为两种文学力量，甚至形成两种文学观念，维护着两类文学的接受者。情形正在改变，简而言之，现实主义与现代主义，忠实于生活和现代性表达，展现时代风貌与写出精神世界正在形成融合。如今体现在一个作家身上、一部作品当中的这种融合，可以说是世界文学的一种潮流，中国作家的这种艺术自觉也是开放时代中国文学发展的一种新的标志。

还有一点特别值得一说，即从前井水不犯河水的两种文学，以今天的站位回看，互相理解，并从中寻找过去疏漏的艺术品质，也成为一种趋势。从前的先锋文学，代表作家纷纷转向表现现实，又同时自觉保留着自己的先锋品质，过去被认为是传统的现实主义作家，其作品的艺术品质被重新评说得出新的结论，如对路遥小说艺术性、对柳青《创业史》艺术品质的重新评价，以及对赵树理、孙犁等作家创作的经典性价值研究，等等。

就此而言，迈向新一年的中国文学前景特别值得期许，网络文学活力频现，成为向影视创作提供原创作品的显著力量，主题创作值得期待，作家创作的艺术自觉在思想性、艺术性、主题深度和生动表达方面的追求，更高也更综合在这里。我特别想说，我相信现实主义道路必将更加宽广，其中就因为与现代性的文学理念、创作手法、艺术技巧的纯熟运用，也因为我们会读到具有

17

艺术探索自觉追求的作品，描绘、表现着我们正身处其中的时代生活。我还想说的是，站在今天这样一个融合的时代，我们既要重新评价以往的现实主义优秀作品，同时还要记住先锋文学、探索小说、朦胧诗等等，为开掘中国文学道路所做出的独特贡献，这种贡献不可替代，他们使文学无论面临怎样的时代变异，都能够发挥先行者的作用，在生活、艺术、传播、审美观念发生不断变化的过程中，仍然保持着自己是一切艺术之母体的地位和不变的从容风姿。

（《学习时报》2020 年 4 月 24 日）

我所理解的茅盾文学奖

一

我与茅盾文学奖，有着长达二十年的不解之缘，对这个奖充满了感情。

茅盾文学奖是中国作家协会主办的四个文学奖项之一。应该说，也是四个奖项在读者中、社会上，包括在文学界内部关注度最高、影响力最大的一个。茅盾文学奖每四年评选一次，是为鼓励我国当代优秀长篇小说创作、推动中国社会主义文学的繁荣而设立，每届评选出不超过五部优秀长篇小说。上个月揭晓了第十届获奖作品，共五部。

中国作家协会主办的其他三个奖项分别是：鲁迅文学奖，它是奖励除长篇小说创作之外的其他文学门类，如中篇小说、短篇小说、报告文学、诗歌、散文杂文、文学理论评论以及文学翻译等，至今有三十多部获奖作品产生；全国少数民族文学创作"骏马奖"，专门奖励少数民族作家创作的优秀作品；全国优秀儿童文学奖，奖励优秀的儿童文学作品，推动儿童文学的发展。以上这几种奖都是每四年评选一次。这些奖涵盖了文学创作、评论和文学翻译的全部，对于很多作家来说，都会给予很大的关注，也会有强烈的参评愿望。

最近二十年来，长篇小说的创作始终是文学创作的热门，长篇小说创作、出版的数量也逐年增多。其原因有多种：一是随着社会的发展，人们的生活越来越丰富，作家要表现这种复杂、多重且具有较长历史时段的时代生活，长篇小说体裁是首选。二是长篇小说创作热与市场有关。长篇小说作为一个独立出版门类，它的发行量看上去似乎比其他类似作品集式的作品要更顺畅、更有市场效应，也更能受到读者关注。三是近些年互联网的兴起及迅猛发展，网络文学也随之产生，而网络文学中最主要的门类就是长篇小说的创作，其体量更大。

因此，可以说，近二十年的文学成就在很大程度上体现在长篇小说的创作上。当然，其他文学门类的成就也都很突出，但是最受关注的还是长篇小说，所以，与此相关的评价优秀长篇小说创作的茅盾文学奖就变得格外引人注目。

二

我跟茅盾文学奖有着较深较长的渊源。1999 年，我参加了第五届茅盾文学奖的工作。那是类似通常所理解的初评式的评奖读书班，即从申请参评作品中筛选出二十多部"初选"入围作品，以供评委会评审。从那时候开始，到今年第十届的评选，可以说我在不同层次、不同层面以及不同角色上都有不同程度的参与。因此，对于茅盾文学奖非常有感情。

在这六届茅盾文学奖评选工作过程中，让我印象深刻的是，从第八届开始的评奖新规则。这是随着时代的发展，不断适应时代新要求做出的新变化。

从第八届茅盾文学奖开始，实行大评委制。所谓大评委制，就是评奖委员会的成员增加了，从之前的二十多位增加到六十位以上。虽然这比前七届的评委人数多，但之前七届有一个类似于初评委组成的读书班。这个读书班的作用是将申报的全部作品进行初评，最后选出二十多部作品参加终评。这二十多位评委作为终评委对进入终评的作品进行最后的评审。从第八届开始，不再设立读书班环节，把评委增加到六十多位，然后对所有的作品进行层层筛选。

因此，现在的评奖委员会成员的组成是全国性的。他们当中一部分是由各省、自治区、直辖市作协推荐产生，这样不仅保证了评委的覆盖面和评奖的公正性，也可以对作品的认知、理解更全面。另一部分评委由中国作家协会书记处聘请，保证其专业性和专业水准，主要聘请那些对文学创作，特别是对长篇小说创作非常熟悉的专家学者、作家、评论家、编辑，组成评委会。

这是我所经历的六届评奖中，感受最深的一件事。现在所实行的大评委制，是对过去的一个改革，但是我想，不管哪种评委制度，茅盾文学奖始终坚持公平、公正、公开原则，切实努力把评奖年度里最优秀的长篇小说评选出来，这一点也是让我极其感动的地方。这些结果也充分证明，评选出来的都还是能够立得住的优秀作品。

<h1 align="center">三</h1>

在这六届茅盾文学奖评选过程中，我深深感受到它的专业和负责，为作家负责、为文学负责、为读者负责、为党和国家的事业负责。

一直以来，我始终认为茅盾文学奖经过这么多年、这么多届的评选，形成了一种评奖文化。这种文化就是它所要奖励的作品，一定是思想性与艺术性高度统一，同时对于那些反映时代变革、表现现实生活、体现人民主体地位的作品给予特别关注。我想这也成为茅盾文学奖评委会的一个传统——努力把那些反映国家、时代、民族、社会、现实等方面的一些有分量、具有重大意义的作品评选出来，对艺术性上有突破、有探索的作品给予高度关注。

第九、第十届茅盾文学奖，我是评奖委员会副主任之一，让我深有感触的作品很多。获奖作家既有多年来笔耕不辍的老作家如王蒙，也有以一部作品名世的作家如上海作家金宇澄。金宇澄的长篇小说《繁花》所表现的生活，具有一定的历史长度，同时又与今天的现实生活密切相关，更主要的是作品在艺术上、语言上有独特的追求和风格。这样的作品确实能够受到大家的关注。所以，坚持思想性与艺术性相统一是茅盾文学奖最重要的评奖标准，获奖的作品可以为此做出印证。

刚刚揭晓的第十届茅盾文学奖的五部作品，也很有代表性。梁晓声的《人世间》，以北方一座城市中一个家庭兄妹三人的生活轨迹为线索，描写了从 20 世纪 70 年代至今的社会生活。用这样一个较长的历史时段——近半个世纪的人生经历，反映时代的变迁、社会的变革和现实生活的跌宕起伏，折射出国家的发展和进步。这样的作品既忠实于时代，也体现出作家创作的抱负。还有，陈彦的《主角》，通过对一个地方、一个剧团、一种戏——秦腔、一个人——忆秦娥的人生经历和兴衰际遇的叙述，展现了改革开放背景下世道人心的变化，发人深省。这样的作品同样有其深刻意义、深远价值。

还有两部带有一定历史题材意味的作品。徐怀中的《牵风记》，讲述了现代战争背景下，一个革命队伍里的女兵追求光明，却在人生最美好的年华悲壮牺牲的故事。虚构的叙述中又有"纪实"式的追忆，以追踪的方式来描写当年战争背后的故事，既浪漫又有革命情怀；既与今天的生活相关联，又有很高的格调，而且在艺术上颇具新意。徐则臣的《北上》，以历史和当下两条线索，讲述了京杭大运河上百年的故事。京杭大运河是一个具体的、有历史长度和空间跨度的工程，作品通过两条线索的牵引，展现了运河上的风土人情和历史变迁。这部小说出自一个青年作家之手，实属不易。

吸引我的还有一部，就是李洱的《应物兄》。这部作品于去年年底出版，在文学界引起高度关注。它是一部现实题材创作，以知识分子为主要表现对象。可以说，无论在表现生活层面的多重上，还是在知识性的糅合上，抑或是对知识分子的文化表达以及他们个人情怀的书写上，都达到了很高的成就。

把这几部作品放在一起，作为过去四年对我国的长篇小说创作的一个总结，我觉得还是恰当的。

回想本届茅盾文学奖五部作品"产生"的过程，在 7 月 29 日到 8 月 16 日这将近二十天时间里，每天都有感触有感动，更有振奋有惊喜。

其实，早在今年 3 月 15 日正式启动评选开始，很多工作都已经同时进行了。5 月中旬开始，我们就将征集来的二百三十四部作品进行公示，请评委们根据公示名单自行阅读。接着是评委会集中评议，评委们在两个多月各自阅读的基础上，进入集中阅读、比较阅读，通过深入讨论，再筛选。最后再进行认真阅读、比较和深入讨论，投票评选，就是这样一个评审过程。

四

据不完全统计，现在我国每年纸质出版的长篇小说有五千部以上，这个数量是庞大的。再加上未出版的、多以长篇为主的网络小说，数量更是惊人。这也说明，当下是文学创作特别是长篇小说创作的一个繁盛时期。

让人惊喜的是，近些年，长篇小说不但数量增长，而且创作质量也明显提升。特别是 2018 年，长篇小说创作可以说出现一种"井喷"式的态势。比如，刚评选出来的这五部，就是以 2018 年出版的作品为主，这是一个重要标志。更重要的是，质量的提升表现出的最大特点是融合性更高了。这里的融合性，指的是现实主义创作与先锋小说之间的艺术探索，在一个作家身上、在一部作品中得到了融合。这个难度是很高的，也是非常重要的。长期以来，长篇小说的创作有"两种小说"或"两种文学"存在，一种是传统的现实主义文学，另一种是具有探索性的先锋文学。两种风格不同的文学，形成了甚至是互相不搭界、互相不可比、各行其是、"井水不犯河水"的关系。但是新世纪以来，它们之间的这种"关系"被打破，且发生了很大的变化。过去一些先锋小说作家，慢慢地回归到现实主义创作中，比如格非、苏童，他们后来创作的长篇小说回到更加传统的现实主义中来，以这样的一种表达呈现出一种新的面貌。

特别是到了 2018 年，值得我们关注的一个现象，就是在一个作家身上、一部作品中，我们既可以看到现实主义的厚度——如作者对时代的关注，对社会、世道、人心的表现具有热情而鲜明的气质；又在艺术上不满足于完全按照传统的现实主义方法去写，融入了很多先锋文学所具有的探索性手法。

因此，现在我们评选出来的作品，可以说，既具有中国作风、中国气派，又有开阔的视野。如果把它们拿到世界文学中去对话，我想也是有资格的，至少作家们在不断地自觉地做着有益的探索。

我想这就是近年来长篇小说创作的一种现象，这种现象实际上也是一种世界文学发展的潮流。可喜的是，中国的作家正逐步向这一潮流迈进。从这届茅盾文学奖入围的作品和获奖的作品可以看出，作家们在这方面是有强烈的追求的。

我想，今后我们的长篇小说创作，可能会沿着这条路不断推进，往更加成熟的方向跨越。也就是让融合度更高，把融合运用得更加自如。比如历史题材，现在的处理方法必须要有当代的视角，或者有当代的参与，甚至是将当代和过去串接连通起来进行叙述。即使一个故事，也是既有今天的，也有昨天的。这种处理方式，让作品具有了当下意义和时代感。对现实题材的处理也是一样，写现实题材不能只写现实，还要回溯过去。这种创作方法，是对时代的一种呼应。因此，可以说它是一种符合时代潮流、符合世界潮流的创作方法。

对于读者来说，其文学作品的阅读，也可以从这些方面去给予贯穿，从作品中既能看到今天的现实，又能看到昨天的历史，也许还能看到个人的影子。

（《人民政协报》2019 年 9 月 7 日）

"抵达更深的生命层次"

—— 张悦然长篇小说《茧》解读

　　张悦然名下有一个很重的标签："80 后。"无论是从年龄、出道时间还是创作成绩上，她都是这个概念里打头阵的一位。我一向对十年为一代际的写作划分保持警惕，因为它非常短视且并不能说明多少文学问题，说到底是一种话题、姿态的说法而非美学意义上的标识。可是面对张悦然，这个概念好像挥之不去。2016年，张悦然以她的一部新出版的长篇小说《茧》又一次刮起一股旋风，这一方面印证了她在小说创作上的实绩，另一方面更加加重了她作为一个年龄层次的代表性。"茧"不但是一个忽然跳到眼前的单字，而且没有任何依靠小说名字抓住读者眼球的刺激性。这也从另一方面证明，张悦然是自信有力量挑动一个简单字词深邃含义的小说家，也是一位自信可以让小说人物故事证明一切的写作者。

　　《茧》究竟是一部怎样的小说，它在当下小说界有着怎样的暗示和意味？"茧，1. 完全变态昆虫的囊形保护物。2. 手脚掌因摩擦而生的硬皮。"（见《辞海》）作者或许借用了这样的比喻：

"茧"是成长的代价，同时也是成长的呵护者。它制约着生命的自由生长，却也保证了其成长性。"茧"并没有在小说中成为直接隐喻，甚至没有对这个字词刻意引用，但"茧"的意味却成为笼罩整部小说的象征，没有完整读过小说，是无法体会到"茧"的外壳作用及其坚硬度的。

没有"茧"的《茧》却有一个更加坚硬的意象：一枚砸入人脑中的铁钉。这枚铁钉牢牢地、残忍地钉入故事的核心，所有的人物躁动、挣脱、游走，都以这枚铁钉为圆心，在很小的半径范围内撕扯、挣扎。从故事层面上看，这枚铁钉是砸入一个人脑袋里、造成其终生植物人状态的刑事案件和残酷悲剧。在"文革"的混乱中，医科大学教授程守义遭批斗后，继而被人将一枚铁钉砸入脑袋，从此成为植物人。同一所大学的教授李冀生，隐约成为这一事件的"当事人"，虽然另一个叫汪良成的人自杀身亡而被"确定"为行凶者，李冀生却是逐渐浮出水面、不被惩处的"凶手"。

戏剧性在于，同在一所大学工作生活的程、李两家，他们家人的生活、后代的成长都勾连在一起。植物人程守义，是横陈在所有人物和事件当中的一道沉重、深厚的壁障，令人窒息，令人厌恶，却又不可逃离，这个植物人打断了所有人通往未来的道路，同时又让历史在这种打断、阻隔中被奇异地贯通、串接、延续。

我们不妨先放下小说想要表达的主题，先来看看小说透过这枚"铁钉"，营造出的小说性、小说意味以及小说的现代性质感。

一是让"现在"与"历史"产生变异性、扭曲性的冲撞和勾连。程恭、李佳栖两个人的成长、情感，无不烙上自己未曾经历的祖辈、父辈历史，这种历史以强大的阴影投射在他们的人生道路上，他们的关系一刻都不能脱离，又因此不可能产生相交。横陈在医院"317"病房的植物人程守义，既打断、阻隔他们的交往，又牢牢控制着他们不可剥离的"一体化"关系。他们未曾经历"文革"，依靠什么去写自己未曾经历的历史？历史如果完全远隔现实，作者当然可以写一部"历史小说"，而呈现在《茧》里的历史，恰恰是李佳栖、程恭刚好错过的昨天，是祖辈和父辈们人生中的一部分。于是，小说中的历史就是现实的组成部分而非独立于现实之外。在这个意义上讲，"80后"这个概念对认识张悦然的小说写作还是有价值的，因为这一代作家热衷于写"今天"，历史的沉重可以在自己的笔下不出现，因为他们未曾在其中生活过。但张悦然选择了面对一个同龄作家极少去面对的过往，回应了今天的现实与昨天的生活密不可分的联系。从小说叙述上，可以说作者找到了打通今天与昨天、当下与历史的通道，尽管这个通道是借助于一枚铁钉完成的。现代小说或艺术表现"现代"历史，总会找到某种契合点，使其成为"当代史"中的一部分，让人感受到历史的巨大存在，这样，作家艺术家就有了足够的"资格"去书写和表现自己未曾经历过的历史，就使得这种书写和表现不能简单地被划分到某种"历史题材"中去，而使其成为表达现实感受的必要组成部分。

二是因为一个特殊情节的刺目般揳入，使得严肃小说的主题隐喻与流行小说的传奇故事之间实现了有效拼接。这是当代西方严肃小说在美学上渐成趋势的新叙述策略。奥尔罕·帕慕克的

《我的名字叫红》，罗贝托·波拉尼奥的《2666》，都是化流行故事之腐朽为严肃小说之神奇的例证。那些小说里有深远的历史、精致的文化，有高深的专业和艺术，但也有谋杀、侦探，有世俗的爱情和紧张的情节。小说的美学抱负和可读性同时呈现，结出现代小说的"恶之花"。《茧》在这一点上有同构色彩，过去的历史以一枚铁钉为意象注入今天，今天的现实逃不脱与昨天的联系，不可能不受其沉重影响。

三是小说营造的情境、氛围，叙述方式的独特选择，体现了作者创作前的准备可谓深思熟虑。小说采取了李佳栖、程恭两个人交叉叙述、平行推进故事的叙述方法。但这种叙述又不是当代小说流行一时的拆解补充法，即同一个故事由两个或以上（通常是两个以上）人物来叙述，他们是故事不同程度的参与者或见证者，他们对同一故事的叙述，在使故事不断奔向完整的过程中又互相拆解，使故事本身产生分裂，含义发生分歧，题旨变得复杂暧昧。张悦然在《茧》里让李、程二人交叉讲述，但并不对故事本身进行拆解，不发生理解上的直接"纠纷"。他们讲述的是各自看到的世界，实现的是共同向着一个沉重主题靠拢，表达的是同一代人面临的现实问题和精神危机。从语气上，他们二人仿佛进行的是一场对话，虽然不是面对面，但都把对方想象成唯一的倾听者，第二人称"你"在小说里频繁出现，虽然不能说这是一部第二人称小说，却强化了叙述中的对话色彩。可以说，李佳栖、程恭是互为倾诉者和倾听者的关系，漫长的倾诉和耐心的倾听构成了小说的叙述格调。小说的第一章具有更强烈的对话色彩，这应该是小说从一开始立下的叙述基调，李佳栖、程恭共同讲述着见面时的故事，但两个人的叙述在情节上是"分工"进行的，并不对同一情节进行"各自"表述。当李佳栖讲述自己的堂姐李沛萱与之交往的故事时，与程恭的对话味道开始减弱，这也预示着，单纯的对话不可完成对复杂故事的叙述，尽管姐妹俩的故事并不需要全部细节化地让程恭倾听，但叙述必须按这样的方式进行。其后的大部分叙述在对话性上时强时弱，但通篇所制造的这种对话与倾听关系一直维系着。张悦然为自己的写作挑选了最具难度的方法，当然也独具效果。

戏剧性在于，所有人的活动都与植物人相关，难点在于，为他们的关联性寻找故事的黏合度，逻辑的必然性需要花更多心力。在小说里，所有人物间的关联呈扇面展开或合闭，而造成植物人的铁钉，正如扇子尾部的扇钉，起着控制、收拢的作用。在《茧》里，每个人物的命运、性格都与"铁钉 + 植物人"有关。程守义妻子性格的乖张是因丈夫成植物人引发的，在挽救无望后，她和一个普通工人有了往来并热切希望能够在一起生活，却被对方离弃，她在绝望中有过干脆将植物人丈夫置于死地的冲动，最终却不得不认命，过上了最不愿意又只能如此的不幸生活。程恭的父亲成为施虐式人物，性格的由来自然离不开程守义的遭遇。在李家，李冀生和程守义的命运正好相反，他成了"仁心仁术"的院士，成了新闻人物，成了学习典范。在程守义的植物人状态对比下，他的辉煌被添加了讽刺意味，更加上他实为"凶手"的身份，这一辉煌更具道德上的阴暗色彩。辉煌后面的黑幕才是故事的核心，尽管小说并没有深挖这一黑幕，因为小说要表达的是他们对后辈命运的影响。李佳栖的父亲李牧原，大学

31

中文系的高才生，却同时是一个父亲形象的背叛者和父命的反抗者。他以自己的婚姻为杀手锏，一次次打击这个在外面风光无限的父亲。他娶农村妻子，离婚后又与汪良成的女儿汪露寒共同生活，都是彻底反叛的举动。汪露寒作为汪良成的女儿，自幼背负着罪犯女儿的阴影，长期的压抑让她不得不逃离，她曾想过用呵护程守义来赎罪，却遭拒绝。和李佳栖的父亲李牧原共同生活也注定得不到应有的幸福，最终一无所得。

李佳栖和程恭，是所有人物中打开幅度最大的扇面。李佳栖的恋父而不得其爱，程恭性格中的复仇底色，这一切都为小说涂抹上了不可挥去的沉重阴霾。他们本来都有很好的家族背景、家庭教养，但他们的成长却不可抑止地被加上沉重的心理负担。小说故事的戏剧性、夸张度，全部因这段过往的历史造成。如此网织故事，爱与恨交织推进中，复仇、暧昧、隐秘、失控，欢乐与痛苦，出身骄傲与现实不堪相混合，营造出强烈的、混杂的、神秘的、诡异的小说氛围。故事足够复杂多变，情境足够阴晴不定，必然的命运结局与偶然的情节因素共存其中，将所有的人生推向不可预知的境地。

小说故事都由李佳栖和程恭的自述来完成，他们的"口述实录"，让故事在"局限"中散点式与渐进式地展开，而这种"局限"，是作者选择的结果，也产生了比全知视角更有魅惑性的效果。"倾诉"与"对话"的对位行进，让所有的故事先在地经过了情感过滤，色彩、色调也变幻不定。李佳栖与程恭，比之同在一个屋檐下的祖辈和父辈，经历的历史时间是最短的，小说却恰恰让他们来承担起叙述的职责。这是一种叙述策略，它使现实和历史之间，凡俗现实的比例远远大于"重大历史"，让历史成为影响和制约"成长"的巨大投影而非线性历史的一部分。"植物人"的沉重肉身，有气息但不发言的状态，残酷地干扰着现实。这就意味着，这是一部表现当下现实的小说，为了探究现实所从何来，紧挨着的过往必然成为不可绕开的一部分，历史既非现实也非背景，它是现实的闸门、包袱和刺目的聚光灯，也是现实的一面或平面或凸凹的镜子。作为新时期出生的作家，在小说里写祖父辈的昨天，这是一种有勇气的选择和探索，艺术上需要有独特的切入角度。《茧》里边的祖父辈们的恩怨情仇，有限地、谨慎地进入到今天的生活中。张悦然小心翼翼地处理了这个难题，确保其出现的艺术合理性及情节可信度。同时，小说也传递出这样的信息：历史只有同当下发生关联时，或直接影响，或间接启示，才具有追问、深究的必要。

当然，这毕竟是一个难题，探索还需要走很长的路。对张悦然以及她的同代作家而言，让小说记述更长的时代和生活，必须有此道义担当和美学抱负，同时还要在保证其创作的艺术品质的前提下进行。《茧》所呈现的历史场面相对有限，比例上显然明显少于"当下"，小说里提到的一些历史场景，也并无还原的要求，仿佛是过渡式交代。这似乎是作者防止情节失真的谨慎，生怕损伤小说品质的严谨所致。在我看来，或许还可以再大胆一些，更进一步，让历史本身有"说话"的机会而非主要靠"影响力"。这当然只是一种猜测，却也是阅读过程中积累而成的一点认识。作为一部细节绵密的小说，作者体现出对故事线索的清晰把握、对戏剧性的有效控制。不过，有的情节设置也或可以讨论。作为一部正剧色彩深厚的小说，人物的命运结局应更多体现在必然性上，有的情节表现如李牧原死于车祸，毕竟属于偶然性结局。与李牧原的命运相比，或可找到更具说服力、更能证明其悲剧结局必然性的情节。我的意思是说，对一部正剧来说，偶然性与小说故事之间，还是有重要程度区别的。李牧原是这部小说里除了两个叙述人之外被描写笔墨最多、最具故事性且影响了所有与之相关人物命运的角色，他的命运结局极具打击力度。"有人在死，有人在生，我们在生死的隔壁玩耍。床上躺着的那个人，不在生里，不在死里，他在生死之外望着我们。他的充满孩子气的目光犹如某种永恒之物，穿过生死无常照射过来。我们被他笼罩着，与人世隔绝起来，连最细小的时间也进不来。"小说如此透彻地描写了程守义与"我们"之间的关系，我同样愿意看到其他人物具有相同的不可脱离性。

一个小说家，特别是年轻的小说家，一旦获得相应的名声后，往往会把自己的生活安排得丰富多彩而创作着渐趋简单化的小说。不要说怀着强烈的美学抱负去努力写出进入小说史的小说了，连稍微复杂一点的故事也疏于编织。张悦然的《茧》是一部认真之书，是一个不厌其烦做抽丝剥茧之繁复工作的漫长过程，是对历史、现实、成长、人生、亲情、爱情、道德、伦理的一次深刻探究之旅，是在艺术表达上力求寻找新意和独特性，为了"抵达更深的生命层次"（作者《后记》言）的一次全力冲击。去创造只有小说才能表现的世界，执着于只有文学才可以挖掘到的人生意义，这正是当代小说家特别需要表现出来的创作理想。

（《扬子江评论》2017 年第 1 期）

书写故乡的难度

——读陈仓长篇小说《后土寺》

  读陈仓的《后土寺》，又让我想到长期以来一直在观察和思考的一个问题，作家如何在作品里对待自己的故乡，这在今天其实是个难题。我最害怕从写故乡的作品中读出矫情，这种矫情甚至是不自觉的，因为有时候我们不但会出于感受，也会出于固化的认知而去处理某些写作对象。古代的中国人，故乡是生于斯长于斯，即使走得再远也要回来的地方，是唯一的归宿。故乡的一切都需以敬畏之心对待，不能也不会有半点杂念在其中。举凡中国古代关于故乡的主题诗词，几乎都在同一情感状态下表达着诗人对故乡的眷恋之情。那时的人们无论是当兵远征还是外出谋生，大都带着"背井离乡"的悲悯，即使是做官或经商吧，证明一个人真正成功的最大注脚，就是告老还乡，落叶归根，盖个大宅院安享天年。到了现代文学，故乡概念出现松动，以鲁迅为例，《故乡》其实是一篇题目被正文悬置起来的作品，故乡，是一个回来也没办法倾情投入，其间不愿久留，最终更急欲离开的地方。现代作家关注更大的世界，要在作品表达更复杂的情感，故乡也因此不再单色。

当代中国，人们通过交通获得的频繁移动，借助移动通信获得的隔空"如见"，生活的地域感被完全改变了。故乡，这个传统的概念在今天其实已经变得模糊不清，摇摇欲坠。如果从前的人们离开家乡多是被迫的背井离乡，故有强烈的回"故乡"要求，种种闭塞和阻隔造成"家书抵万金"的浓郁感情，当代人离开家乡大多是自主选择，是为了追求更大理想，获得更大生存空间。而且如果愿意，可以在一天之内回家甚至往返。这样的情形下，故乡，即使在日常生活中也有被"悬置"的趋势。当代文学里的故乡书写，因此变得更有难度，包括情感是否单向度投入也成为一种对虚与实、真与伪的考验。然而，越是信息化甚至全球化，地域性、故乡感在文学里就越显得珍贵，这又是对一个作家情感态度的考验。

陈仓的长篇小说新作《后土寺》是对故乡的书写，像很多成功的前辈作家一样，陈仓为自己的一系列小说确定了一个地域"原点"，这就是他的故乡塔尔坪。这是一个位于秦岭之南的小乡村，也是他反复书写的小说人物的故乡，这个人物在《后土寺》里就叫陈元。陈元是到了最具象征性的现代化城市上海工作和生活的塔尔坪青年。整部《后土寺》都在叙述陈元如何在上海与塔尔坪之间奔走，进而牵出一大堆人物故事，更牵出百转千回的乡愁情绪。这种回乡青年式的叙述视角，在陈仓的同乡作家贾平凹那里已经被反复运用过了。陈仓又提供出哪些独特的新意呢？

《后土寺》基本上只有两个地域——上海和塔尔坪，这两个完全相反、反差巨大的地方，在陈元的内心却有着不同的依赖、同样的分量。在这部明显具有自叙传色彩的小说里，陈仓把它们搅成一团，相互纠缠，让象征性的上海和符号化的塔尔坪同时变成情感上的某种纠葛与难舍。"上海既是远方又是归宿，塔尔坪既是终点又是起点"，作家的确是这样处理两个地域的内心位置与相互关系。不过在叙事上，陈仓明显是有偏向的。上海是一种虚化的存在，小说基本上没有对上海进行细节化的描写，这当然是一种对"读者已知"的预设，但也与作者的叙事选择有很大关系。他真正书写的对象是塔尔坪，上海是一个参照，哪怕是一个巨大的参照。整部小说在叙事上表现出来的特点，就是这种想尽一切办法回到塔尔坪的努力。这是一种策略，也是一种欲求，是一种机智，也是一种生趣。陈元回乡，即可将其亲历写下，陈元回到上海，叙述的也是"君自故乡来，应知故乡事"的转述。真正的故事空间其实只有塔尔坪，上海只有在与塔尔坪有关系时才出现，它是抽象的，行走其间的人主要是从塔尔坪来的父亲和"小渭南"等乡友，在上海接听故乡表姐打来的电话，述说发生在塔尔坪的事件，收读女儿麦子从故乡寄来的一大堆信件。人在上海，心却只属于塔尔坪。塔尔坪有自己的父亲，父亲的一生如何辛苦，又有哪些欣喜，如何曲折，又如何精彩，所有这些都是小说叙事的核心。上海，这个让陈元拥有事业、拥有妻子的都市，在小说里却是父亲眼里的上海，父亲到底来不来上海暂住，上海到底给父亲带来哪些惊异和冲击，一个塔尔坪人眼里的上海究竟是怎样的，一个带着浓厚塔尔坪情结的人如何评价这种见闻观感，《后土寺》里的都市与乡村两重世界，被一种眼光和态度观照，生发出别样的景致。

小说没有刻意强化城与乡的紧张对立，毕竟陈元娶了上海的妻子并在此充实工作，作为故乡的塔尔坪，已经是一个回不去的地方。这种回不去，不是古人式的归期难待，而是一种生存需求。这种回不去，本来无须魂牵梦萦，却又时时念念不忘。陈仓在叙事时没有表达对都市的抵触与反叛，都市反而大度接纳了他笔下的人物，对故乡也不是田园式的幻想，而是因为亲情与乡情的确难以割舍。这倒果真是一种更接近今日中国城乡之间游走的人们的真实状态。他们外出寻找更多发展机会，得到更大生活空间，他们的内心又对故乡怀着无法分离的眷恋。不是一种截然的对立，而是在情感上无法真正融合的反差。

后土寺是塔尔坪的一个小寺庙，小说用其做书名，那意思是，即使进过豫园，上了东方明珠，即使见识过外滩的恢宏和浦东的新貌，内心的情感归属却只能是塔尔坪的后土寺。女儿麦子寄到上海却没有地址的信件，陈元在三年后偶得，从中读到充满了乡愁滋味的关于塔尔坪的故事，读出了种种情感的复杂纠葛、多头缠绕和多向冲击。小说正是在都市与乡村叠加中写出了当代人的生存选择，以及选择之后仍然不能完全释然的情感冲突与精神境遇。这种滋味不是悲苦也不是蜜甜，是一种酸甜苦辣中的五味杂陈，更是对当代人现实境遇的真实摹写。

（《人民日报》2018 年 10 月 4 日）

心灵以及生活的碎片

——读谢络绎小说

"她太冷了，她想跑，却不知道该对着哪个方向。"这是谢络绎小说《到歇马河那边去》的结尾，一个女性，站在不知道是旷野还是十字街头，所向无路。谢络绎的其他小说也提供着这样的场景。都是无着的心灵，都是无由的难过，都是不知所以的奔跑和泄愤。这是一种内心的景象，也是一种生活状态的写真。《鸟道》的结尾，一个叫曹多芬的女子失魂落魄，在强烈的车灯刺照下，她感觉到"在漫无边际的黑暗中，那会是怎样一张明亮而凄惶的脸！这个过程眨眼间便被完成，路径清晰"。《旧新堤》的结尾，待嫁的石翠花同样是乘车跑到荒唐的处所，不知道是报复还是发泄，"石翠花的身子慢慢往下缩，慢慢将头埋进了黑暗中。在黑暗中，她重复：'不回去了。'"《无名者》的收束，是从幻觉中醒过来的女子香远的喃喃自语："我太害怕了，只是太害怕了。"

作为女性写作者，谢络绎把小说的角色都定位到这样一群女性身上，她们没有名贵的出身，没有良好的背景，没有生活的优裕与如花的美貌。然而她们不安分，不省心，不能满足于眼前的生活。她们要闯，要奋斗，要尝试找寻更好的生活。她们的决断是合理的，没有令人鄙夷的行径，但她们不可能轻易获得自己想要的一切，必须打拼，必须外出，必须去面对也许并不情愿面对的人和事。她们敏感，她们脆弱，其眼泪和狂奔很难为目睹者理解，其内心的风暴就更不能与外人道，也很难为人所知了。有时候连阅读小说的人也不知道为什么故事会发展到这一步，没有真切的感同身受，可能也会形成理解的小小隔膜。

谢络绎提供的不是时尚小说的样本，在她笔下，那些年轻女子无论怎样乖张，怎样狂躁，生活秩序又如何混乱，她们其实都是在一种家庭的环境中挣扎着，身边并不时时都是女魔头或陪酒者，围绕她们的却是自己的父母。"家庭"的影子始终在影响、干扰着她们的选择，成为其人生悲喜剧的重要因素。《到歇马河那边去》是一个十六岁少女的敏感与慌张，她是随母亲去远方探望父亲的，其间却遭遇到了令其心神难安的"经历"。这种相遇是无事的紧张，是幻觉与现实的混杂状态，但作者似乎非常享受提供这样一种没有理由的非常态。《旧新堤》里的石翠花虽是以染着绿头发出场，其实最终还是在父母"逼婚"的唠叨中，决定接受"包办婚姻"而嫁给一个水果商。《无名者》中的香远则更是一名进城打工者，所有的努力都不过是一种含辛茹苦，她拖带自己的幼子务工，这情景早已为小说的"底层"基调定了格。《他的怀仁堂》是小说集里唯一一篇不以女性为主要角色的作品。但范氏父子的故事可能是其中"家庭气氛"最浓的一篇。作者如此定位小说与人物，说明她仍然是透过生活的烟火气去看人物的眼睛与心灵，说明她无法回避生活的硬壳而去轻轻点水于浮泛的心理波动。

出现在谢络绎笔下的女性，总是在家的纠缠中希望挣脱，总是拖着一个行李箱四处奔波游走。《鸟道》里这样描写曹多芬的行踪："她拖起行李箱，走上大理石砌就的门前广场。行李箱的滑轮与大理石摩擦出轰轰轰的声音，就好像她在火车上听到的一样。"这几乎是一种不可排除的意象，成为她笔下女性的形象标识。《无名者》中的香远，《到歇马河那边去》里的园园，《旧新堤》里的石翠花，都给人这样不确定方位的印象，都是在家门内焦灼，在家门外遭遇种种奇遇和挫折。在当代中国，城市与乡村之间，人与人之间，传统与现代之间，家庭与个人之间，因为有便捷的交通工具，有更便捷的通信工具，各种陌生的偶遇与抛却不掉的过往纠结在一起，让每一个人的生活变得更加复杂，更多矛盾，更多现实的纠缠与情感的纠葛。

谢络绎的写作正处在这样的纠结点上，她必须也愿意去面对和处理这样一些严重程度不同、人生影响不一的问题。这在很大程度切中了当代中国现实中人们面临的致命问题，即每个人既生活在传统的窠臼里，又生活在个性要求的期许与努力中。既生活在真挚的感情里，又相处于利益冲突与情感纠葛中。碎片化的生活，碎片化的心灵，坚硬如冰的既往，薄如蝉翼的现实，脆弱如丝的神经，清浊难分的心灵世界，裹挟在一起，搅成一个看不清面目的人生世界。作者其实具有明晰的故事把握能力，具有讲述完整故事的创作实力，但由于所表现的世界是如此纷繁，所以有时候她讲述给我们的，也是一个个看似勾连又不能说整体划一的故事结构。相对而言，《无名者》具有较强的综合故事人物、梳理情节线索的形式结构。这其中，不但有香远个人的作为女性走向外面世界的努力，也有在"精彩世界"里遇到的种种风险，既有幻觉推动下的惊悚情节，也有现实中人与人的结实交往；既有情感上的起伏跌宕，也有近乎"悬疑"的故事线索。而我认为，这样的叙述故事的努力，或许正是作者今后应该执着的方向。它们可以使小说的写作更具小说性，更让人产生阅读和探究的愿望，更能够让小说在"综合效果"的层面上实现突破。

这一并不宏大的结集，是作者创作道路上的一个小小总结，更愿是一次清理出创作思路和方向的开始。新的出发不是另走他途，而是让更加明晰的目标越来越接近创作者的距离，打开更加广阔的小说世界，提升更高的人生境界。

(本文系《到歇马河那边去》代序)

因为小说而让人铭记的历史

——读杨少衡长篇新作《新世界》

历史是由许多链条构成的，每一个链条的勾连又有许多扣许多结；历史是一条大河，在它的汹涌面前，一条汇入其中的小溪，一滴飞溅起来的浪花，就只能是小小的陪衬而不可能具名。然而，历史的皱褶里，总有一些尘埃，一些折痕，让人难以释怀。它们汇入历史的长河而无名，却总会因某些原因而被人提及，如若有幸被有心人书写，它们便因此放大，展现出一段动人的故事，甚至有可能成为大历史中的耀眼者。在文学对历史的书写中，这样"以小博大"的例证我们已经见到了很多，不独因为宏大的、重要的历史事件与人物被前人反复书写，更因为人们越来越认识到，还原真实的历史，记录历史的真实，从看似波澜不惊中同样甚至更能见出历史的风貌。从小人物、边缘角色的故事中读出与历史潮流同向的历史，也是小说发展到今天的一种趋向。

杨少衡的长篇小说《新世界》（作家出版社）又为我们提供了一份这样的佐证。

首先是小说的选材。小说描写了 1949 年 9 月以后不到一年时间，在福建南部山区小县一段关涉地方解放、剿匪斗争的历史。在新旧中国交替的特殊时间点上，在全国上下一片欢腾的时刻，在中国的很多地方，斗争仍在进行，战斗未有穷期。这样的选择，我们曾在《红岩》《永不消逝的电波》里读到、看到过。江姐、李侠等英雄，也因为在新中国黎明时分的牺牲而更添悲壮，更让人增加崇敬之情。在《新世界》里，杨少衡描写了一名即使在县级政府里也不过是一个民政科长的人物侯春生作为主角，却展开了一场惊心动魄的斗争故事，这其中的爱恨情仇，既有凛然大义，也不失个人之间难以言说的情感交流。其实，以侯春生的身份，以他从事的工作，要撑起"新世界"这个名号是很难的。因为既然铺就了新中国黎明时分乃至新政权已经成立的特殊时刻，大历史的洪流早已写在那里，像侯春生所在小县城里经历的斗争，可以说是边缘之边缘了。但这就是小说，小说人物的鲜明度，不是以其社会身份的高低、历史当中的作用大小来决定的。新旧世界的交替，新旧力量的斗争，人物之间错综复杂的关系，是这部小说的特殊选材。

　　其次是小说故事的纷繁跌宕。侯春生卷入一场大历史看似有点偶然，有点不经意，有点被动，但故事的推衍环环相扣，让小说呈现出难得的张力。侯春生与连文正之间的交往反复，亦友亦仇间既有人与人之间的友情纠缠，更有正义与邪恶之间的殊死较量。侯春生与徐碧彩之间，既有为了大义而进行的或直接或迂回的对质，也有男女之间难以言说的暧昧情缘。加上侯春生与小猴子、与县长、与同事、与土匪之间的往来纠葛，小说故事形成一个个连环套，将故事不断推向复杂。杨少衡以老到的笔法，从容讲述着发生在一个小县城、一群小人物之间的故事，却紧紧扣着历史的、时代的重大主题。连文正的个人经历，曾经参加过抗日战争，投诚了共产党，然而在已经进入了新中国之际却又叛逃台湾，彻底成了"新世界"的敌人。侯春生这样一个普通的民政工作者，却要面对如此复杂的朋友抑或敌人。他在斗争中不断成长，显示了对党的忠诚，彰显了关键时刻的正义与责任。作为小说的中心人物，侯春生本身并没有太多的故事性，但因为有了与连文正、连文彪错综复杂的纠葛，有了对小猴子的追踪保护，有了与徐碧彩之间的"亲""疏"往来，小说在多重线索的缠绕下达到了不动声色的复杂和并不刻意却险象环生的起伏。这部小说充分展示了杨少衡出色的小说叙述能力和把控力。值得玩味处颇多，小说意味深厚。

再者是杨少衡讲述历史的方法。这种叙事方法也正是近年来中国历史题材小说创作中的一种趋同性叙述策略。《新世界》讲述的是发生在七十年前的故事，人物也是由陌生开始接触、碰撞而产生关系，生出故事。如何串接这些人与事，如何进入曾经的历史，这需要在叙事上做出审慎选择。我们可以从近年来历史题材小说中看到，那种以全知全能的视角，直接回到历史现场进行叙述的做法在今天正在发生改变。为了突出当代视角，也为了让历史与今天发生直接关联，还为了叙事上的游刃有余，很多作家在叙事上采取了出入昨天与今天的做法，让昨天的历史和今天的故事发生纠缠，由此让小说中的历史并非铁板一块，而因与今天的密切关联产生一定程度的松动。这种写法在我的印象里，较早的有麦家的《风声》，后来如刘醒龙的《蟠虺》，近年来有徐怀中的《牵风记》、徐则臣的《北上》，等等，都是有一个显在的叙述者介入故事，他们是外来者、观察者、调查者，"旁观"式地介入故事，回到历史当中。他们不同于网络小说中的"穿越"，不荒诞，不离奇，不影响故事本身的走向，但比穿越更严谨、更合理，更有小说性。杨少衡的《新世界》也是如此。小说因"我"这样一个作家的调查入手，从封尘的历史档案里引发好奇，生出质疑，进而进入实地去追踪、查找，并一一展开故事层面，渐渐引人入胜。那些本来关系并不直接的人物，那些看似黏合度不强的故事，在叙述者依据"档案资料"所做的"揭密"过程中，一步步形成一个整体，构成一个完整的小说世界。这样的小说叙述法正是当下历史叙事中的新趋势，是现实主义与现代主义拼贴、融合的自觉努力。杨少衡在《新世界》里展现出的老到的小说笔法和颇具现代意味的叙述格调，不温不火中却充满矛盾冲突，娓娓道来中又有一种侦破式的紧张悬疑，在《新世界》这个大题目下却写出了一段如若不写就很可能被人遗忘的历史。所有这些都构成这部小说艺术上的独特价值。

（《中国新闻出版广电报》2020 年 3 月 23 日）

可以漫游的小说世界

——读杨莎妮小说集《七月的凤仙花》

"21 世纪文学之星丛书"是鼓励年轻的写作者创作的年度评选，基本条件是作者此前没有正式出版过任何一部文学作品，我以为这是一个很有创意的评选概念。因此，评审过程中不熟悉作者名字、经历和创作成绩，似乎算不上是一件十分惊异和不好意思的事。比如作为青年小说家的杨莎妮，对我而言就是个陌生的名字。为此我还征询过谙熟江苏作家的朋友，方知道，原来杨莎妮创作开始的时间其实很早，中间有过中断，所以未被特别注意。可我必须说，这些小说吸引了我，放在众多当代作家的小说累积中，杨莎妮小说体现出来的成熟甚至可以称之为老到的文笔绝不输给成名作家，当然这还不是最主要的，杨莎妮创造了一个特殊的小说世界，这个世界与现实生活对位程度也许可以追问，但其独特的气息、味道，一种鬼魅的气氛，一种幽暗的光线，许许多多如影如形的人物的走动，哀伤的心理格调，制造出来的其实属于"无事"的悬念与紧张，有时还有一点轻佻的讽刺和轻度的自嘲，悲痛但不激烈，无奈但不抱怨，都是生活里的故事，却又是梦里的幻觉和游走，她所创造的小说情境，因此具有了独特的标识，令人难忘，让人唏嘘，留下许多生活的坚实印迹和不可复原的梦痕。

收在集子里的小说有二十六篇之多，都是短篇，篇幅都不长。但这里却有许多诡异的情节，更多的是心理的一闪念，但它们比20世纪30年代的"新感觉"小说要更具生活的质地。摆在第一篇的《茶树菇鸽子汤》即很有代表性。街头遇到了前男友正携着现女友，于是在轻度的嫉妒中回忆起两人一起旅行的经历，一份让人曾经有过难忘记忆的茶树菇鸽子汤，那是"像是要发生什么事情一样的味道"，一种强烈的暗示。回到家重做，小说重点写了买鸽子、杀鸽子以及由此带来的惊惧过程，没有喝，倒掉了，一种尖刻的隐喻。小说即刻就来到结尾，一种复仇心理的表达，前男友的现女友长得特别像一只鸽子。"小小的脸，圆圆的眼睛，肉乎乎的身体。"什么刻薄的话也没说，却让人读出了毛骨悚然，然而又不那么可怕，因为这是一个失败者的心理一掠而已。

失败的恋爱，是的，只是恋爱，还不能说是爱情，不会付诸行动的复仇，表面平静，心理上狂风骤雨，这正是小说应该做的事。在这个意义上讲，杨莎妮的小说都是心理反应与情感体验的"实验性"作品。比如《从葬礼开始》，一段不为人知的感情故事因对方突然死亡而终止，于是叙述者以当事人的口吻，回忆加想象地描述了两个人在一起的时光，这里有真情与假意的纠缠，也有荒唐与真切的感受。小说里写到一个特别的"道具"：望远镜。女子可以悄无声息地出入别人家里，而且从望远镜里看到自己的家，这里的隐秘让人震惊，更让人意外的是叙述者从望远镜里看

48

到两个人在一起的片段，玄幻以至于有点不可思议，但在小说层面上又让人读出一种精彩和奇思妙想。

一个人可以进到一个人的内室，可以窥探、揭开自己也在其中的秘密，这成了杨莎妮小说故事中的一个常用情节。此外，比如《冬至进补》《方便面悲歌》都用了这样的设计，使得故事推进与展开。从奇遇偶遇，到动心行动，杨莎妮的小说想要写出的竟然不是爱情的理想，不是物欲的现实，而是被情欲控制下的不由自主，是非理性与理性相互纠葛，或在两人之间，或在一个人内心的争斗与挣扎。《大桥》《鸡蛋葱油饼》《很多个世界》《酒吧打烊时》都是偶遇与奇遇之后的波澜故事。同时，她总能加进一些奇异的情节，让故事出现翻转，出现始料不及，从而使小说产生额外的效果。比如《大桥》，一个男人根本就没搞清楚饭店里偶遇的两个年轻女子的任何信息，接下来的故事一直是这个人和其中的一个胖姑娘的交往，待到结尾，他从胖姑娘的口中得知另一个清瘦的姑娘刚刚从大桥上一跃而下自杀身亡时，他才突然狂奔而去，无由的冲动原来又是产生自一个人的幻想和内心风暴。缥缈而去、转瞬即逝的情感、幻觉、想象，既如此脆弱又如此挥之不去。《颠倒邮轮》《孤独的广场舞》《鸡蛋葱油饼》《黑夜栅栏》《七月的凤仙花》都是对人物幻想状态的尖锐描写。

但杨莎妮的小说却不属于对意识流的热衷，其中的生活气息非常世俗、非常具体。也就是说，作者本人是以冷静的、不急不慌的态度去写人物狂躁行为和孤独幻想。她的小说的世俗标识甚至更加明显。几乎超过一半的作品写到了美食。与美食有关几乎是她离不开的表达方式，即使通过小说名也能看出来。"茶树菇鸽子汤""方便面""鸡蛋葱油饼""柚子"是食物,"酒吧""素菜馆""巧克力蛋糕店"是吃喝的处所,"冬至进补""美食的我"简直就是美食观念的直接表达。好几篇小说还涉及多种美食。作者写这些时,并不是为本来的故事添加"饮食文化",也不是以年轻人的"见多识广"炫富,她写到的那些吃的都很平常,都是普通人日子里的元素。正像"鸽子汤"比喻了某个人,隐喻了某种情绪一样,"方便面"也成了情感受挫后的自暴自弃"伴侣"。她笔下的人物总是在饭桌上"结缘",用"送饭"表达感情(《茶树菇鸽子汤》《方便面悲歌》),以对待食物的态度表达对人的爱恨情仇。

应该说,杨莎妮作为小说家确有独到之处。初看之时的确被一种新鲜感吸引,老到的叙述、熟练的文笔、奇异的故事、闪电式的结尾、无由的情感和"几乎无事的悲剧",她的作品具备了好的短篇小说的许多质地。当然我觉得她的叙述上有相似之嫌,不相似无以成风格,无以突出标识,但很多相近之故事和叙述方法,也会消磨一些小说故事的冲击力、新鲜度和尖锐感。如果她还要在这条路上继续,这或许是我唯一能提出的思考建议。不管怎么说,她的小说故事飘逸不定,有时让人想到《聊斋志异》,诡异的故事和真切的现实感,不去明说的情感表达和略略的尖刺,还让人想到读《世说新语》的感觉。她在一条正确的小说之路上行走着,而且很现实也很中国,或许应当再拓宽一些,再有力量一些,那就一定会走出一片新天地吧。但这又要保证她小说的本来质地和鲜明风格,把握得当是很难的。

(《文学报》2016 年 12 月 16 日)

创作是"美学抱负"的实现过程

——读熊育群长篇小说《己卯年雨雪》

2016 年，熊育群创作出版了自己的长篇新作《己卯年雨雪》，在一定程度上，这是一部令人惊异的书，熟悉他的读者都知道，熊育群是一位对自己成长的故乡有着深厚感情，并将这种感情投入到漫长的写作岁月中的作家，他对湖湘自然地理、文化习俗、人文历史有着专注的书写情怀，在这一书写过程中，他始终把湖湘文化视作自己人生和精神的双重故乡。《己卯年雨雪》的背景依然是他的故乡汨罗江流域，依然流露着对故乡的熟稔和骄傲，但这一次的写作因为历史背景设定为抗日战争，所以笔下的故乡就被放大为"国家"，抵御外来侵略的故事，使他写到的无论大小城市和乡村，都自动提升为"中国"，任何"地方性"描写都可能成为"民族化"描写，任何一个普通乡亲的描写都可能是对"中国人"的塑造。这样说，似乎可以认为，熊育群为自己的写作找到了一个颇具"天然优势"的主题高度。这当然可以是事实，如果作家处理得当、描写有力的话。但其实，他所遇到的难度和挑战也同时格外增大。

其一，抗战文学在中国伴随着战争全过程而且此后从未间断过，至今已有八十年历史。这一领域的创作有一个恒定的、不可动摇的确定主题，即鲜明、坚定的国家民族立场。任何一个中国作家不可能越出这一原则。在此前提下，抗战文学在几十年的发展过程中又有着或显在或潜在的变化。比如，新时期以来的抗战题材创作，在恒定的国家立场和历史观的前提下，表现侧重也在发生着一些变化。20世纪80年代初，由于中日关系在一定程度出现回暖和缓和，中日两国一衣带水，日本老兵来中国忏悔，战争双方从当年的对手变成今天的朋友，中国百姓如何养大日本战争孤儿，在各种创作特别是电影当中成为一时趋势。新世纪以来，抗战题材创作向表现战争状态下的民众生存状态以及民间抗战转变。再后来，抗日战争题材呈现出表现以中华文化战胜侵略者，日本入侵者对中国文化彻底臣服的趋向，京剧、武术、中医、绘画、书法、艺术品，都可能是日本人心悦诚服的文化符号。

其二，近年来，由于影视剧当中对抗战题材的热衷，这一题材领域在成为热点的过程中也出现了各自出招想办法吸引眼球的现象，一些雷剧、雷人情节成为舆论诟病和争论的焦点。所有这些都给人一种印象，这是一个从正面战场到后方被表现得没有死角的题材领域，出新出奇变得非常困难。

中国的抗战文学还会继续下去，对民族造成巨大创伤并最终取得胜利的历史永远是作家艺术家自觉去表现的题材领域。2016年，熊育群出版了自己的长篇小说新作《己卯年雨雪》，他究竟在写作上体现出怎样的风采，是否提供了足够新鲜的创作理念，是小说的重要看点，也是考验作家创作能力的地方。

这是一部非战争场面为主体的小说，描写的是战争间隙发生的边缘故事。一个日本女人，她从日本来到中国，目的只有一个——寻找自己深爱的丈夫，却被中国民间抗日英雄祝奕典俘获。寻夫之路变成了自救的过程，她的丈夫武田修宏生死不明，或者指向已经死亡。由此展开的，却是祝奕典复杂的爱情故事和抗战行动。重要的是作者如何在中日之间寻找叙述故事的平衡点。因为小说采取了中国人与日本人交叉推进的叙述视角，这一"平衡"包括故事容量、情感走向、战争与人性思考，等等，变得更加敏感。

熊育群显然意识到了这一选择之难，他的叙述可谓小心翼翼、如履薄冰。武田千鹤子来中国只是寻夫，并不参与战争。丈夫武田修宏作为日本军人，他的身上既有武士道味道和效忠天皇的表达，也练习杀人，甚至参与过杀人，但他同时对杀戮、对战争进行着反思和质疑。武田千鹤子虽然只冲着爱情而来，却也见证了残酷、残忍，看到了中国百姓的愤怒，她逐渐对日本发动战争的动机、行径有了更具独立和批判的意识。这样的处理故事方式过去并非没有，其中，淡化国家、民族立场，在人性论的指导下做抽象表达是最需要防止的价值观念。熊育群自觉、清醒地守护着民族立场，绝不让故事滑向人性论的地步。

这一自觉意识还体现在作者对祝奕典形象的塑造上。作为抗战英雄，祝奕典同时也有很丰富的爱情经历。自己的妻子左坤苇，死去的女子王旻如，即使既是自己俘虏也是自己救下的日本女人武田千鹤子，都对祝奕典有着或直接或暧昧的爱慕之情。特别是在处理祝奕典与千鹤子关系的过程中，作品做了足够多的铺

53

垫，这种铺垫，既是叙述技巧，又是可以支撑其关系成立的理由。千鹤子是日本军官的老婆，这一点祝奕典从一开始就非常清楚，所以他救下这个女人的行为在自己看来更是战争胜利的"战利品"。千鹤子长得太像死去的王旻如了，这又让他产生了复杂的感情。小说故事推进过程中，我们读到了一个时而摇摆、时而坚定、时而同情、时而又决绝的祝奕典。千鹤子本人也是如此，她既有为丈夫报仇的狠心闪现，又对身旁的这个男人产生某种好奇和倾慕。小说故事就在这样的魅惑与决断纠缠中推进着，充满了危险、悬念，也充满了变数和对结局的期待。

如果说小说作为抗日战争题材创作可以成立，重要的就在于作者为故事注入了人性内涵和情感世界的复杂性，使整部作品呈现出复杂性和饱满性，同时又能够做到自觉站在国家、民族立场上处理人物故事，这种自觉性始终保持着高度警觉，保证了主题走向没有流向历史观、战争观、人性观念偏颇和混乱的地步。有的情节，如千鹤子产生要杀死祝奕典的想法并试图实施，在情节吻合度上还有点刻章的痕迹，但这也正好体现了作家对民族、国家立场的坚守，对战争残酷、民族仇恨不可逾越的认识。在祝奕典和武田千鹤子的核心故事中间，作者做了一个颇有意味的收束，尽管祝奕典搭救的是一个没有涉入战争的日本女人，尽管他们之间什么也没有发生，但在特定历史情境下，这样的行为仍然激发出人们的愤怒，一位抗战英雄因此受到十年徒刑的惩罚，千鹤子则被遣送到了战俘营。一切私情都归于战争法则的评判。虽然武田修宏在最后时刻又意外"复活"，千鹤子也在最根本处仍然呼喊着丈夫的名字，但武田最后又暴亡的结局，加重了这一个法则不可抗拒的铁律。小说的故事情节和情感严格控制在国家民族的立场基础上。

艺术上，《己卯年雨雪》采取了人物穿插叙述的方法，呈现的是第三人称和第一人称混合推进、交叉并行的口吻，但这种穿插与交叉并没有采取现代西方小说拆解补充、严整对位的方法，而是在借助人物各自叙述的方法共同营造一种独特的小说情境。熊育群还为小说故事设置了足够浓郁的地域文化背景。以营田小镇为核心，作者将湖湘地域风情、湖湘文化性格，包括方言俚语、饮食起居，有效地化入其中。作者在地名上尽量求真，在重大战争事件上尽量求实，他为此显然做了大量的案头工作。将人物故事特定的小环境与中国抗战的大背景，将中国的民族情绪与湖湘文化性格做了尽可能多的融合。这个非正面战场的小说故事，与中国抗日战争的历史背景之间，实现了合理的、艺术的对接。

综述而言，这是一部不忘历史、铭记立场，表达人性、展现矛盾，有融合更有冲突，有纠缠更有决断的漫长的心理、情感和故事过程的表现，是融合了特定历史背景、特定地域风情，将所有这些描写自动提升到国家、民族、历史背景基础上的复杂表达。艺术上，是基于传统叙述与现代表达，将尽可能丰富的元素进行自觉整合的努力过程。作品的小说性由此得到恰切体现，透露出作家创作初衷里所立下的强大的美学抱负，将小说引入到一个复杂的情境当中，让看似"非主流"的人物故事，体现出必须坚守的主流价值观。由于作者要实现的叙述理想很多，个别人物，如武田修宏的死亡结局与主体故事之间在勾连上还有匆忙之嫌，但与作家始终坚守的国家民族立场相比，与作家为了遵历史之命做出主题表达相比，这些情节处理，既是有可能付出的必要代价，也是作家今后创作势必会去更具力量地表达的流露。

《己卯年雨雪》是熊育群创作道路上一个重要的节点，有此创作自觉，有此理想抱负，他的创作值得继续期待。

（《光明日报》2017 年 1 月 4 日）

"我是北京的孩子"

——叶广芩小说集《去年天气旧亭台》的"北京"表达

　　题目是叶广芩小说里出现过好几次，在其创作自述中也表达过的一句话。这句话里透着骄傲、含着感情，也带着一种莫名的感伤。从小说层面上理解，"我是北京的孩子"至少包含了以下意指，这里是关于"北京孩子"的小说，是"孩子"成长后与"北京"分离的故事，是历经半个世纪却挥之不去的记忆，是四十年后重返北京的找寻，是心中记忆与眼前现实无法对位吻合的难过。北京对叶广芩来说是故乡，是成长的地方，是并非自主选择的离别，也是无法重返的伤痛。我不觉得叶广芩在写所谓的"老北京"，有时候她也做北京地理的"知识普及"，那是今天居住在这里的绝大多数居民不曾知道的历史和人文，可是她不是在炫，不是在证明自己什么，而是通过这样的表述，告诉你居住地和故乡根本上并不是一回事。她写的北京并没有老到建都八百年，她写的是自己生活过、经历过的北京故事、北京风物、北京阳光、北京情感。

　　叶广芩的故乡，很幸运也很难耐，恰好是北京这样一个巨大的存在。我们的文学里，每谈故乡，通常是北方小山村、江南小城镇，或一座中国式的县城。大都市，至少从规模上而言的大都市，通常是文人们"侨寓""客居"且怀念故乡的地方而非故乡本身。叶广芩因此显得格外特殊。她在陕北乡下、关中县城、长安古城怀念着自己的故乡北京。这会为小说带来怎样的味道呢？

居于感情最深处的北京，叶广芩并不能时时与她拥抱，却因此被想象得更加美好和强烈，北京因此成了一种意念中、想象式的存在。或许这才是"北京人"的身份感吧。新的居民是没有这种感情，也不会有这种强烈意念的。米兰·昆德拉在解读"欧洲人"时认为，欧洲曾经通过共同的宗教实现了统一。进入现代，宗教让位于文化，"文化变成了欧洲人认识自己、确定自己、寻找认同的最高价值的实现"。现在，在我们的时代，文化也开始让位了，让位于谁呢？技术，市场，都有可能，但不管怎么说，文化已经让出了它的位置。他进而认为，"欧洲人，是对欧洲怀着乡愁的人"。（参见《小说的艺术》）套用一下，"北京人"就是对作为观念的北京存于心底，对"北京"有着深切感情记忆且保有怀旧感的人们。叶广芩就是其中的一分子，是这些人们中可以用文字来表达的代表。

叶广芩的北京是旧的，但不是穿越到几百年前的古老，而是老照片一样的黑白色，是发了黄的质地，是一个人内心无法克制的翻动与怀旧。叶广芩小说里的北京，是经过记忆过滤了的，使人面对现实北京时难免会产生惆怅、惊诧和陌生感。我曾经的山西作家朋友中，有多位是北京知青出身，他们深受三晋文化的吸引感染，在创作中直面人生经历的起伏变化，但也抑止不住地会在小说里写到北京，那种书写尽管不是他们创作中的主流，却因为深挚的感情和深沉的眷恋给人留下深刻印象。李锐的《红房子》里阳光灿烂的京郊，柯云路《夜与昼》里宏阔壮观的京华，钟道新《风烛残年》等小说里风雅妙趣的清华园，让人读出一种难以割舍的故乡情结和情感记忆。叶广芩同他们有着相同的经历、相同的记忆，她也是关中乡土及其文化的热情书写者，但她别无选择地会写到自己的故乡北京，而且这种书写随着年龄的增长越来越集中，她近十年集束式地创作了多篇（部）以北京为故事发生地的小说，中篇小说集《去年天气旧亭台》是这种情感回归的"系列"喷发，无论北京是否需要，这首先是叶广芩个人宿命般的创作选择，到最后，她也成就了北京的文学需求，离开故乡近半个世纪的她，带着某种乡愁回到了故乡，并以这种乡愁作为不可替代的标识，成了"京味儿"小说的新代表。在"人才多如鲫鱼"的"京华"（鲁迅语），叶广芩却成为这个小说繁盛之地的新代表，可见她从情感到创作的执着如何折服了众多挑剔的读者。大约三年前，根据叶广芩同名小说改编的电视剧《全家福》播出，那种地道的北京风物和生活秩序，契合在生活点滴里的北京讲究和"老礼儿"，让人观之赞叹、舒服，却绝无夸大其词的声张和玩世不恭的油滑，时代变迁总与生活苦乐相关，喜怒哀乐又透着自谦与达观，斗争、竞争环境中不失亲情呵护和邻里关照。《全家福》可以说是继开放初期的电影《夕照街》、21世纪初的电视剧《贫嘴张大民的幸福生活》之后，又一部烟火气十足的"京味儿"影视作品。

北京是叶广芩人生记忆中最为珍贵的留存，是她的情感核心。在叙事过程中，北京又是一个无处不在、四处漫延的情感洪流，是渗透在小说的每一个缝隙中挥之不去的气息。如果把现实中的北京比喻为一尊庞大的混凝土建筑，作家基于温暖感情写到的"北京"种种，则是注入其中的泥浆，契合在砖缝里的泥土。《去年天气旧亭台》是小说合集，但也有一个整体构想，即通过人物故事烘托出昔日北京的亭台楼阁，或是借亭台楼阁牵引出旧人往事。独立成篇的小说就形成了一个可以穿行的系列，一个可以概览的整体。在近十篇小说里，"北京"有时甚至就是作者可以娴熟使用的修辞。经常会看到，小说故事中提及某个北京地理方位、一个方言词汇时，叙述者往往会为其做"北京"独有的限定。这种简洁的"前缀"随处都是，有必要时还会以较长的"后缀"专门"注释"。《太阳宫》里的"前缀"："这个二姨用现在的话说是她在朝阳门外南营房做姑娘时的闺密"，其中"朝阳门外南营房"就是一种地域修饰；"我和母亲的到来使饭桌上多了天福号的酱肘子和芝麻烧饼"，这里的"天福号"强调了"北京"品牌。《鬼子坟》里的"后缀"："'拍花子的'是老北京吓唬孩子的话语"，这个俚语不解释，一般人还真理解不了。《月亮门》里的语词修饰："老北京人一般不说太决绝的话，'以后别再来'这样的硬话从苏惠嘴里说出来，让我吃惊。"这种品德评价尽管主观，却生发自一种坚定认知。这种表达在叶广芩的北京叙事中，是一种从心底里流出的不由自主，她不是在向读者展示知识点，而是用这样的方式向故乡致敬，她热爱这里的一草一木，也记得它面容上的每一道皱褶。

今天的北京，正以其中心化、现代化、国际化，以其超级庞大的体量而成为一个无所不包的巨大"场域"而非一个地方，用情感去体验它并视之为故乡，并用绵密的文字表达出来，那真算得上是一种少有的奢侈。北京无疑是当代中国小说里出现最多的地名，但这个"北京"更多时是一种符号化的存在，是与可感触的乡村或小城镇相对立的陌生化存在，是一个没有街巷，来不及描述地方风情，地方性被压减到几乎没有的意象。叶广芩的独特在于，北京是故乡，乡村和小城镇恰恰是他乡。北京是从前，是记忆而不是疲于奔命的当下。当她描写北京时，所有的影像都是具体的、真实的，它们或许已经消失，或许被改变，但作家是怀着执着和坚持去找寻、去还原的。她在表述一个她本人不能忘记、很多读者并不知道的北京，甚至，也是一个即使和叶广芩一样曾经拥有，今天仍然生活其中却与这种记忆渐行渐远、慢慢淡忘的北京。叶广芩如此描写她心中的北京，是一种情感需要，也是一种自觉担当起来的文化职责。当她描写"戏楼胡同"这样成长于斯的地方时，"区域地理"的还原努力是很明显的，"我们家住在北京戏楼胡同，在雍和宫东边，是和国子监的成贤街相对应的一条胡同。胡同东西走向，安静，宽展，邻里街坊都熟识，关系处得都很好"。这是《太阳宫》的开头，其中不但有详尽的地理说明，还有环境舒适、人际和谐的人文评价。"我们的学校方家胡同小学在雍和宫西边，与有牌坊的成贤街并行。我认为成贤街是全北京最美的一条街。"《鬼子坟》里的这一描述非常主观，但不是发自心底的挚爱和特殊记忆是不会如此去描述一条街景的。我也曾因孩子上学常去那条街，读到叶广芩的评价还是很意外的。在她心目中，京腔京韵是心底里的音乐，红墙绿瓦是最美的风景。

"我是北京的孩子"，永远留在一个孩子心里的故乡——北京是完全由感情过滤的城市，四十年后再回来，一切都发生了很大变化，这种变化对历史来说意味着很多，而对一个归乡的游子，就是一切熟悉都渐变成陌生。"北京只几十年工夫便已是沧海桑田。几个月不上街，识不出本来面目的情景常有。"（《太阳宫》）面对眼前的北京，"风景依然美丽，草坪新铺，假山人造，没了野趣，少了自然"（《太阳宫》）。"城墙没了，代之以二环马路；小市不见了踪影，换以排排绿树、整齐民居。一切变得美好光鲜，蒸蒸日上。是的，首都北京应该这样。"（《鬼子坟》）惆怅与欣然并存，回归的喜悦和陌生的难耐皆有。作为一个离别多年的归来者，再回北京，与其说是观赏新貌，更应说是急于寻找旧踪。她想看看往日的"老家"变成什么样了。"'老家'毕竟是生我养我的祖居，是我魂牵梦萦的精神家园。"的确，比"家园"更让人心动的是"精神家园"。当"我"在面目一新的旧居附近看到一棵"黑枣树"，认出它就是自己认出的"唯一的遗存景物"时，就像认出了失散多年的亲人，"我怦然心动"，"我疾步趋前"，那情景可以感受得到。（《后罩楼》）而这棵"黑枣树"，在《扶桑馆》里也出现过，描述的感受是一致的。"物非人非，我们已经不是我们，北京也不是北京了。"（《月亮门》）这是一个守成者的呐喊和吁求，这是新北京人，"客居京华"者们不可能拥有的诉求。

经过了半世纪的漂泊，叶广芩再次回到故乡北京生活居住，眼前的一切和心底的所有每每产生冲撞，有应和也有变异，有亲切更有陌生。有归来的激动，也有无法融入的难过，有心底的安详，也有陌生感带来的躁动。无论如何，她心里想着的还是那个曾经的、过往的北京，是存在自己心底别人不知道的北京。我说过，北京无疑是当代中国文学里出现最多的地方，身居北京的作家在写当代北京时，那是一个人物大展其才的地方，是一个观念超前、引领风尚的地方，20世纪90年代以来，王朔小说里的北京成为"新"北京的代表，但王朔笔下的北京仍然是"观念"的北京，不需要出现具体的街巷，也不必描述某一处景致。那些人物依靠一种仿佛与生俱来的语言，在不断的滚动与席卷中烘托出某种别样的人生观念。他们与这座城市的世俗生活，与街坊、邻里并不发生深刻的交往。而且，那些生活在这座北方都市的青年，他们厮混于此，但在个人情感选择上却另有追求。《空中小姐》《橡皮人》《一半是火焰，一半是海水》等小说里的青年，他们的女友无一例外都是来自南方城市，是家庭优裕、学历教养很好的女子，同城的女性倒没有成为其中的主角。在王朔小说的影响下，一些喜爱、追逐其小说的写作者，也提供着类似的作品，但"取法乎上"，甚至未必能"仅得其中"，于是，"京味儿"有单靠"京片子"支撑的单调与空疏趋势。在这样的时候，叶广芩出现了，她带来的是另一种纯正的味道，一种必须经过感情过滤的"京味儿"。这种补充并非是刻意的校正，但人们对此产生的认同，却是对文学"地方性"的要求所致。

叶广芩是一个离别多年的归来者，这么多年，她也深受三秦文化的滋养，对那里产生了深挚的感情，她的创作不但有大量取自西北、关中的题材，即使在回到北京后，在写北京的小说里也

63

难免会带上另一种眼光。《黄金台》里的"老刘"和青山县，就是把外来者在北京的经历叙述其中的作品。在其他作品中也时有这种"外乡人"的叙述口吻。

因为小说里描写更多的是记忆中的、正在消失的北京，是经过情感过滤的故乡，叶广芩的这些小说就有了浓烈的散文化色彩。抒情和感慨的比例绝不亚于故事叙事本身。这种散文化的表述持续弥漫，抒情性和叙事性之间难以区分，既为她的小说带来特殊的味道，也对其作品的"小说性"产生多向评述。的确，有时候我们会在阅读中忘记了这是在读小说，而只把其看成一个人的心曲。小说中的叙事人"我"会与作者叶广芩产生完全的吻合。她笔下的很多人物，在不同的小说中都有出现，随处穿行的形态果然如亲戚串门、街坊碰面，更增添了其小说散文化的意味。当然在我看来，叶广芩在创作过程中有着自觉的小说意识，比如她在小说结尾处，总会以某种传统短篇小说常用的"爆破"式小转折、小惊艳来体现故事性及其戏剧性。《月亮门》的结尾，当少年时的朋友苏惠的丈夫出现时，"我"惊讶地看到，从远处走来的正是当年"我"和苏惠发誓绝不会嫁的同班男生"李立子"。眼前场景意味深长。《唱晚亭》的结尾处，当"我"为当年那块珍贵的石碑被切成碎片难过时，却意外得知，那石头里是"有翠的"，一样令人唏嘘。《太阳宫》的收束，是"我"在无尽的忧思中发出"曹太阳，你是否还在人间"的追问。《苦雨斋》的结尾虽然不读全篇难以理解，但一样也是别有指意在其中。

叶广芩的北京就是如此不同，那是出了东直门就是郊区的北京，是她直到今天也愿意在"东直交通枢纽坐107无轨"而非地铁、的士的北京，是居于雍和宫而直觉太阳宫"破烂"，今天却又倍加怀念"太阳宫"乡下的北京，是小槐树、黑枣树、铁炉子、豆汁儿，"小丫头片子"、赵大爷、刘大大、孙顺儿们，等等，一切组合而成的北京。想念着这样的北京，她甚至连"拉布拉多"的洋狗名都无法接受，这是一个存于心底的北京，是一个走不出去又不能完全融入其中的北京，是故乡，是绝大多数新居民们无法感受却应该知道的北京。"每每想起那条长着槐树的小胡同心里就滚烫，眼圈就无端地泛红。""狐死亦首丘，故乡安可忘？早晚有一天，我得回去。我是北京的孩子，狗跑丢了还知道找家呢，何况是我！"（《树德桥》）毫无疑问，叶广芩回来了，且仍然会往来于"北京"和"中国西北"之间，到处都有割舍不下的亲情友情，而这种纠葛和缠绕，正是一个小说家充沛写作热情得以保持和延续的根基，也是其不断思考人生、历史和社会的一部大书，在此意义上说，生于斯，长于斯，又离别四十年重回，这种颠沛流离是一个文学写作者的幸事。

（《读书》2017 年第 1 期）

穿行历史　照亮现实

——关于刘醒龙《黄冈秘卷》

刘醒龙，一个总是在创作上拿大鼎，在展示自己文字力量的同时，还要"挺举""抓举"一起来，身形活跃，创意颇多的作家。十年前，他的长篇小说《圣天门口》引来广泛关注，改编成电视剧后，也可见其在复杂的历史叙述中充满神秘色彩的诗性贯注其中。他的《天行者》又是对当代生活的某种热情关注。历经数十载，刘醒龙的创作有寻找自我突破的追求，也有坚持不变的定力。他近年出版的长篇小说《黄冈秘卷》又一次让人看到这种变与不变的自觉与圆熟。我以为，刘醒龙近年来的创作收获有颇多启示值得评说。

刘醒龙创作历程三十年以上，其间他先后获得鲁迅文学奖和茅盾文学奖，这是他创作上被人认可的直接证据。不过比获得荣誉之不易更重要的是，刘醒龙并没有满足于享受荣誉带来的惬意而疏于创作，他在编辑文学刊物的同时坚持写作，十分活跃，这种活跃并不是通过演讲、创作谈、访谈录来维持声名，而是持续深入思考，创作出一部接一部的大作品。近年来发表出版的长篇小说《蟠虺》《黄冈秘卷》以及长篇散文《上上长江》，就是最好的证明。这种坚持小说本位，不断探求新创作方法的行动本身，就是值得称道的。之所以讲这一点"题外话"，是认为并不是所有有成绩的人都能做到这一点坚持。去年底人民文学杂志社致敬老作家王蒙、蒋子龙、刘心武，我在发言时认为，新时期文学发展四十多年，作家队伍不断壮大，但毋庸讳言，掉队的、转向的、放弃的，并不在少数。王蒙等老作家的一个共同特点，贵在数十年矢志不移，从未离开文学的现场，从未放弃自己的写作。刘醒龙文学创作上的认真和坚持，亦是同理。

刘醒龙的创作，从题材上讲，在呈现历史和表现现实上都有收获。就历史题材创作而言，新时期文学四十年，在表现形式上有不同类型。一是直接进入历史，历史空间相对具体。姚雪垠、二月河、孙皓晖等作家的创作即是如此。二是在呈现历史中带入表现现实，即从当代视角返回历史现场。近年来的情形则更加复杂。小说领域里的"百年史""家族史"叙事已经发展到极致，历史和现实在线性上具有同样比重并因此打通。网络文学则有了穿越说，即使是远在唐朝、战国、春秋，都可以直接和当代人有了某种奇怪的、玄幻的勾连。刘醒龙的《黄冈秘卷》提供了另外一种历史叙事的可能，即消融了历史的线性划分，历史，既不是与当代无直接关联的时段，也不是从今天直接回望、寻找线索，叙述者在历史和现实之间来回穿梭，使历史和现实在小说叙事意义上成为一种融合。《黄冈秘卷》不是"百年史"的写法，在这部小说里，历史的时序被完全交叉、交织，也无明晰的现当代概念可以捕捉。小说的叙述者"我"，与多个小说人物有着或直接或间接的关系，见证、评说甚至参与到他们的故事中来。他们各自的经历、故事、命运、性格、情绪，都在同一空间汇集、碰撞。小说中的各种意象，如《黄冈秘卷》《刘氏家志》《组织史》等等，各色人物如刘家老十、刘家老十一、刘家老十八，其他看似偶然却又十分必要的故事介入者，如并不在黄冈生活的少川、北童等人物，都在"我"这一叙事视角下被统摄，时间、空间互相交织。当一个故事展开时，其中既有当下发生的种种，也有对历史之谜的探究，或者，对历史之谜的探究、追问、建构、拆解，本身就是现实故事的一部分。这一点在稍早前的《蟠虺》中也可找到佐证。小说题材远涉楚国、楚文化，但小说表达的主题却意在当下。这种处理历史与现实的做法，既是刘醒龙个人创作日益成熟、圆润的标志，也对小说领域在历史与现实关系的处理上提供了一种有益启示。

一直以来，刘醒龙的创作有着明确的地理文化标识，这就他生于斯长于斯的荆楚大地，以及浸润其中的楚文化。但《黄冈秘卷》的创作表明，他在这一点也有新的变化。从故事层面上看，《黄冈秘卷》更加直接地写故乡，甚至引入了"地方志"概念，着眼于挖掘地方文化，书写和塑造地方人文性格。这里，我想说明一下，"地方志"、地方民俗文化在小说中的突显，是近年来小说创作中具有集中表现的一种小小的"热潮"。但我对这种趋同也有一点隐忧，过度的地方化，过分狭窄的地方性，过于明确、直接的民俗文化展现，标识固然是更突出了，但格局是不是也同时受限，创作素材的广泛性是不是受到影响，以及小说的艺术性究竟因此更具风格化还是受到损抑。我以为，刘醒龙的《黄冈秘卷》做到了一点，在突出地域性，添加"史志"色彩的同时，作为小说家的刘醒龙，显然保持着高度的自觉，努力打开故事的格局，不囿于一时一事的描写，让人物故事在更大的时空背景下穿行，小说的意义和内涵也因此得以延展。《黄冈秘卷》一开始就以少川这个既与地方性有出身上的联系，又并不置身其中的角色开始叙述，以少川的女儿——一个都市里的中学生对故事的不断评说和介入，使得与"地方性"相关的一切始终处于不稳定状态，也使小说故事的流动性得到增强。以多角度、多层次观照"故乡""家族"，作品的意象越具体，附着其上的色彩却越多重、越变幻。小说对地方文化，包括方言俚语的加入可谓特殊，但小说叙述中表达出来的态度、观念，却具有天然的开放性，并非是一种乡贤式的语调，而是一种熟稔的有根性的写作，小说的精神表达具有广阔性和超越性。在一定程度上可以说，《黄冈秘卷》追求的是一种中国精神的表达，而这种中国精神，又是紧贴在地方性当中的，这当中的复杂性值得探究。无论如何，《黄冈秘卷》在精神上的站位，使其发散出格外的气质，对小说中的地方性书写具有创作学意义上的启示。

（《光明日报》2019 年 2 月 20 日）

回到自己的根据地写作

——关于池莉的《大树小虫》

还是武汉，还是"烦恼人生"，无论走多远的路，池莉仍然回到自己的"根据地"开始小说写作。《大树小虫》就是这样的人生画卷徐徐打开的新景观，但它更急促、更热烈，更迫不及待地漫延在人生的周围。

漫长的来路，匆忙的人生，到最后，所要追求的似乎并没有如期实现，生活却一天天、一年年过去了。紧张，繁忙，若有所失，又很充实。这是普通人的生活写照，也映照着不同阶层的人们共同的生活境遇。

《大树小虫》在叙事上有一种奇异的效果。将近四十万字的容量，却只分为两章，而且第一章就占据了全部篇幅的五分之四之多。漫长的第一章，按照目录指引读下去，仿佛不过是将要出场的人物的经历介绍和"档案"存照，熟悉"十七年"文学或时常会去现场观剧的人，一定会有似曾相识的阅读记忆，不少长篇小说在正文前，几乎所有的戏剧现场都会发一张册页，很明晰地把"人物关系表"列出来，以方便读者和观众阅读。然而在《大树小虫》里，这一"技术性"提示却成了池莉的叙述策略。"女主角""男主角"及各式"配角"的"介绍"过程，其实早已进入了小说的主体叙事。你以为读的是序篇，是"绪论"，原来就是小说本体。

篇幅不成比例的第二章，连用十一个"没怀上"造成视觉上的强刺激，最后来了一个"真相大白"。叙述的速度非常急促，故事的讲述如狂风掠过荒原，直抵终点，到达"真相"。不知不觉中，小说故事讲述完了。这是小说？全部的故事？的确意犹未尽，却已感慨万端。画面感、动作性、戏剧化，池莉在叙事艺术上尽显老辣，展现圆熟。在澎湃汹涌的长篇小说浪潮中，《大树小虫》弄潮的姿态极具标识性，令人回味。

《大树小虫》的动感还源自池莉塑造的人物。俞思语，当代都市里的青年女性，出身优裕，背景极佳，天生丽质，学历正宗。她又具有并非高冷的天真活泼和单纯可爱，而且还有天生的独立性格。钟鑫涛，这个与俞思语一见钟情的青年，先天的后天的条件几乎与俞思语高度吻合，他们的结合可谓是无缝对接。然而，剧情的走向却并非按照既定的轨道前行，烦恼接踵而至，纷至沓来。围绕着两个男女青年的尽善尽美和完美结合，打开的却是一个个人生缺口，生活的漫水四溢不定，命运的小船摇摆起伏。即使再完美的生活，原来也有诉说不尽、难以言说的苦恼，而且是属于平凡人生的烦恼累加。俞思语再清高也有生育的责任，而且有一个千金还不行，还得为钟家生出个孙子。在第一章里被渲染得血统高贵、见多识广、开明优越的钟鑫涛的父母，原来一样也是凡夫俗子，一样渴求着普通人的愿望满足。这正是池

71

莉始终不变的文学主题，是将人生平等对待的固执理念，她在这一点上极其坚持，也很无情，更具有逼人的真实、彻底的真切。婚后的钟、俞二人，感情上、观念上并无"真相大白"后的冲突，然而他们一样必须面对求医问药、小心翼翼的生活。于是读者就怀着与男女"主角"同样的急切想要看到结局，到最后却是连续一年的"没怀上"。这不是对中产阶级的刻意讽刺，这是实实在在的人生正在展开它不由分说的画卷。谁也摆不脱，大家都不能免俗。

当然，平凡的人生从来都是在不完美中让人感受到欣慰，让人在平淡的满足中怀着某种隐痛。钟鑫涛和俞思语仍然可以继续他们的生活，但那未完成的"大业"有如一把悬剑，让他们并不能完全自由。在这一过程中，我们还读到了钟鑫涛的父亲钟永胜的混乱人生，读到围绕这种混乱引发出的对爱情、友情、亲情复杂性的认知。池莉在急促的故事讲述中，将这一人生道理一点一滴地释放其中，让人产生故事之外的太多喟叹。

《大树小虫》的第一章在叙事过程中看似采取了人物逐一出场的方法，但并没有给人互相割裂的印象。这是因为，所有人物最后都成了"一家人"，命运的主题具有共通性。所以他们的故事相互重叠，相互交叉，形成叙事上互相拆解、补充的效果。这种叙事法我们的确也曾见到过，不过在池莉这里，她并不刻意强调同一故事的不同讲述效果，她并不炫技，她是以一个基本主题让人物故事归拢，让他们的相互关联完成和体现作品的小说性。她的创作追求，仍然是人物自身的人生轨迹的描述和命运的不可逃脱。世界是平的，人生也是平的，命运有时会在成色上、状态中体现出平等和均衡。幸福的本源是幸福感，是从烦恼人生中悟出生活的真谛，以平和的姿态应对扑面而来的世相。大树可以遮阴也会招风，小虫各自有命但也自会求生。

（《光明日报》2019 年 7 月 13 日）

神话·寓言·现实主义

——关于刘亮程的《捎话》

刘亮程是我的朋友，我像关注他的工作生活一样关注他的创作，并为他的每一个新收获、每一点新突破感到高兴。作家有不同的类型，刘亮程属于天赋异禀型，不过天赋异禀型有时候也需要别人给他"捎话"，需要知道自己的天分处在什么方位上。

完全没想到刘亮程会写出这样一部小说。《虚土》和《凿空》之后，作为小说家的刘亮程面临两种选择，是将《虚土》《凿空》里的散文痕迹祛除得更彻底，更接近时下小说家们一致认可和追求的"讲故事的人"，还是坚持在自己的路上行走，成为一个更具鲜明风格标识的小说家。《捎话》让我意外的是，他走了第三条路，即把自己变成一个在艺术上冒最大限度的风险，使其处于极端状态的小说家，一个将小说、散文、诗、戏剧、神话、民间传说等多种元素集中调动，汇聚成一个任何其他人不可能拥有的小说世界。

这是一部关于语言的小说，也可以说是一部关于声音的小说，说得书面一点，这是一部关于媒介与沟通的小说。但这一切

74

都是呈现的结果，其时空是一个想象的世界，是历史之外的虚构，它或来自某种神话，或本身就是作者创造的某种神话世界。在这个世界里，四处充斥着声音，人的说话，驴鸣，狗吠，鸡叫，它们各自以自己的能量在世界上存在着，没有人能看得见，却颇有秩序。在《捎话》里，声音是有形状的，是有长度的，是有颜色的，而且还有速度。语言是行走的，速度比人快，语言是武器，还不是软刀子杀人的比喻，是真的可以攻城拔寨，直接致命。在《捎话》里，驴鸣是最有力的语言，最具穿透力，连片而起的驴鸣其实是信息传递的过程。这是人类不可能知晓和抵达的世界，即使小说中懂得最多语言的翻译家"库"也不可能。

小说正是以人物库和一只小母驴谢为主角，贯穿全篇，展开一个看不见却无比紧张的语言世界。

在《捎话》里，有两个势不两立的王国——毗沙和黑勒，它们有着互不相通的语言，库是可以依靠语言天赋，依靠"翻译家"身份游走在两个国家间的串接人物，而两个国家的驴却并未因人类的文明、宗教、语言相隔膜，两个互不相通的世界里，驴们可以通过嘶鸣互相对话。"捎话"可以成为一种独立存在的职业，将一切对立和隔膜实现沟通。当库牵着一头驴启程时，得到的指令是把驴"当成一句话"。语言是分裂世界的黏合剂，然而是在不可能被认知的状态下紧张地运行，它改变了世界，而人们却并不知道正在发生的一切。这个神话世界，这个历史之外的世界，却对当今世界形成巨大的隐喻，无形的语言正在联结着敌对的世界，也让貌似一体化的世界更加撕裂。作者有没有这样一个隐喻诉求我们不知道，但它的确形成了这样的巨大能量。

在《捎话》里，有三重世界，人、驴和鬼魂。这三重世界里，小说强调了互不相通，却又同时甚至更加强调了互相重叠、交叉与分裂的过程。库和谢相携而行，最终却人畜相合为一体，妥和觉分别来自毗沙和黑勒两国，互为敌人，然而死后成为鬼魂却身首各半合为一体，乔努乔克是毗沙的将军，发展到最后却揭示出这样的真相：乔努乔克是比孪生兄弟还要接近的一体分二，是一个人的身体分裂出的两个人，一个负责白天作战，一个负责晚上出征。在人、动物、鬼魂的三重世界里，驴成了一切皆通的媒介，它既可以知晓库的一切言语和举止，也能看见鬼魂的行踪，而库的能力是受限的，他不懂驴的语言，甚至也看不到妥觉的存在。

从艺术上讲，《捎话》具有长篇小说在结构上的成熟要求。小说的故事线索、人物关联体现出作者长期的深思熟虑和巧妙构想，人、兽、灵三种行动主体各有小说意义上的分工，也有严格把控的独立与交叉，纷繁但有致，肆意而小心。小说性在其中是一种自觉要求。在保持小说性的同时，《捎话》追求小说故事的流动性，别出心裁地高密度穿插。小说语言在保证故事推进的力度和完整性的同时，追求语言上的诗性。诗化语言特别表现在对人与兽所持"语言"的形容与比喻上。语言是有形状、长度、力度的。看不见的语言在作者那里却是可见的，甚至可以物化。人的语言千差万别，毗沙和黑勒的语言不一样，除此之外，人类还有许多种语言，不通是共同的特征，而库是唯一能听懂所有语言的翻译家，在人类语言的掌握上，他是全能的。而驴的语言是一样的。"人因为说不同的话才长成不同地方的人""全世界的驴都叫一个声音，所有的驴长得也一样"这是超出小说之外的更高级的判断，我们会认知，作者是有道理的。

将声音物化，在《捎话》里并非比喻，而是一种形态的表达。究竟是谁有能力看到声音变成了可触碰的固态？是小母驴谢，有时候也是叙述者的直接表达，因此在小说里，不可见的叙述者最强大。"不同语言的声音围绕了三层，仿佛昆塔裹了三层声音的纱"；"驴叫从空中把诵经声盖住"；"声音的虹飞架在城墙上头"；驴鸣声多了，就变成"无数道彩虹架在夜空"；"万道驴鸣的彩虹拔地而起，跨过消失的城墙"；"风将声音拉成一只鞋形"。有形状的声音还有颜色。彩虹本身就是颜色，"红色驴鸣"在小说里出现多次，而人的声音是"土黄色的"。

声音在动态中体现出长度。"听见一声声的驴叫从地上升起来"，"世上的路都是驴叫声量出来的"。

声音还是具有打击力量的武器。"在能看见声音形状和颜色的驴眼里，红色驴叫高高地骑在土黄色的人声上面，一起往城上飙——"

小说中有很多妙喻，我们简直分不清是作者的发明还是从民间得来，总之会心处甚多。如"驴见面不问年纪，问蹭倒几堵墙"，"在城墙上听驴叫犹如目睹繁星升空"。小说中还有一位人物讲过这样一段话："我害怕一旦我学会了别的语言，就再也回不到家乡了，我会在别的语言里生活，乐不思归。"读来让人会心。我想起前不久陪作家王蒙回他的家乡河北南皮，回到家乡的王蒙一直用南皮话与亲友交流，乡友们感叹他对家乡的深情和语言天赋，王蒙则讲了家乡方言的意义。他说，家乡话让人有一种父母双亲还在的感觉。可见，语言和故乡的关系，跟一个人文化根基即所从何来的关系，是十分密切、值得探讨的。

读《捎话》让我想起帕慕克的《我的名字叫红》，在那部小说里，散文诗的笔法，让动物和植物说话，特定地域的民俗风情，不可替代的民族民间艺术，奇异的描写让人心惊，令人感佩。就艺术追求和创作才华而言，《捎话》与之有相似处，在品质上也绝不逊色。不过，二者的区别在于，帕慕克的《我的名字叫红》是有具体地理方位的，伊斯坦布尔就是中心，也有明确的历史时段，在无穷的想象和诗意的描写中，国家、民族、历史的指向是明晰的，它既有溢出历史的章节，但总体上还在历史当中，与此同时，小说还有当代故事框架，而且是以通俗小说如爱情、侦探等为要素，小说由此变成了一个多维空间。不极端也不绝对，可以在不同层面的读者中流转。我曾对此发表过一点感想。我愿意在这里重提这点感想，不是要把两个完全不同语言的小说硬往一起扯，而是想说，当代小说，无论中外，特别是在中国，正处在传统小说家观念和现代小说叙事共存，甚至在一个作家身上，一部作品里共存的"临界"时期，我们有时候看见它们打架，有时候看见它们互补。但相融会带给小说更多的意味和复杂性，更能吸引不同层面的读者共同关注的，却是帕慕克带给我们的启示。《我的名字叫红》，"是'谋杀推理''历史哲思''爱情诗篇'的奇异杂糅。小说中如'我的名字叫黑''我是一棵树''我的名字叫红'等章节，其实已经不是故事逻辑的有序串接，而是激情四溢、文笔精妙、意象奇特的散文诗。小说中关于'风格与签名''绘画与时间''失明与记忆'的历史故事，传奇的力量读来让人有拍案惊奇的冲动。而那个当代的爱情故事，却似一个故事框架若隐若现，它并非无足轻重，但无疑，小说故事枝蔓丛生，小说意义多向繁复，小说家穿梭于古今之间的洒脱之风，让整部小说有一种气脉贯注始终的整体感，一种摧枯拉朽的冲击力"（自拙文《我愿小说气势如虹》）。

《捎话》里的很多笔法，颇有同样风范，需要强调的是，《捎话》的笔法，无疑是来自诗人、散文家出身，有着在多民族地区聚居经验，受民间文化艺术浸润日久，对自然有天然敏感的刘亮程的原创。在此前提下，我想说一点意见，在如此漂亮的艺术旋转过程中，究竟如何看待历史和现实？历史和现实，也即与我们今天的读者，正在与作者生活在同一时代的读者，他们的人生、社会、历史，有没有进入这样奇思妙想小说中的机会和可能性？如若加入，对小说家艺术追求究竟是一种拉低还是提升？可能性都有。但我想借所举例证说明其正面的、积极的作用。

《捎话》是一部追求极致的小说，在小说后面的访谈中，刘亮程表达了自己创作小说的初衷，即他相信小说在历史之外另有空间，即"孤悬于历史之外，一个单独的存在"。在小说家纷纷转向"讲故事"，以浅表的故事、简单的主题获取读者，从而放弃了应有的美学抱负和艺术理想的情形下，在以为写了现实中的故事就是现实主义成为一种理所当然的情形下，中国当代小说亟需出现在艺术上有独特追求的小说家，刘亮程所做的努力令人感佩，《捎话》比《虚土》和《凿空》走得更远。《捎话》里的荒漠、戈壁、胡杨林等意象，或许可以让人想到与作者生活相关联的地域场景，即与"西域"有着"隐约"关联。但这些在小说里没有突出的标识作用。在保证作者奇崛大胆的想象和诗意的、夸张的、超现实的描写得到充分发挥的前提下，我个人倒是觉得，也许这样的小说还可以多一些与现实人生世界相关的内容或元素，这既是一种叙述上的策略、扩大读者面的需要，也考验着作者超验的能力如何更直接、更大量地与现实对接，并碰撞出奇异的火花，那或许会使小说更具意味，也符合长篇小说的文体特征。从这个意义上说，其实西方当代小说，南美魔幻现实主义，并不那么深不可测。中国作家的创造力绝不输给他们。也许我们可以思考这样的问题，流行小说的外壳和包装，严肃历史的介入，烟火生活的穿插，民族民间文化的独特标识，诗意化的笔法，强大的叙事能力，深邃的人生与哲学思考，这些要素在一部小说里同时出现，相互交织，或许更考验创作者的综合实力，处理巧妙和足够称奇，也更能吸引读者眼光，提高小说的传播力。不知这样的建议对刘亮程而言是否有效，这不过是我阅读之后的一点想法。

《捎话》里有明显的神话逻辑，也有现代小说的寓言品格，但同时，也有严谨的现实主义创作方法的自觉要求。小说对人、兽、灵三界，他们的各自能力有严格的界定，坚持严格的把控。在小说的意义和价值中，对不可见世界如语言对人类生存与发展的影响，注入了强大的思考，既深邃又感性，既沉重又诙谐。看似浪漫、诗性、荒诞的描写中，有着严整的系统设定，而且贯穿小说始终，是一种创作上的知行合一。我只是在啧啧赞叹的同时，作为作者的朋友，也是一个读完难免会想一想的读者，提出一个可以和作者探讨的话题，这样的小说还可以呈现出怎样的形态，另外的形态是否亦有可供琢磨和启发的地方。无论如何，《捎话》无论对刘亮程个人还是对当前的中国小说创作，都是一次值得认真对待、深刻剖析的突破与收获。

（《光明日报》2019 年 1 月 23 日）

乡村生活的表现姿态

　　远在内蒙古的青年作家安宁寄来她的散文集《我们正在消失的乡村生活》，一读之下颇觉充满新意，同时也引发了对今天如何表现乡村生活的一些想法。拉开架势写篇评论又觉得谈不清楚，于是就把其中的一些想法以"致作者"的形式写了下来，以为交流。

安宁你好!

你的散文集《我们正在消失的乡村生活》早已收到并也读过了。当时还是有一些感受的，后来一直想着写篇评论文章，也是对赠书的一点谢意，但一些想法看法一旦想着是一篇文章，反而不畅，故写了几百字索性放弃了，不如就此直接交流一下看法。

　　我以为，依你的年龄和在大学任教的职业，更结合时代所营造的氛围，能够静下心来写点关于传统的、乡村的生活场景，将其化作自己笔下的意境和情境，实属不易。乡村，是中国文学最重大的表现对象。这一传统自五四新文学以来的近百年甚至达到极致。中国古代文学反而是知识分子写作，所以市井、宫廷、庙堂比乡村表现得还要多，即使写到乡村，多数也是文人"观照"，是田园与山林的结合，再添上点文人的感慨。真正的乡村社会、农民形象，是现当代以来中国作家热衷表现的对象。这是倡导的结果，也为中国文学打开了一个更加广阔的世界。但这一传统现在也面临挑战和危机，这就是如你的书名一样，大家都有一种担忧，"我们的乡村"生活"正在消失"，这虽然也激发了很多人表现乡村试图挽留的信念与坚持，但也为更多的人不再以乡村为写作对象找到了时代的"合法理由"。从这个意义上讲，你的作品，仍然将笔触植根于乡村，看上去没什么新鲜，但在某种意义上也非常难能可贵。因此，祝贺是必需和首先的。

《我们正在消失的乡村生活》从文体上既是散文又似小说，这也是写"故乡"的作家经常会遇到的文体"问题"。书中所写的乡村，给人这样一种印象：它既是曾经的所在，一个记忆中的方位，又是一个概念上的"乡村"，具有中国北方乡村的"普适性"特征。因此，我们可以想象作者所写的乡村是其人生的出发地，但同时又是综合或集中了乡村世界的一般特征所进行的描述。这里的乡村同写作者有精神上内在、直接、真切的联系，又具有某种普泛、抽象的意义和目标。对作者而言，这个乡村是个人写作的意象，是精神性的存在，它因此抽离了时代变迁所造成的乡村景象的变化、衰退、荒凉，等等，重在表达记忆中的民情民意，一幅幅风景画似的，既有真实性的追求，更有回味式的品啧。

书中所收的二十篇散文，实际上是二十种乡村生活的情景，有看得见的生活场景，也有看不见的生活方式，总之，在比照

"城里"生活寻找出差异，这些差异就都可以进入作者所表现的情境当中，因此，这个纯粹的乡村也是在与城市的对比中书写的，尽管城市在其中并未出现过。

种种乡村生活情景在其中再现，其中的人物并不一定是唯一的，或者即使他本来是有原型的"这一个"，但作者创作时已将其符号化、典型化了，让其成为某种乡村生活的"代表"，使得"张三"或"李四"姓名不同，但都在乡村生活的秩序中做着类似的事。一看文章标题即可知道其中的"场景式""情景性"再现特点了。"偷情""丧事""骂街""分家""揍孩子""串门子"……不一而足，都是对传统乡村生活景象的风俗化描写。有过乡村生活经验、保留着童年记忆的读者，无论年龄、身份、迁居情形发生多大变化，都会被其中的描写唤醒记忆，勾起温情，回忆起自己的曾经过往，这也正是作者创作时所追求的效果。在很大程度上，这一目的实现了。

也是因为这些原因，因为你要求"普遍"的"适应性"，你在书中所写的乡村，隐去了这个"乡村"的地理位置、行政归属，也没有涉及它的历史沿革、姓氏家族的变迁，等等，甚至也没有特殊的地理民俗和"十里不同音"的方言俚语，没有极端稀有的饮食，也就没有近乎奇闻的民俗礼仪。这正是我想要讨论的问题。你的文章里到处都有显然是你熟悉的具体的名字，宝成、胖婶、铁成、郑大……他们不是无名的，这些名字不但标识了自己的身份，也暗指了他们各自与叙述者"我"——在一定程度上也可以理解为作者本人——之间的特定关系，无论怎么称呼，有时是有姓无名，有时是有名无姓，有时只是亲情、乡情基础上的称谓，将其乡村化的民风背景突显出来。但文章里的"乡村"却只是"村子"这样一个没有明确地理方位的指代词，动情时也会称之为"故乡"。写作中如此处理，很可能是试图要将笔下的"村子""全国化"，使其具有"普遍适应性"，是要写一般意义上的乡村，让每一个读者都能勾起对故乡的回忆。将个人的乡村记忆变成某种中国乡村的风景剪影。二十篇散文的题目本身就是乡村生活的二十种方式和情景叙述。

而我想说，作家笔下的乡村应该是有地理方位的，要有确指，要有只有作家本人才拥有的土地情结。从文学史上看，现代以来，无论是鲁迅、沈从文，还是赵树理、柳青，他们作品中的乡村都是他们本人的故乡，这个故乡可以爱可以不爱，都会有感情上的特殊性与偏执。新时期以来的成功作家，写故乡时一样会突出这种不可替代性，莫言、苏童、贾平凹、迟子建，都是这样。从创作理论上讲，文学人物与环境的普适性都是建立在独特性基础上实现的。你为读者描述了大家可以"通用"的乡村景象，但或许也付出了个人性、独特性不那么鲜明的代价。我这样说并非是指出一条必须遵守的铁律，但创作本身却要求作家必须把真切的感受建立在非此莫属的前提之上。所以，我特别希望能在你的作品中读出"村史""村志"一类的内容，读出只有自己的故乡才有的乡风民俗，地域的标识因此不可或缺。

乡村是怀旧，但更是根基，是大家普遍的情结，更是独特的体验和记忆。如果我有什么建议，那就是在今后的写作中，能够更加真实、具体地写出自己的生命体验和情感记忆，这样你的故乡才会成为读者心中的故乡，让相似性不仅体现在生活节奏、生活方式的相近性上，更体现在种种差异中的共同情感里，这其中，忧愁与欢乐、苦难与幸福、离别与回归的强烈体验才会成为彻底的共同性。当然，在"非虚构"的设定和虚构的文学写作之间，写作者有时也会遇到或大或小的"伦理"问题，乡村出现的种种问题，无论是传统中难免的陋习、生存法则中的不合理因素，还是现代环境下的环境秩序、邻里纠纷、家庭变故，等等，有时会变得更加敏感，写作者如何处理实与虚，如何评价善与恶、美与丑，如何摆放自己在其中的评价姿态，都会影响到写作的顺畅程度和真实性、饱满性。这的确是个巨大的考验。

"乡村生活"的"正在消失"，其实也不完全如学者们所认为的，是现代化进程导致的结果，也许是我们个人心理体验、心路历程所遭遇的情形。也就是说，主题不是来自一种别人给定的理论结论，而是每一处都要来自自我感受。倘如此，散文才会挥洒开来，真正进入到一个自由的写作境界。

（《文学报》2016 年 10 月 20 日）

在极致处寻求新变

——读苏沧桑新著《守梦人》

我虽然有过师范院校学习的经历，却没有做过一天教师。有称我为老师者，统一被视作一种礼貌用语。我果真敢视对方为学生时，通常也都和"朋友"的称谓相近，是相当熟悉以后的应承。苏沧桑曾经是鲁迅文学院的学员，因为当时学院辅导制的原因，她此后即以非常肯定的语气叫我"老师"，而我，实在于专业上未尽什么义务，就是与她及其他几个学员聊过几回而已。当她热情而又恳切地赠我以新著《守梦人》的时候，含有老师必须认真阅读作业的要求，于是，我就必须以认真的态度，谈一回读她散文的印象。过誉，那是师生情谊的必要表达；苛求，也是促其更好更快成长的热望所致。

我一向以为，散文是一种脆弱的文体。专业的散文家不能说是可疑的，但也实在值得多打量一番。散文，本来是中国文学的正统，逐渐地变成了文学家的余裕。作为一种独立文体的散文又没有边界，凡不能列入小说、诗歌和戏剧的文学性写作，都可以统称为散文。日记、书信、演讲、访谈、答辩状、墓志铭，只要认为文采斐然，皆可称作好散文，《古文观止》的很多篇什即是例证。可是，新文学以来，中国文坛上从来不缺乏专事散文写作者，而且的确有很多位达到了相当高的成就，这就不能不让人修正故有的看法。现如今，散文、纪实文学、报告文学、非虚构，甚至加上"深度报道"、新媒体写作，早已搅成一团，难以分清面目了。当然，当我们说某人是个散文家时，那一定也是依据了某种不必争论、没有定规的标准来确定的，尽管这里面人数不多，各成特色，但他们总还是有一些共同点，让人觉得值得用"散文家"来对待。苏沧桑就是其中一个。

我视《守梦人》为一本散文集。当然，称之为纪实文学也无不可。书中分三辑："他们的故事""它和他们的故事""我和他们的故事"。我是读完以后才弄清楚三辑的不同，原来是在写法上来一番"花样翻新"。"他们的故事"十余篇是每篇专写一个人；"它和他们的故事"近十篇是在每一篇把与一个人相关联的关键"物件"拟人化；"我和他们的故事"的不足十篇是专讲"我"与其中每个人物的往来故事。但三个分辑又有一个统一的主题：梦。每一个人的执着、坚持、爱心、善行，都被比作一次用生命守梦的行动。而所有这些笔下人物，都成了作者心目中的"守梦人"。

一个人的梦想和他的爱心和善行相融合，这是苏沧桑给出的主题结论。在"他们的故事"里，一个叫"老章"的清洁工在垃圾桶里捡到三十万元现金。他矛盾过、犹豫过，这钱能不能拿。但犹豫只是一闪念，他通过电话找到了失主。这是一个拾金不昧的事迹，苏沧桑把它写成了一个关于生存和心灵的故事。他将老

88

章的生活状况加上清洁工的待遇及社会声誉纳入故事的讲述中，变得比报道更多重，比事迹更复杂。"黄鱼车夫"马张本来是黑车司机，却在日出日落的漫游中自觉不自觉地做了很多善事，这种身份与行动之间的错位，让这个普通的"好人故事"变得复杂，也更能打动人。酒店老板康康，用自己的宝马将两个失去父亲的女孩送回河南老家。这样的助人为乐又加进了康康个人的成长史和现实家庭的描写，显得更加立体、更加温暖。农妇玲平，三十多岁丧夫后，却用自己的坚韧撑起了一个家，伺候老人，供三个孩子上学，作者努力想走进她的内心，让一个普通人的故事变得色彩纷呈。坚持不涨价的"烤饺人老张"，其行动引来更多热心帮忙的人，等等。这样的故事构成了笔下人物的行动，而他们的行动又是出于一种爱心，也是他们人生梦想的实现过程。至于"果农阿仁"的家庭梦想，会计师阮艳红希望拥有一个属于自己的图书馆的梦想，都汇成了一股热潮，世界是有救的，因为善良是人的天性，善行之后的满足是人的冲动，人的梦想底色本来都是美好的。

我猜想，可能是为了避免在叙述上掉入程式化，在"它和他们的故事"一辑里，苏沧桑使用了拟人化手法。还是普通人的故事，但她选取了最能体现这些平凡人不凡处的"物件"来传达主题。"入殓师老康"的手，"针灸师薛瑶"的银针，"荣军护理员老殷"的日记本……所有这些都给人带来一点阅读上的不适应，但对于作者，却在费点心思之外带来叙述上的新意和方便，可以直接切入所要讲述的核心。当然，除了叙述上的新意和方便，作者所要表达的主题并没有实质上的变化，仍然是一个人对事业的坚持和对梦想的坚守。在"我和他们的故事"一辑里，苏沧桑讲述了自己身边的人和事，他们身上的感人处和温馨点。"作家老叶""保姆莲"和"我"的感情交往，消防员、运动员、环保执法员在日常工作中的行动和事业上的坚持。距离更近，叙述更真切，显然不是材料获得与累加即可开讲，心灵间的感受更直接、更深入。为了写好一个物，为了一篇散文的成熟，苏沧桑可以说是用尽了全力拼搏，实属不易。

还要说一说作者统一制定的主题：梦想。书中的每个人都是守梦人，这些梦想或为他人救助，或为自己幸福，点滴平凡是其本色，长年坚守是其品质，最可贵的一点是，作者没有呼吁这个社会最需要这样的人，那样可能会成为通讯；没有塑造成一辈子都要做好事的好人，那样可能会变成英模故事。她始终记着自己从事的是文学，这点小小的心思并非是一个写作者为了完善自己的"自私"。为了防止千人一面，从而使自己深有感触的人和事变得扁平化，为了避免写作感觉上的麻木，从而使故事的趣味略显重复与无趣，作者在不同的文章中使用了叙述视角上的转换、切入角度的变化，以及叙述方式的切换。这是必要的，也是有效的。作为一个散文家，苏沧桑也有必要展示自己多样的写作思路与才能。也就是说，一个作家自然要在投入写作中考虑到，此书既要面对大众读者，还要接受同行检阅，关键看是提升了还是损伤了自己笔下的人物。

在我们面对色彩斑斓或又光怪陆离的现实时，当我们的价值观呈现出多元，人们的心灵底色正被发生在生活里的信息搅得纷乱时，当我们质疑美好的人和事、美好的人间感情时，读一下

《守梦人》是一种慰藉，也是一种温暖，这也是此书非常切实的价值。当然，也是作者坚守的文学梦想。她相信那些原初的动力和可能性。书中开篇里的《果农阿仁》有一个问题，什么叫中国梦？阿仁妻子的回答是："就是中国所有老百姓凑起来的梦想。"当所有的爱心、奢望、愿景、善行、努力都汇聚起来，由"守梦人"来统摄的时候，那是一种创作构思上的努力，同时也是作家人生愿望的固执表达。

作为一篇接一篇的散文，作者是如何完成的，是集中采访，分头来写，还是出于一直以来的想法，慢慢累积而成，这对一部成书后的作品还是有不同影响的。我这里只想说一点，当一个整体的构思确立，足够多的素材已经得到，分门别类的写法也已确定之后，作者的写作就会是一种推向极致的艰难过程。而极致处可以是目标所在，高峰显现，也可能是悬崖边上的奔跑，充满创作形式上处于成败之间的危险。这也是由我开头所说的散文文体的脆弱性所决定的。散文是善良者的艺术，是单纯者的选择，但下不了狠手，散文的力量感就没办法体现。这种狠手，或是情感上的丰富博大，知识上的丰富广博，艺术上的博采众长，也可以由个人写作目标的设定高度决定。文化散文的长度甚至到了冗长的地步，哲理散文的奇思妙想让人偶有一叶知秋的惊叹，抒情散文对固定情感的逆向表达，等等，虽不乏失败和造作之嫌，但必须承认，它们也都因此各自获得了关注的目光和一时间的热烈评论。散文的成功其实是最难的，因为它没有标准。苏沧桑还是一个善意的写作者，她并没有在写法上太过冒险，哪怕她用了拟人化的手法，她还是小心翼翼地对待了笔下的人物和故事，并充满善意地给他们做了艺术的安排。在她自己的格局内，她已写到极致，但这极致也潜伏着危险。翻新为几种，不如在一种里看不出分类却又复杂。也就是说，朝着善良的目标写作自会达到高度，而要写出新境界，还必须开辟更加广阔的新空间。这也是我所希望于作者的。当然，能够善良地面对世界并希望它一如内心所希望的一样美好，这本身是非常可贵、不可丢弃、值得坚持的，而且也要确信这本身就是文学的本来功能。如何处理好这些错综复杂的关系，这是对作家的考验。我对此绝不敢有老师般的"教导"与口吻。只是相信，在文学创作上，没有定规下的成功，或许会带给人更大的惊喜。

（《人民日报》2016 年 9 月 8 日）

写出人间真情多

——序《澳门散文选》

　　散文是最古老也最年轻的文体，它历史最悠久，有时就代表了"文章"二字，却又从不摆"倚老卖老"的架子，有时还要靠"年轻气盛"取胜。散文是最稳定又最多样的文体，小说诗歌戏剧，几乎都经历了从传统到现代到后现代的变迁，篇幅、体式、类别，一种文体的内部早已存在几乎无法"同构"的划分和区别，而散文并没有如此明晰的线索，也没有那么强烈的分野，然而散文又如一个万博园，任何一朵散文之"花"都要有自己独特的开放姿势。散文也是最独立又最"随和"的文体，它可以是哲学、是演讲、是日记、是书信，但又要有只有散文才具有的意绪和风韵。

　　评说散文也几乎是看上去容易实际上非常之难的事情。

　　集中阅读来自澳门作家的散文作品，更让我加深了对散文文体复杂性的认识。这里汇聚了三十位澳门作家在最近三十多年，特别是澳门回归祖国以来的散文作品上百篇。我读这些散文最大的感受，是水准之高和表达之丰富，大大超出预期。如果用最简短的概念来概括，那就是三个字：真、深、新。真是情感真挚，且多直接朴素。深是思考时现深刻，并具文化情怀与社会责任感。新是表达新意迭出，手法各具特色。多数文章要言不烦，点到为止，留有余韵。

这些散文当中，可以见出作者们无论是生于斯长于斯还是后来移居，对澳门的认知，对澳门的感情跃然纸上，颇为亲切。冯倾城的《感受活在澳门的美好》，对澳门"闹中带静，山海相连，虽小而美，在尘嚣市声中依然给人留下一片宁静的思考空间"的表达十分真切。李成俊对茅盾、萧友梅、关山月等作家、艺术家在澳门的遗迹、对澳门文化艺术的影响都做了生动准确的描述。吴志良的《一个没有悲情的城市》等篇什更是对澳门的社情民意、历史文化、当代地位等做了恳切表达。吴淑钿散文对澳门的热爱中透着对生活的信心。林中英在《我爱兰桂坊》里的感慨"世界虽大，过的是小日子而已"十分真切，《走在城市的皱褶》又描绘了一幅澳门街景的组图。殷立民则用一组小品文对澳门美食做了精微描写。黄德鸿的《米铺何所在》《草堆街布店林立》等，从标题一看就是对澳门旧景的钩沉，颇为有趣。穆欣欣对澳门城市生活的描写则既有个人感受又具文化气象。比如对"安德鲁蛋挞"这一独具澳门风味的美食，作者对其创始人英国人安德鲁的创业过程做了生动叙述，其间包含着对澳门城市魅力的自信，还带着一点人生沉浮的唏嘘感慨。他的《澳门的味道》《何人不起故园情》则抒发了作者对澳门的执念与深情。

这些散文中，可以见出作者们的文化担当和品性修养。同样是写澳门，有描写城市景观、述说城市味道、赞美地方美食的美文，也有对澳门传统文化、城市历史的思考，以及对现实中仍然存在的不足的忧思。比如贺越明的《小城市有大创意》，借助外来学者的评价，对澳门历史文化挖掘不够不深的现状表达了自己的看法。《"青楼"的前世今生》则通过对一座旧式小楼的描写，对澳门城市中可待开掘、颇有意趣的地方做了轻松书写。程文的一组精短散文，则分别描述了自己在澳门和内地多个城市逛书店、购买书的经历和评价。杨开荆的一组散文表达的也同样是对读书的感悟，对图书馆等文化场所的热爱。陆奥雷的随笔探讨文学、文化与时尚在城市生活和个人生命中的位置。赵阳的文章则把读书和对各类艺术作品的欣赏融入对生活和生命的感受当中。未艾的《约定俗成》，借助对生活中人们对于文字的"别"样理解，暗示出文化的流动性和烟火气，"拧巴"中不乏趣味。王祯宝的《毕加索的酒杯等不了》篇幅不长，却对艺术品与商品、艺术家与市场的关系做了灵活描述，体现出别致的意味。鲁茂的散文一样是对个人艺术欣赏历程的特殊记录。这些文章长短不一，视角不同，趣味各异，但共同的取向是对文化的热爱、艺术的尊重，其间均无高人一筹的指点，也无见多识广的炫耀，平和亲切，得见作者的性情素养，让人读来颇有感慨和兴味。

这些散文中，可以见出作者们对祖国的归属感与亲和力。依我对澳门短暂造访的认知，澳门人对祖国的归属感十分强烈，对内地的巨变、广袤的土地、多彩的文化，对中华文化的绵延深广充满了自豪。这次散文选中就有不少记述和表达这方面见闻与情感的作品。印象最深的如李烈声的《不唱才对不起死难者》，对台湾当局中的一些政客指责台湾赴大陆访问人士同唱国歌《义勇军进行曲》的行为，做了十分尖锐而义正词严的批驳。可贵的是文章是基于对历史事实的指正、中华儿女应该具有的情感和尊严，做了有理有据又充满真挚情感的表达。穆欣欣对四百年前的戏剧家汤显祖与澳门的渊源的叙述，佐证了澳门深深植根于中华文化血脉的历史。冯倾城的《北京的雪》《杭州的人间四月天》则抒发了作者在内地游历过程中油然而生的亲近感。李嘉曾对自己多年前在青海的工作和生活经历，透露出对青春和故土的眷恋之情。朱寿桐的《家在故乡》，更是抒发了对远在内地的家乡的感情。吴淑钿在北京、新疆、内蒙古等地的见闻观感具体生动。龚刚、黄坤尧的散文也都是个人在内地访学探友、参观访问中的点滴经历。值得称道的是，这些作者并非是按照一个模式和腔调在谈内地见闻。他们各有独到见地，有的还对参访中看到的一些不文明行为、不完善现象表达了关切和忧思。读来更觉亲近。

这些散文中，可以见出作者们对人生的感悟和对生活的洞察。水月的一组文章非常短小，但其借助对生活中微小故事的描述，表达对生与死的从容思考，有深度又有超脱感。尹红梅以及水月对南国多雨和雨中浪漫的书写同样十分难得。李文娟的杂文则思考着现代化背景下人的行为与准则等复杂问题。谭健锹的《妈妈的陪伴》，罗卫强、陶里、凌稜、凌雁等人的散文，或记花草与自然，或记生活中的亲情友情、逸闻趣事，常常让人读出真情，或为之动容，或会心一笑。谭健锹的另一则《阿根廷队服成长史》，对自己钟爱的阿根廷足球队队服近乎专业的分析，不但别有趣味，其如数家珍的功夫也十分了得。

列数这么多，实在是因为澳门散文带来的美感太多，想来这是一个精中选优、时有割爱之"痛"的过程。但无论如何，澳门作家的散文呈现出来的整体面貌，颇得散文真谛，尽显散文妙趣，流露作者真情，透露作者的生活感悟和生命体察，对亲情爱情友情怀着真诚态度，对文化文学艺术充满敬畏尊重，对澳门的风土人情饱含深情，对祖国大地充满自豪。对我而言，这些作者绝大多数从未谋面甚至也少有文字交道，但他们的作品如一缕缕清风，在这秋日的阳光下，更让人产生一种舒适、舒坦，清爽、清新的呼应的感觉。我因此对澳门文学产生了更新的认识，相信它一定会同澳门的城市一样，在未来绽放出更加美艳的景象。

是为序。

（《澳门散文选》，作家出版社 2019 年出版）

塔楼小说

——关于李洱《应物兄》

　　《应物兄》是一部奇异之书。按说李洱早已在长篇小说上有《花腔》声名远播，他的策略应该是以有频率的长篇小说不断问世，作为自己保持着创作活力的证明。可是，据说他已有多年没有新作出版了，接续之作就是写了十三年的这部《应物兄》。我一向不以为创作时间的长度与作品的质量有着怎样的必然联系。生活就是小说的话，每个人穷其一生都在完成一部属于自己的长篇小说。但《应物兄》是值得期待的，值得李洱为它付出十三年时光，尽管这十三年里，李洱也未必是废寝忘食只写这部长篇。他还四处游走，经历了很多生活的、工作的、创作的起伏更迭。即使在文学活动的场所，李洱也时而会露面并说个不停。只有当《应物兄》问世后我们才知道，他这些年所有的经历，其实都是在为这部长篇做准备，假如他无法很好地完成某事，一定是因为他心里只装着他的《应物兄》。他即使偶尔也会口无遮拦，说不定是刻意扮演某个《应物兄》里的角色，看看周围的反应，以为自己积累素材或校正写法。《应物兄》正是高蹈的书生气与世俗的烟火气的结晶，是二者生出来的一个可爱的怪胎。事实证明，这十多年，与其说李洱在消费《花腔》和《石榴树上结樱桃》的不大不小的荣誉，不如说他在处心积虑地准备着《应物兄》。对李洱而言，这是一次非常巨大的冒险，读过之后都会为他后怕，万一写不下去，万一写得不成样子，万一写出来无人喝彩，那可就没办法拿十三年作励志的说头了。

一

假如一部作品是一幢建筑的话，《应物兄》是什么？四合院？摩天大楼？华而不实的现代派造型？不知道为什么，我想到的是当代城市里最常见的塔楼。这样的楼做不到南北通透，朝向也各不相同，人们出入同一个门庭，却不一定乘坐同一部电梯上下，陌生化远远超过那些住在板楼里的人，但似曾相识的感觉又很突出，所以你根本无法判断一个电梯里的陌生人是邻居还是迁居者还是临时访客。而且，这样的建筑因为稳定性好，貌似可以一直加盖上去，可以在二十层封顶，也可以一直向上推去，直至翻倍。《应物兄》就是一栋容积率极高的塔楼式小说建筑。小说在用完第九十六万块文字之砖后戛然而止。应物兄在小说的封顶处翻车了，或者因为他的翻车，小说封顶了。车祸现场，"头朝向大地，脚踩向天空"的应物兄，显然要走到生命尽头了。"他意识到那是血在涌向头部。他听见一个人说：'我还活着。'""他""一个人""我"，其实都是应物兄本人。

"他再次问道：'你是应物兄吗？'

"这次，他清晰地听到了回答：'他是应物兄。'"

人称是混乱的，但这不是车祸以及现场的混乱造成的语无伦次，这是《应物兄》的叙述策略，应物兄经常会用第三人称思考和回应，这种不经意的、不刻意说明的身份游离，在小说里有着特殊的佐料味道。

二

在讨论小说的叙述策略特别是人称混用之前，我想先说一下《应物兄》的这个结尾。读完作品才会悟到，整部《应物兄》其实是一个巨大的虚无，千呼万唤的"太和儒学研究院"终于没有成立，直到小说的结尾，其筹备程度和开头是一样的，这正如同一幢塔楼，一层和顶层除了层高没有差别。巨大的虚无，但没有虚无感。所有的过程都是认真的，人们认真地筹备着、张罗着，认真地讨论着、争辩着，假如太和儒学研究院是个漏斗，所有的沙子都向它填埋，假如这个研究院是个高楼，所有的元素又都是它的砖石、泥瓦，假如太和儒学研究院是一颗钻石吊坠，众多的环节构成了它的链条。但终究是个虚无，研究院没有成立，资金没有到位，人才没有引进，希望带动的产业没有落地，一群人为它忙了九十六万字，非常认真而充实，却什么也没有见到。有人为它倒了，有人为它死了，它却连挂个招牌都没让我们见到。我甚至联想到，李洱是河南济源人，豫北的一座小城市。那里有太行山，也有王屋山，是寓言愚公移山故事的发生地。愚公移山是一个理想，是一种精神，但也是看不见终点的行动，在愚公移山

100

面前，你不能问最后那山搬动了没有、搬动了多少。那是一种精神，是一种精神的象征，智叟的话是唯一值得记住的，那就是挖山不止。济源除了李洱，还出过一个作家，是我所熟悉的山西作家成一。成一曾经写过一系列的好小说，长篇小说《游戏》《真迹》及诸多中短篇里，成一展现出的最大特点，就是追逐到最后的虚无和幻灭。我甚至觉得，这种充实与虚无、追逐与幻灭，是不是当地的一种地方性格或地方文化的组成部分。这是题外话，但也不是不值得想一下。

三

还是回到《应物兄》。那个结尾，应物兄死在道路上，他应该是在生命的最后时刻听到世界的反应。所有的一切因为他的这一意外而终止了，小说由他开始，也因他结束，但他是小说的主角吗？那些跑来跑去、唾沫四溅的人们当中，应物兄是"主唱"还是看客？一时还真说不明白。应物兄其实是个串接式的人物，所有的角色登场，都得"通过"他来"介绍"，但一旦对方出场，他就在旁边听着、想着、观察着，并不抢戏。整部《应物兄》通篇具有这样的特点，人物是穿梭的，故事是推进的，悬念一环套一环，但整个场景又让人感觉是平面的。动感的、嘈杂的平面图，我不想比附什么《清明上河图》，创作的目标不一样。应物兄死了，太和儒学研究院怎么办，还成立吗？这个虚设的院长之后，是不是研究院也只成为一个话题而已？本来，我想说的是，《应物兄》这个结尾有点硬，有点突然刹车，有点用偶然性代替必然性。应物兄的死与不死，与一个大学要不要成立国学院并没有致命关系。也就是说，当李洱用车祸让"我们的应物兄"头朝地脚朝天，这个结尾的处理按理说有点不对。用偶然性替代必然性不应该是小说收束的最佳选择，比起鲁迅趁编辑不在就让阿Q被砍头，让连载的故事无法继续下去，应物兄的死似乎没有在前面的情节中推导出来。但写到此处，我又觉得，这其实也是个合适的选择，至少并不过分。因为李洱并没有打算让研究院挂牌，并没有设计过敲锣打鼓式的剪彩仪式。虚无，或者说幻灭，就应当戛然而止。偶然性在此处是有力量的，当它契合在整个故事当中的时候，正当其时，因为所有的表演都已尽兴，没有成立的研究院未必值得期待，这种不期待正是小说要表达的。一切重在过程，小说的意义已经在过程中尽情释放了，事实的有无似乎并不那么重要。

四

再回到小说的开头。围绕着太和儒学研究院，小说发生了很多故事。在一个大学成立一个国学研究院，这太不稀奇了，由它支撑一部近百万字的小说，可能吗？这就是小说家的抱负？十三年精力写一个大学研究院的故事，而且结果还是虚无？然而小说却真的做到了，认真的"闲笔"成为小说的主体，太和儒学研究院的成立随着故事的推进渐行渐远，甚至，由于闲笔的精彩，至少我这样的读者都不希望它成立了。

济州大学，名不见经传的普通大学吧，因为小说里的其他大学都是实有的中外知名大学。作家设想的济州是哪里？济源？郑州？我以为或许是这两座城市的合体。这也是李洱先后生活过最长时间的城市，文化上有差异但也有一致性。从地理方位和风土人情上，济州应该是济源，但从城市规模和济州大学要办的学术事业上，从它是一座有着八百万人口的城市看，它应该是一座省会级城市。小说除了济州、济州大学，其他很多物象都是有现实依凭的，而且作者尽量显得真实，以增强小说的逼真性。

尽管人物有随意穿梭的印象，但仍然能看出李洱的精心设计，弄清楚围绕太和儒学研究院的人物关系网络图，就差不多能还原作家构思时的思路。将要成立的太和儒学研究院，隶属于济州大学，全校上下尤其"高层"十分重视研究院的设立，校长葛道宏允诺大力支持。他已口头任命应物兄为将来的院长、现在的筹备组组长，为了加强力量，他又硬把费鸣塞到其中，或为助手，或为耳目，而费鸣又是应物兄的同门师弟，区别是，应物兄还成了导师乔木先生的女婿，费鸣则是其关门弟子。研究院成立的目标是研究儒学，而要想使研究院一炮走红，必须有一个学科带头人。这时，就在济州大学高层中出现一个虽未现身却炙手可热的人物：哈佛大学东亚系的济州籍著名学者程济世。引进程济世成了小说全部的核心，最大的悬念。一切可能性，研究院的规格、影响力、"招商引资"的机会，甚至研究院要不要成立，都系于程济世一身。

五

《应物兄》的奇特在于，小说写了近百个人物，李洱却在第一节就甩出了所有的关键人物。应物兄、葛道宏、费鸣、乔木，以及传奇人物程济世（当然是传说中的）几乎同时在第一时间登场。也就是说，假如近百万字的规模注定是一场漫长的恶战的话，作者却在一出手就打出了所有的大牌，完全不考虑长篇画卷所应具有的循序渐进，不像有成竹在胸。但这又是一种十分自信的写法，主角一开场就登场，是对所以其他后续支撑情节充满自信的表达。客观上，也让我产生这样的想法，这是一幅既立体又平面的画卷，是一种塔楼式的结构。正是由于重要人物的率先闪亮登场，才能带出后续的众多角色，鉴于结局的虚无，这些角色无所谓主次，也无所谓大小，在济州大学的这个舞台上，所有人都可以来表演、来议论。

政商文三界在小说中形成纠缠。作为主体空间，济州大学聚集了一批看上去学富五车的才子、名家。为了应景儒学而穿起唐装的校长葛道宏，考古学家姚鼐教授是闻一多先生的弟子，乔木先生是饱学之士，他的得意门生应物兄和费鸣正在肩担国学大任，郑树森是言必称鲁迅的学者，女教授何为是研究古希腊哲学的专家，双林院士是冷不丁会来济大"宣讲"的著名学者。围绕在他们周边的，还有一些我们习见的"文化人"，他们几乎就是一些学术掮客，如出版商、哲学博士季宗慈，电台主持人朗月以及清空，这些人在小说里发挥了连接"雅""俗"，直让儒学浑身冒出世俗气、铜臭气的作用。

《应物兄》的政界人物以副省长栾庭玉为代表，加上他的秘书邓林，以及梁招尘和他的秘书小李，等等。他们还带出了向上向下多个政界人物。他们附庸风雅，但又似乎对学术颇有诚意，愿意和学者们厮混在一起插科打诨，愿意为他们尽力做事，既严肃又滑稽。

《应物兄》里还有一些商界人物。如济州的商界名人，桃都山的主人铁梳子铁总，她的助手金彧。还有那个在美国追随着程济世，似乎有花不完的美元的黄兴，也即子贡。这些人一样是程济世、应物兄的追随者、崇拜者，说到底是文化的狂热爱好者，他们对学术和学者的尊崇有点盲目的味道。

文化，或者说学术，在《应物兄》里具有至高无上的地位。这是李洱为自己的小说营造出的乌托邦式的氛围，学术界也许是世俗社会最陌生也最高冷的领域，却更让名利场中的人们趋之若鹜，能获得与名流学者在一起清谈的机会，这正是满足虚荣心的捷径。济州大学之于济州，儒学之于济大，都可谓是高冷的巅峰。这些人愿意相伴左右，愿意出钱沽名，也是可想而知、见怪不怪的事。

《应物兄》写了若干女性。女教授、女商人、女主持、女助手、女"粉丝"，这些女性或在学术上有自己的成就，或在商战中不让须眉，也有在权力与情色之间游走者，为小说故事的推动和人物关系的错综复杂，起到了不可剥离的作用。

《应物兄》的人物当然不止以上这些。作为一部塔楼式的小说，人员穿梭，时入时出正是常态。《应物兄》里有一些闪现式的人物，也有在后半程才出现的角色。但这并没有影响小说的整体感，这种效果的补足，原因正在于，小说从一开始就抛出了中心人物，后面再有角色出现，并不显得突兀，也并非是为了拉长故事的影子而为。这同样是《应物兄》在叙事上带来的启示。

六

李洱是怎么把这些三教九流们黏合到一起的，靠学术吗？也对也不对。从第一章开始，我们就可以看到，《应物兄》里这些高人们一一扑到我们面前，一个个还不古板，挺生动，靠的居然不是正经学问，也不是谈吐，而是一只狗，一只流浪狗，一只并非纯种的"串儿"。可是这只狗又自有它的"学术背景"，它被应物兄捡回，又被乔木先生收养，乔木先生又为它改了一个很有国学出处的名字："木瓜。"小说的前三节的主角几乎就是这只狗，并由它牵出了铁梳子等校门外的社会人士，打开了故事的界面。紧接着，又牵扯出另一只牲畜：驴。尽管这时的驴还只是在应物兄们嘴上转着，但它与人物之间的关系已绝非闲笔。因为流浪狗而牵出论著《孔子是条"丧家狗"》的争辩，因为驴蹄到底分几瓣的竞猜而引出学术著作的宣传炒作。李洱就这样让那最高冷的和最低俗的莫名其妙地粘连到一起。可以说，《应物兄》在叙述上处处都是迷惑人的陷阱，你以为你要面对高深的经史子集，却不料真正面对的是世俗层面的种种，是这种种怪力乱神与振振有词的学问之间不可剥离的奇妙结合。李洱的笔力就体现在这种带人入沟的本领上。

阅读《应物兄》，难点很多。李洱让不同学科的学者们济济一堂，各自用自己的专业术语解读着不知所云的事项。先不要惊讶于李洱的学问和知识面。如果《应物兄》是一座塔楼，学问就是构成它的钢筋、水泥、砖瓦，但让这些建筑材料逐一垒加的，不是别的，是世俗中的烟火，是这些烟火中与人相对应的动物。

是的，正是动物在《应物兄》里把所有的学问，把掌握这些学问的学者、大师们勾连到了一起。从一只狗一头驴出现以后，整部《应物兄》最出彩的有两类形象，一类是侃侃而谈的学者文人、官商高人、海外人士、电台主持，另一类就是形形色色的动物。写到最多的是狗，其次是驴，然后是马，还要加上随笔一写的其他各种鸟兽昆虫。这是《应物兄》最具喜感的部分，它们的存在让一切认真、严肃、夸张、变形，煞有介事中的漫画化成了小说看似不协调，其实又相当吻合的花絮。在《应物兄》里，可以说所有读者感受到的漫画式讽刺都让位给了动物或者说牲畜的出现。在人物的一本正经和矜持中，各类动物的出现陡增喜感。这是李洱的叙述策略，不得不说他运用得非常圆熟。济大的博导乔木先生养宠物狗，哲学家博士季宗慈养藏獒，也养草狗。而且乔木先生的"木瓜"和季宗慈的"草偃"都与应物兄有关，而且这两只狗在博导、博士的名下都有了具有"儒学背景的名字"。小说还煞有介事地为这两个名字的来历做了引经据典的说明。其他如研究哲学的何为教授喜欢养猫，从美国来的程济世的追随者黄兴喜欢养驴，曾经为济大捐过巨款的董事长喜欢养猪，留美归来做了处长的梁招尘喜欢养蚯蚓，等等。

七

从故事层面上讲，《应物兄》可以分成上下部，上部是推出

"太和儒学研究院"将要成立，引进大师程济世的紧张繁忙。下部是以程济世的影子代表、金钱苦主黄兴的隆重到来为起点。如果说上部是用狗作"药引"，那么下部的"药引"就是驴和马。因为黄兴就是在硅谷牵驴上班上市，自成一景的。他到济州来，据说也要与驴同行。这也就让人联想到小说第一节为什么会写到驴。虽然只是空谈，但已经对应物兄的学问构成某种不经意、不专门的讽刺。而且它还呼应了下半部里黄兴的出场。与其说济大的人们为了迎接程济世的"先导"黄兴忙乎着，不如说他们是在为了迎接一头驴焦虑着。然而，随黄兴来到济州的却并非是一头驴，而是一匹马，一匹白马。一写到动物，李洱就显得格外兴奋，下笔有神。当一匹白马出现在小说里的时候，黄兴也变成了子贡，这匹从乌兰巴托来到济州的白马，也有血统，也有历史，也有文化，说道中也有学问。它被考证得头头是道，而且同许多名人大事扯上了关系。就像狗有"儒学背景的名字"一样，驴和马与学问也有了某种奇葩式的联系。这既是一幅让人忍俊不禁的漫画，在小说里又颇有写实感。

在《应物兄》里，动物，或者说牲畜，也或者说宠物，兴笔就来。为迎接程济世的到来，宾主还讨论过鸽子；青年学者小颜还在博客里回答过网友的各种各样关于鸟类的刁钻问题，而且华彩迭出，比如大雁里就有豆雁、灰雁、斑头雁、红胸黑雁、白额雁、雪雁、白额黑雁之分，其他如寒鸦、雨燕、杜鹃鸟、布谷鸟，等等，用李洱在叙事中所说的，小颜的知识"太广博了"。古今中外，信手拈来，"中学"为本，"西学"佐证，看得人乱花迷眼。如果加上在小说里同程济世如影随形，一样千呼万唤不出来的蟋蟀绝品"济哥",鸟兽昆虫简直要占全部《应物兄》的"半壁江山"了,文字上肯定没达到,但从效果上这么讲也并不过分。

动物在小说里发挥着打破正经刻板、讽刺正襟危坐的作用,但你不会感觉到它们与学问家们的说道是两张皮,李洱为二者之间搭建了一个奇妙的"沟通"平台。宠物狗都是"儒学背景的名字",鸟类知识的传播靠的是从《诗经》到唐诗到莎士比亚戏剧的引用。其他的动物出场一样都要先白话一番国学道理。比如黄兴来到济州带来一匹白马。为什么由驴变马,这本是一个漫画式的无厘头玩笑,济大的学者们却为之寻找着国学道理。葛道宏就引用了《论语》里的句子,证明由驴变马实是主人表达"雪中送炭"之意,可见其欲得赞助之急切。

对于黄兴的一系列荒唐、低俗之举,应物兄早已看在眼中,但他不能表示不屑的原因,既是出于对"太研院"的前途考虑,还与程济世看似一本正经的说道有关。因为"程先生说,俗气,就是烟火气。做生意的俗气,做研究的文气。俗气似乎落后于文气,但也没有落后太多"。程济世还举了在中国听音乐,现场混乱,"有人流泪有人笑,大人叹息小孩闹","这就是人间。看着很俗气,却很有趣"。不能说他说得没道理。问题是,本来说的是驴和马,说的是黄兴的没文化的低俗,却绕来绕去变成了中西艺术欣赏之比较。这种驴唇不对马嘴、猴子和狗和人暗度陈仓的笔法,简直就是整部《应物兄》的套路。狗、驴、马们在小说所起到的是破坏性作用,将一切认真放下神坛,让所有学问变形。它们与本来的故事朝向反向奔跑,而且产生分离感。但阅读中又不觉得是硬塞。这就好像一场聊天，无主题变奏就是主题。把读者带到沟里，关注点被作者牵引着不断转换，但你又心甘情愿受此引诱，掉到李洱的叙事陷阱里。阅读《应物兄》于是变成了掺杂着陌生人的聊天、旅行路上的偶遇、东家出西家进的嗑瓜子串门儿、厅堂厨房来回穿梭的热闹。

八

程济世是全部故事的关键，他要回来的愿望被不断加强，他真正回到济州却始终是一场奢望。由于他的归来无法实现，"太研院"的成立就遥遥无期，最终变成一场虚无。你可以说这是一种讽刺，但又如此逼真和似曾相识。程济世的归与不归，并不是程济世摆架子、要条件，小说把所有焦点都集中到一点上，即程济世要回到的是童年记忆中的济州，是父辈祖辈生活过的济州，是一切带着老济州风物标识的济州城，这一切诉求都与他的学术背景有着深刻的文化关联。然而，如此简单的要求却很难满足，几乎一条都做不到。围绕程济世提及的一切济州风物似乎均已消失，无从寻找确认，无法还原复活，让程济世念念不忘的蟋蟀"济哥"被说得神乎其神，最终却无法找到哪怕一个样本，程济世引以为傲的济州名吃仁德丸子也无法再现地道，程济世的世居程家大院不知方位，连他口中所说的仁德路也考察无果。围绕让程济世回来的济州标志性物象，没有一件在小说里成为真实，都是传说，也是寻找，更多时是嘴上贪欢，现实幻灭。最后，它们和儒学院的成立、和程济世的回归、和硅谷的引入一起，皆成虚无，都是幻影。但你不能说它们是笑话，失传变成佳话，奢望变成神话，当它们与现实的诉求相协调时，变得更加生动，更加值得期待。小说建立在由无尽的言辞累加起来的语言世界的基础上，但到最后，即使是海市蜃楼，也只能在言辞的交织中去想象它们的幻影。从事实层面上讲，《应物兄》所要推动的一切，都付笑谈中，或者说，谈笑间，一切实有最终都已灰飞烟灭。但没有实现的事物并不会在小说意义上消散，它们的没有实现，只是让故事增添了另外的更加复杂的情愫。

九

《应物兄》是写实的，同时又有着强烈的现代主义色彩，它是现实主义与现代主义的奇妙融合，这样的小说，正是当代小说的潮流，也是中国小说发展到 21 世纪之后出现的新的艺术气象。它没有直抒胸臆地歌颂什么，也没有明火执仗地批判什么，但绵密的叙事过程中，又分明具有强烈的价值追求和立场判断，它是有态度的，在看似平和的叙述中，《应物兄》有如剥洋葱似的，剖开现世的表象，开掘精神的内核，最后呈现的不是一个完整的事物，却是作家本人强烈的渴求：如何在纷乱的表象下寻找精神的安放之所，如何在烟火气中保持知识与文化的纯洁，无用的知识如何真正影响到世人的心灵而不是只为他们涂抹表面的光泽。

正因此，必须要评析一下《应物兄》的小说品质。这无疑是一部充满讽喻的作品，但如果认为这是一部讽刺小说，却不应该被看作一种完备的解释。《应物兄》是知识分子题材，中国现代文学史上的知识分子题材小说，有一个讽喻性传统，而且知识分子本身经常会成为讽喻对象，或自嘲，或互讽。从鲁迅的《故事新编》到钱钟书的《围城》，从王朔的《顽主》到王小波的《红拂夜奔》，角度不同，态度不一，各怀诉求，各有入口，但不乏轻度的、善意的、自嘲的味道，有时这种讽喻里还散发着知识分子群体才会具有、只有这个群体才能感受到的文化优越感。在所有的讽刺对象里，虚伪是最大最集中的目标。就这些特点而言，《应物兄》同样没有例外。《应物兄》里可以见到的是认真的讽刺，自己认真，却遭别人讽刺，即使面对讽刺也依然保持认真，有时是自己的认真被误解，有时是一个人自嘲自己的认真，这样的冲突和吊诡在小说里俯拾皆是，几乎可以说是弥散在作品中最强烈的气息。《应物兄》里，被讽刺的缘由或来自利益，或产生于忽悠，或因为某种自命不凡，但它们看上去并不致命，只是某种附庸风雅和逢场作戏的苟合，是某种执迷不悟和自以为是的勾兑，是心有所念却口是心非的扭曲。当政商文三界相聚相交，当国内国外往来交流，当人与牲畜同台表演，当知识学问与世俗场景奇怪组合，讽刺的火焰无须作者去点燃即可闪光。它们通常是轻度的，也是善意的，其中还包含着作家对所有这一切人与事的理解和同情，但又对其窘境表达着适度的"怒其不争"。

程济世，他出场了吗？这个在小说故事里没有到过济州的人却是最重要角色。他身上既有乡愁，还有学问，还代表着济州大学的地位，影响着带动济州发展的因素。与其说小说是要成立儒学院，不如说是在等待程济世的到来。程济世是济大学术名声的希望，是济州经济社会的增长点，学术搭台、经济唱戏是共同的愿望，然而最终却成了一场等待戈多的故事。然而这个等待的故事，既有现代主义的先锋意味，更重要的具有现实的关切，他的来与不来，简直就是一面哈哈镜。

十

《应物兄》是博杂的学术之书。孔子、《论语》，儒学、考古，哲学、历史，鲁研、莎学，古诗、英语，学问在人们的口中传递着，他们在客厅里、餐桌上显露着学问的冰山一角。学问在其中的调适作用，所有的知识点都津津乐道却自有来头，既感染读者，也确实彰显着知识的魅力，同时具有讽刺意味，一石三鸟，旁敲侧击，随意点染的学问知识有如一幢建筑的外墙涂料和勾缝剂，在丛林般的塔楼建筑中，生生地突显出可供识别的"个性"。关于《应物兄》的学问渗入，肯定会成为人们阅读和评价小说的重要看点，我这里不想也难以全面评说，只想提示一下，这些溢出故事又深入故事内里的要素，在小说叙事上具有怎样的意义和价值。

十一

还要特别谈一下《应物兄》的叙述策略。整部《应物兄》基本上是以应物兄本人为叙述视角，但小说叙事的不单一，得自李洱的一种独有的叙述方法，应物兄的叙述人称是混用的，第一人称是基本点，有时会用第三人称，还有时会用第二人称。比如小说的结尾处处理的那样。其实在小说的开头，就一再向读者强调了这种人称混用将成常态的做法。

应物兄是一个小说人物，但又有如小说里故事频道的遥控器。他心里的一个念头就能成为故事的起点，他的一个想法就可以让情节转折。他看着不动声色，却可以任意调动人物出场，他就好像有特异功能一样，来去自如，千回百转。这不是一部描写应物兄个人命运的小说，以"应物兄"命名小说的合理性在于，他掌控着所有的人物，调动着所有的故事，调试着故事的颜色，在小说叙事意义上讲，应物兄是全知全能的，他代替作者成为这样的叙事者。举个简单的例子，程济世始终没有回到济州，但他又占据着小说的中心地位，原因就是，每当应物兄遇到大事难事，纠缠不清、莫衷一是的事，总会想到程济世，想到与他曾经在一起的场景，于是这种回忆就立刻变成一段故事的展开，舒适、贴切地成为小说叙事的环节而并不外在。《应物兄》里，类似于"前天下午""那是四年前的事了"这样的句式，并不是故事的旁证和枝杈，它就是主体叙事中的一种起头方式。以《应物兄》所述的故事格局和篇幅规模，这样的叙事方式似乎是一种必要的、聪明的选择。

《应物兄》叙事上的另一个明显的策略，是针对应物兄的话语，打破了话语与心声的界限。说与不说，并不是说话与心理活动的区别，他的心理活动与他说出来的话之间，故意制造界限的模糊。小说里经常会出现这样的表述——"他听见自己说道""他对自己说"，也会出现"他会不由自主地用第三人称发问""然后是第二人称""然后才是第一人称"。人称上的混用，说与不说的模糊，成了应物兄在小说里存在的最突出标识。应物兄看似口若悬河，口无遮拦，但实际上他并没有说那么多话，打破心口界限，让言为心声变成言与心声并置，让整部《应物兄》具有别样的生气和奇怪的节奏。越轨的笔致，生生地契合到小说情节当中，与人物故事紧紧地联系在一起。这点小小的"创意"，同时也让人看到作者对笔下人物始终处于把控状态的自觉。《应物兄》还用小标题来标识起承转合，小标题的原则是选取正文开头的一个词语或一个短语。这种统一的设定与叙述的随意出入之间也有某种微妙的联系。正是有了这种统一设定，让小说故事的转接过程必须具有直接性的特点，让拎出来的词语或短语有一种不经意的"关键词"味道，确保小说故事朝着既定的方向行进。

十二

　　《应物兄》是一部以知识分子为表现对象的小说，讽喻性和轻度喜感是小说的基本面貌，博杂的知识与无尽的枝蔓是小说的独特风姿。但李洱的写作并非是理性至上，也非是冷调严肃。小说中时而会出现抒情段落，而这种抒情，从文字上可以读出精彩，情绪上也颇具深沉的印象。这是李洱最认真的一面，他是带着乡愁来写这个庞大故事的。对于济州以及所拥有的风物，虽然程济世什么也没看到，但李洱却充满深情地面对着它。比如第"85，九曲"一节的开头段落，这里不妨全部引出感受一下：

九曲黄河，在这里拐了个弯。

但只有在万米高空，你才能看见这个弯。

缓慢，浑浊，寥廓，你看不见它的波涛，却能听见它的涛声。这是黄河，这是九曲黄河中下游的分界点。黄河自此汤汤东去，渐成地上悬河。如前所述，它的南边是嵩岳，那是地球上最早从海水中露出的陆地，后来成了儒释道三教荟萃之处，香客麇集之所。这是黄河，它的涛声如此深沉，如大提琴在天地之间缓缓奏响，如巨石在梦境的最深处滚动。这是黄河，它从莽莽昆仑走来，从斑斓的《山海经》神话中走来，它穿过《诗经》的十五国风，向大海奔去。因为它穿越了乐府、汉赋、唐诗、宋词和散曲，所以如果侧耳细听，你就能在波浪翻腾的声音中，听到宫商角徵羽的韵律。这是黄河，它让所有的时间都悠久，比所有的空间都寥廓。但那涌动着的浑厚和磅礴中，仿佛又有着无以言说的孤独和寂寞。

应物兄突然想哭。

连应物兄都被自己感动得哭了。我一点都不感到这是随意的一笔或刻意的矫情，如果读下去，你一定能读出应物兄灵魂深处的感动和忧伤。

就写作本身来讲，《应物兄》无所谓高潮，也没有冲突的了结，所以它可以随时打住，也可以一直漫延下去。即使只是一场幻灭、一晌贪欢，李洱似乎也不应该借一场车祸让故事停下来。我愿意看到他让笔下的人物一直说下去，说到筋疲力尽，说到重复自己，说到江郎才尽，甚至读者都感叹李洱也江郎才尽了，卖不出什么东西了，让我们看到路的尽头，或者他还有我们视线不及的路在走也无所谓。但李洱还是为读者提供了一个严整的小说，它看上去有头有尾，十分完整。

《应物兄》留给读者无尽的想象和感慨。小说故事有最后的句号，但人生的况味却没有终点。李洱已经很好地完成了自己的任务，他可以等待和准备下一个十三年的写作计划了。

（《扬子江评论》2019 年第 5 期）

第二辑　读书·观象

几本常读常新的书

2020 年 4 月，我们在特殊的抗疫背景下迎来全民阅读日。应编辑朋友邀请，特推荐书数则，与文友共勉。

1. 鲁迅《野草》(《鲁迅全集》，人民文学出版社)

这是鲁迅作品里非常独特的一部，二十四篇、两万多字的容量，却引发了近百年的不断评说，可见其复杂性及其经典魅力。近日，正值新冠肺炎防控之时，有朋友推荐我说网上正流传一热帖，有人把鲁迅的《野草》改成了十六首说唱，颇为流行，且评价很高。这让我又一次意识到鲁迅作品的不朽价值。我这里想说的是，多年来，无论人们怎样评价《野草》的主题，但共同的一点，是大家都强调《野草》是"诗"与"哲学"的结合体，是现实主义的作家鲁迅唯一一部浪漫主义（或称象征主义）作品。这有意无意地忽略了《野草》诸篇无论从背景、意象、题旨、喻意上与鲁迅写作《野草》时的现实之间的密切联系，虽然这种联系是以多种特殊方式建构的，但寻找其中的脉络十分必要。当然，无论是否纠缠于这些学术问题，《野草》本身的可读性和美感都值得反复领受。

2. 帕慕克《我的名字叫红》（上海人民出版社）

土耳其作家奥尔罕·帕慕克是诺贝尔文学奖获得者，他最负盛名的小说，也是最早让中国读者认知的作品，就是长篇小说《我的名字叫红》。这是一部十分可读、内容饱满、叙述精彩、主题深刻复杂的小说，当然，对中国读者来说，也是一部翻译精到的作品。小说以作家生活地伊斯坦布尔为空间背景，地理上跨欧亚大陆与东西方，而且小说也表现了这种文明对抗或曰融合；以四百年前的奥斯曼帝国为历史背景，展现了文明冲突与融合的起源和过程。小说以土耳其文化中的代表艺术细密画为聚焦点，展开了一场关于文化冲突的深刻探讨。作为一部小说，它融侦探故事、爱情故事、文化艺术等复杂主题为一体，颇具现代小说的代表性趋势。小说中很多篇什可以作为散文诗来读，精彩动人。

3. 钱钟书《管椎编》（生活·读书·新知三联书店）

《管椎编》是钱钟书先生的学术代表作，内容十分丰富深厚，全面了解掌握非我等可以做到。但特别想推荐的原因在于，作为学术著作，此著并非高头讲章，并非貌似拉开架势的吓人高论。而多是介于眉批、点校、读书笔记、学术散文、学术论文之间的杂合体。长短不一，论述也不见得大而全，但即使不懂学问，也能读出盎然兴趣和会心处。真学问的真谛或正在此吧。放眼当下国内人文社科学术，面目可憎处太多，看似系统，看似重大，实则空洞无物，更加之文字极差，常常令人不忍卒读。并非学者个人非得如此，评价体制决定学术状态。钱钟书是学问大家，也是文学大家，我们要学的不仅仅是学贯中西，还应有融会贯通。之所以推荐四卷之一，意思是，即使不能读通全貌，但只要看看他对《诗经》部分的评点，启人思智处就颇多。其中对远古先民生产生活、感情风俗的描写，令人向往。

4. 卡尔维诺《为什么读经典》（译林出版社）

这是一本新书里的旧书了，就像他对经典的定义一样，看似熟悉，每读又有新意。书名很直接，就是讲述何为经典、经典如何炼成、如何理解经典等问题。作者为我们道出许多使人恍然大悟的读书道理，帮助我们理解为什么经典作品是可以穿越古今、地域、人群的作品。经典就是"用于形容任何一本表现整个宇宙的书，一本与古代护身符不相上下的书"。"哪怕与它格格不入的现在占统治地位，它也坚持至少成为一种背景噪音。"同罗兰·巴特等小说家的观点近似，卡尔维诺认为，经典的魅力在于能够打通古代与现代、传统性与现代性之间的截然区分。很多现代观念，包括创作理念，可以到很早的古典作品中找到源头。作者并不是唯经典至上论，他的基本观点是，对于经典，读总比不读好。

5. 严安生《灵台无计逃神矢》（生活·读书·新知三联书店）

这是我在 2018 年读到的一部奇书。说它奇，一是作者的其他著作此前并未留意过，可能因为书名引用了鲁迅的诗，副标题又是"近代中国人留日精神史"，所以就买来一读，因为自己也关注过仙台时期的鲁迅，却不知这是一部视野更加开阔、论述极其扎实、冷静而又不乏拳拳之心的专著。著者是留日并从教于日本长达四十年之久的中国学者。所论兼具日本学者之精细、平实，而又有不变的中国态度。本书对百年前第一代中国人留日史，特别是这些人的精神史做了极为精致的梳理和描写，其中有英雄故事，也有荒谬情景，有救国者的热情，也有混世者的丑态。作者的史料有许多来自并不通行的地方史志、资料，又能按照大的主题进行处理，十分难得。书中对自唐以来中日交流史、战争史，特别是两国地位的变迁、反转做了独特论述，十分值得阅读。

（《中国纪检监察》2020 年第 8 期）

"黄河""长江"的文学对话

在喜庆中华人民共和国成立七十华诞的热烈气氛中,山西作协和湖北作协在太原以"黄河"和"长江"的名义举办一次文学对话,我以为非常有意义,谨表热烈祝贺。黄河和长江,可谓强强联合。以文学的名义就此展开对话,在我的记忆里还是第一次。我觉得这一活动很有创意。

黄河、长江在整个流域来说涉及大半个中国,特别是整个中原大地。在中华文明的发展进程中,黄河和长江具有不可替代的地位,它们不但是一种自然的存在,而且是一种精神的象征。黄河与长江都是中华民族的母亲河,也是中华文明最重要的发祥地,这两条大河贯穿了中国东西,在文化含义上,他们都有共同的特征。同时我个人理解,它们的精神指向既有共通处,也有差异点。比如,当人们想到黄河的时候,就会联想到它是雄浑的、激荡的、悲壮的、苍凉的,它代表的精神气度更多是坚忍不拔、艰苦卓绝,我们听到《黄河大合唱》,在那样一个民族国家危难时刻,黄河与民族存亡紧密相连。长江更像一个母亲的形象,它的滋润、宽厚、包容,是一种养育之恩的象征,《长江之歌》的

125

歌词之所以打动我们，也是因为歌词的词意比较准确地表达了长江的精神，它是无穷的源泉，它有母亲的情怀。所以，都是中华民族的母亲河，但是在我们的精神想象当中，这两条河具有不同的气度，也有不同的象征。而这，正是作家可以充分发挥想象、尽情表达的地方。南北两地的作家，带着这样一种既共同又有差异的文化气息聚集到一起，交流对话，切磋碰撞，是一个特别好的机会。

我个人理解，山西作协和湖北作协一起搞这个活动还有一分特别的道理。黄河、长江都是从青海起源，然后一路向南向东，经过大半个中国，涉及的省共计在二十个左右。山西和湖北一起举办这样的对话，有这样的理由：首先两省各自属于黄河长江的中游，我们说中原更集中地代表着中国，是重要的发祥地和重要的文化起源。在山西，黄河没有第二个名称，它只叫作黄河。但是往上溯，它还可以叫作"长河"。到了中下游，它有时又被叫作"大河"。长江也是，中游之前可以叫"沱沱河""金沙江"，下游到了江苏又叫"扬子江"。在湖北，特别是在武汉，它就叫长江，没有代称。这就是黄河与长江这两个名称在晋鄂两地人们心目中不可替代、不能更换的原因。这样的说法当然不确切，但也意味着两地文学人士的某种选择。山西作协的杂志叫《黄河》，湖北作协的刊物叫《长江文艺》。这是巧合，也仿佛有某种必然。黄河与长江，在山西与湖北这两个中游省份可能真的有某种潜在意味。

黄河从内蒙古进入山西，从忻州的偏关老牛湾一路向南，穿过整个晋陕峡谷，撞中条山东折，出垣曲马蹄窝而出山西，一

126

"牛"一"马"间，经过山西十九个县市，形成了非常独特的文化，晋陕峡谷形成的黄河文化极具代表性。

位于晋陕峡谷的壶口瀑布最能体现也最能代表黄河文明。黄河当然有很多地方可以驻足，但最高的象征就是壶口瀑布。所以它是《黄河大合唱》诞生的地方，是激发诗人创作灵感的地方。激发毛泽东创作《沁园春·雪》的，同样是晋陕峡谷的黄河，是黄土高原。壶口瀑布一年四季各有不同的景观，非常值得参观，而且在它的周边还有很多丰富的历史遗迹值得参观。

黄河沿线不乏与文学艺术相关联的地方，比如山西永济，所谓"三十年河东，三十年河西"所在的地方。那是一个与文学与艺术密切相关的地域，与《西厢记》有关的普救寺、莺莺塔。

这次对话是山西、湖北两省作家之间的对话，是两地作家进行交流、互相学习的机会，从文学本身和文化上互相学习。这次会议选择在习近平总书记文艺工作座谈会召开五周年之际举办，也意味着我们这次对话会是历史与文明之间的交流，同时更会激发我们两省作家的创作热情。在未来，我们要进一步讲好中国故事，展现中国气派，推出更多的优秀作品，正如总书记讲的，对于作家艺术家来说，最重要的还是要出作品，没有作品，其他活动搞得再热闹再花哨也没有用。我们互相激励、互相学习，目的是为了创作出更多优秀的文学作品。

五年前的文艺工作座谈会讲话特别突出问题意识，指出当前中国文艺所存在的问题，指出了文艺创作的不足，尤其指出中国文艺界当前依然存在有数量缺质量、有高原缺高峰的情形，引人深思。从 2014 年到现在，"有高原缺高峰"是文艺界讨论最多的

127

问题，如何实现从高原迈向高峰的突破，很多报纸刊物开设栏目，专门进行讨论。这次对话会的议题是"抒写新史诗，再攀新高峰"，目的就是更加着眼于未来。《黄河》杂志、《长江文艺》，都应当为优秀作家提供更好的阵地和平台。想必这次活动在办刊物经验上也会进行探讨。

希望今后进一步促进省际文学创作、文学评论、文学期刊的交流互动，以不同形式，在不同范围，根据不同对象进行广泛、深入的交流。希望大家充分利用这次难得的机会，提出共同的话题，进一步加强互动。希望我们参会的作家编辑，包括《花城》《十月》等到会的刊物主编，能够为两省作家的创作，为广大作家作品的发表，起到促进作用。

（《黄河》2020 年第 1 期）

传统的与现代的

新年之际，一档电视节目《国家宝藏》产生广泛而热烈的影响。这广泛，从文博专家到文化人士，再到社会观众，纷纷参与，密切关注。这热烈，激发起了许多人对文物、对中国历史文化的学习热情。《国家宝藏》是一档什么节目？是文化节目，其中有专家深入的讲述，从前世到今生，但没有鉴定后给出价格、为"拍卖"预热的流俗；是综艺，观众熟知的演艺明星，站到了人们通常只知价值却不明就里的重要文物面前，通过舞台化的表演，上演了一出可谓寓教于乐的短剧。这种将深重与通俗、历史与今天交合一体的表现方式，在观众反应中得到的是普遍认同和欢欣。我本人曾在节目播出前参与过预看，提出过建议，但坦率说，对节目如此表现文物的手法并未有深切认知，甚至有过些许疑问，是在节目播出，真正看到观众反响之后，才意识到高雅与通俗原来有如此多相互融合、相得益彰的可能性。

《国家宝藏》的最大亮点，是将中国传统文化中的重器，国宝级文物呈现到大众面前，从前在博物馆玻璃橱窗里威严而立，从文字到介绍让普通人望而却步的实物，顿时活了起来。我由此进一步认识到，当代中国文化发展到今天，国际眼光、世界视野与中国深厚传统文化特别是与中国优秀经典文化的对接，正成为一股热潮。《国家宝藏》的推出，与近年来中央对优秀传统文化传承的倡导，与社会公众在互联网时代反而更加珍视中华优秀传统文化的意识密切相关。在此之前，中国古典诗词已经进入电视，而且不只是以"知识竞赛"的方式，而是将舞台化、综艺色彩带入其中，央视的《中国诗词大会》是一例，一些省级卫视纷纷推出自己的同类节目，几位专业嘉宾给人跑不过来的匆忙感，这真是从事古典文学的人始料不及的。我经常看河北卫视的《中华好诗词》，它在节目的表现形式，包括现场的竞赛方式等方面颇具成熟感。传统经典的庄重感、崇高感和知识性，当代传媒的迅即、华彩和互动性，让人们看到古老文化与现代科技、当代艺术相结合的巨大空间，所生发出的多层次美感。

我们过去常常有这样一种思维，即古老的传统文化与现代性包括与现代科技是格格不入的，是此消彼长、相互冲突的。然而许多事实证明并非如此。这样的例证其实早已有之。20 世纪 80年代，个人电脑进入写作领域，人们对此产生的疑问不亚于它所带来的兴奋。同时由于电脑的基础语言是英语，人们对汉字作为象形文字在电脑写作的未来命运不无担忧，至少在运用自如、写作速度上的劣势似乎是毋庸置疑的。然而，当五笔输入法开始普及并很快广泛运用后，神奇的汉字在电脑键盘上健步如飞，汉字几乎成为每分钟录入速度最快的文字。如今，人们再也不用担心东方象形文字与现代科技的"合作"效率了。而且更加方便迅捷的输入法接踵而至，人们完全可以根据自己的喜好和习惯去选择。

传统文化的现代性转换是如此活跃如此多样。现在我们倒应该强调，在传承和弘扬的过程中，应特别注重"优秀传统文化"的甄别、筛选和发扬。习近平总书记在中国文联十大中国作协九大开幕式上的重要讲话中指出："要加强对中华优秀传统文化的挖掘和阐发，使中华民族最基本的文化基因同当代中国文化相适应、同现代社会相协调，把跨越时空、跨越国界、富有永恒魅力、具有当代价值的文化精神弘扬起来，激活其内在的强大生命力，让中华文化同各国人民创造的多彩文化一道，为人类提供正确精神指引。"这正是我们传承和弘扬传统文化过程中应当始终坚持的宗旨。其中"中华优秀传统文化"概念强调了"优秀"。以优秀传统文化与现代社会、当代文化、世界多彩文化相融合，才能创造出当代中国新文化。如果不分精华与糟粕，一味将传统的视为必须遵守的，这和面对西方文化采取全盘照搬的做法如出一辙。崇尚经典，并努力将传统经典通过现代表达使之社会化，这正是今日文化人的责任。同时，一说传统不能只认为是指《诗经》、汉唐，五四以来的现代文化，其中的优秀基因同样是值得我们珍视、需要我们继承弘扬的传统文化。这其中还有不少是需要今天的人们去辨别、去分析、去理性对待的。

我本人近年来在学术上和写作上的努力，就是希望通过符合社会读者阅读的写作和表达方式，弘扬鲁迅思想和精神。不出学术圈文学圈，我们讨论的鲁迅是个人人皆知的对象，一旦到社会当中，比如到大学校园哪怕是人文学科的学生当中，你会惊讶地发现，鲁迅作为中华民族现代精神的魂魄，作为中国现代文化与文学的高峰，在很多人特别是青年当中还普遍陌生，认知远远不够。这也让我下决心要在这方面多做些专业工作，为传承和弘扬鲁迅精神尽一点绵薄之力。

我们正欣逢一个科技迅猛发展、艺术百花竞放的时代，处在一个传统与现代在现实中、在观念中同时并存，民族的世界的大众的文化交融交织的时代。面对传统，我们还有许多难题难点，更有无限的空间可以去延伸，去发展。审慎地、充满敬意地面对传统经典，同时又富有创造性地在继承中创新，这是我们共同的责任。

（《光明日报》2017 年 12 月 8 日）

让阅读成为生活

　　网络时代，电视承担起了"传统媒体"的责任，这是趋势所然，更是一种自觉选择。人们不只需要信息，还需要知识，甚至不只需要知识，更需要一种好的生活方式。阅读，是一种纸面生活，当信息化以比高铁还要快的速度侵入我们的生活，当纸面阅读需要人们惊呼要求挽留的时候，当人们感慨地铁里、火车上，人人都捧着手机而不是报纸书本阅读的时候，一种前所未有的焦虑感在漫延。我们甚至感叹，一种良好的以阅读为支撑的生活方式可能会因为无处不在的网络而消失了。这样的时刻，我们遇到了《朗读者》，一档以写作者、文化创造者、科技工作者为主角，以朗读历史的或当代的、经典的或自己创作的作品为主要呈现方式的电视节目豁然出现在荧屏上，这是对一种纯正文化生活的呼吁。从本质上讲，是《朗读者》恰逢其时，呼应了社会关切，印合了大众文化需求。从另一个层面讲，《朗读者》的走红，是社会公众期待文化回归本来价值和社会作用的佐证。就此而言，这种对时代呼声的呼应同节目的可观性一样值得珍视，主创者的敏感性和责任感更应得到称赞。

2017 年，《朗读者》在央视黄金时段播出，这种带有"反"电视节目通行"热点"的建构和表达，一下子成为舆论讨论的热点和观众追逐的对象。每期节目都有一个主题，这个主题是温暖的、人性的，是入心的、日常的。每期节目都会出现几位嘉宾，他们是有代表性的，他们围绕节目主题朗读不同样式、不同风格的作品——作家自己的新作，普通人写下的书信，古今中外的妙文佳篇。他们也许并不是最具专业水平的读诵者，但他们的身份决定了号召力，他们的经历体现出感召力。每一位嘉宾还会深情讲述，这种讲述是在主持人采访中被激发出来的热情，同时又与他们本来的生活根基、创作历程有着内在关联。《朗读者》的意义即刻被放大，它不简单是对朗读活动的推动，内涵早已超出栏目名称的定义，指向更远大、更深广的目标。原来阅读是如此美好，朗读是一种高尚的文化生活，倾听是一种正宗的文化品位。来自不同领域、研究不同专业、思考不同问题、从事不同职业的公众人物，表达着同样的文化情怀，传递着同样的道德文章。在人们的日常生活被信息淹没、甄别信息却艰难纷繁的环境氛围中，《朗读者》提供的是一种似曾相识又别出心裁的文化享受。

　　2018 年，《朗读者》第二季再次出现在公众视线里。第二季是第一季的接续，同时又带着新的创意。如果说第一季是以文学营造一种美好的情境，以文学性吸引人们的目光，调动人们的情绪为主调的话，第二季则融合了更多社会领域的人士，将文字的魅力、文章的妙趣，将朗读的亲切播撒到全社会。第二季从一开始就吸纳了众多科学家，如物理学家薛其坤、潘建伟，数学家杨乐，工程学家林鸣，这些本来与电视特别是综艺节目了无瓜葛的人们，让观众读出了儒雅，体会到了科学家的人文魅力。节目还出现了姚明、贾樟柯等明星式人物，他们在节目主题框架内的讲述，让观众近距离了解到成功者付出的艰辛和光环下让人心动的一面。这些人物和作家贾平凹、余华等一起，讲述他们的《初心》，表达他们的《谢谢》，返回他们的《故乡》……感染力和专业深度格外吸引人们的眼球，深入到观众的内心。也许朗读者的口音难免南腔北调，但初心是一致的；也许朗读的文章古今中外，但表达的情感高度融合。这就是文化的力量，就是文学的魅力，就是文字可以通过朗读，可以通过电视荧屏完美呈现的原因所在。我不知道《朗读者》还会以怎样的方式改进且进行下去，但应该相信，有责任有担当又有敏锐观察力的电视艺术家，一定会在文化前行的道路上做出自己新的创造。

（《学习时报》2018 年 9 月 11 日）

《平凡的世界》对当代中国文艺的启示价值

——亦小说亦电视剧的感悟

一

历史相隔三十年，《平凡的世界》就像一个历史记忆的储存器，将一个时代的社会生活情状、时代风貌，特定时代氛围中人们的追求、欲望以及爱恨情仇，都在其中鲜活地保存下来了。路遥的价值在于，他用与自己时代生活同步的思想高度（没有拔高）、情感热度（没有零度化）、价值取向（没有调侃），用与时代生活相协调、相适应的语言方式来叙述、抒情、议论，其丰富性、立体性都因其鲜活性而得以呈现。

与自己时代的种种大的观念、思潮和细微的敏感气息同步书写，全方位记述时代社会生活的创作从来就有，即使"文革"时期的文学，也留有当时的"艺术"的、形式的影子，为什么《平凡的世界》在今天反响如此强烈，即使其表现的生活内容有很多已不为今人热切关注，但那种强大的真实性却仍然在思想上、情感上令人感动？除去路遥本人创作的经典性，一个重要的原因是，《平凡的世界》表现的是我们这个时代生活的起点，是三十年中国社会历史的出发处，是翻过万重山水疾速前行的初步，叙述、表现的是读者、观众自己或自己父辈们的生活，是今天的人们反观、回忆、联想自己或探究、感知父辈的"教科书"，昨天的倒影投射在今天的生活中，是当今时代的续接，是一种生活感受的回味、生命体验的唤醒。

二

从改革开放初期到今天，中国的很多事情既有历史发展从未脱节的连续性、一贯性、相似性，也有令人惊讶的严重变异、相互割裂甚至相互抵触，但这种变异和割裂又和刚刚过去的"平凡的世界"里的昨天有着人皆感知的联系。这是历史的秩序，也是时代的怪圈。

比如金钱。改革之初，"为钱正名"引来争议，但最终占据上风的结论，是"为钱正名"代表了观念的突破，指向了未来的路径。然而，历史发生的变化十分惊人。比起《平凡的世界》里孙少安为借不到一千块钱发愁，田福军从自家的茶筒里看到一卷十元面值的钱而意识到犯罪，到今天，金钱本身以更加巨大的体量出现在我们的生活里，而对"金钱"的直接、赤裸裸追求却又遭到道德层面上的批判。举例说明：《平凡的世界》里，孙少安拉砖赚了一沓钱，他与妻子贺秀莲为此亢奋、躁动，喜极相拥，这一场景歌赞了劳动的光荣，更体现了观念意识的觉醒，作为一

137

种时代符号是令人欣慰的。试想将这样的场景植入今天的电视剧里，那恐怕是要被人诟病的。为什么？三十年前，个人致富是时代梦想，摆脱贫穷是社会呼唤，挣脱束缚是观念更新，个人通过劳动获得更多金钱是社会理想中的一部分。而在今天，过多的奢华炫富充斥在影视剧里，舆论更倾向于对之保持警惕直至批判。金钱不再可以贴附到理想价值当中，它更多是一种欲望的化身，是过度占有可能导致种种失衡与危险的警示。欲望的价值虽然没有全盘否定，但其高尚性和正面力量已被默然去除。这个时代更应强调对物欲诱惑的抵御而不是推波助澜。

艺术作品里的一个场景，放置到不同的时代氛围里，就会发生价值上的严重错位。

三

《平凡的世界》表现的生活极其简陋。简陋生活如何能够适应全面现代化的今天？双水村的青年是有梦想的，但这种梦想如此微小，进一趟县城、获得一次拉砖的机会、得到一个煤矿工人的身份，丢失一只骡子的悲伤、烧一窑废砖的痛苦，这样的悲喜如何支撑一部史诗作品？为什么仍然能打动今天的受众？《平凡的世界》的当代吸引力源自其中的人物始终处于内心的悸动中。个人的内心都在悲喜中起伏，都在现实的无奈与梦想的奢望中挣扎，都是在贫穷的处境与理想的追逐中进退着。人物内心处于悬置状态，人人难以平息，这种悬置又是他们生存里的烟火气、不安于现状的状态造成的。乡村秩序、宗族律令、家族亲情、男女爱情有融合也有断裂，乡友间的友情有贴合也有分裂，男女之间的爱情有甜美也有悲情。正是生存的拼搏、命运的起落、内心的悲喜，使作品始终保持着充足的张力，超越了时代生活雏形的局限，可以让不同时代的人从中找到自己。这就是三十年中国的巨变，从骡子丢失到手机断电引发的恐慌，新砖出炉与上市成功带来的狂喜，这些看似互不搭界的意象，却正是中国历史发展的真实写照，它们给人带来的情感沉浮、悲喜交加程度是一样的。

四

《平凡的世界》的经典性，体现在成熟的结构能力上，应该说小说在艺术上最成功的就是其结构的纷繁、有序以及前后呼应。相对固定的空间又有所延展，相对确定的时间跨度又有所延伸，先后出场的人物又互有呼应，人物不是因为故事需要随意出场，人物关系构成一个完整的网状结构。

语言上的朴实，既留下历史的印迹，又与今天产生离间的效果。路遥的叙事间断会加入说理、议论、抒情相混杂的成分，而路遥小说语言的风格也在这些片段中显示出来，这些语言的特色通过电视剧的画外音部分呈现出来。这些语言留有浓厚的改革开放初期思想萌动、感情意欲奔放的味道，说实话，那种语言有时候有追着思想感情奔跑，且有言犹未尽的感觉。然而它们比起今天很多作品中语言腔调、架势远远大于思想、凌驾于情感之上的做法，又有难得的纯真与质朴。《平凡的世界》的文学语言是平凡的，所发感慨、喟叹、抒情、议论，局部看并没有什么惊天动地，路遥并不是刻意追求朴实无华，在他那里已经是足够努力华丽了，但可贵的是他追求的根本不是华丽的词汇，不是洋派的表达，而是尽可能真实、饱满地表达人物的所思所感。他的一些议论是就事论事的并不高蹈，他的抒情也有着略有文化的农民的朴素和真挚，试想创作《平凡的世界》的 20 世纪 80 年代中期，中国文学正在现代化的路途上奔跑，《平凡的世界》在当时算不上先锋之作，然而时代就是这样，洗尽铅华，方现风流，《平凡的世界》不但因保留了社会时代最常见的语言表达风格而被人珍视，也因这种保留与今日文学语言的"隔离"产生格外的效果。

五

《平凡的世界》的可贵更因其浓烈的现实人生场景，共同的理想追求，各自跌宕的命运起伏。这是一个非凡的时代，历史在这里转型，然而路遥紧紧抓住的是一个看似"平凡的世界"，他们并非领风气之先者，更非弄潮儿，然而他们要改变命运，同时也被命运改变。小说以及改编后的电视剧，主题就集中在这样一种在毫不起眼的生活幕布后面上演的催人泪下的命运交响。孙少安、孙少平代表的青年们是改变现实命运的造梦者，虽然这些梦想不过是烧砖挖煤；润叶、兰香等青年女性们代表的是追求个人幸福与内心愿望的觉醒者，虽然她们的梦想不过是嫁一个属于自己内心认可的丈夫。这些梦想具体而真切，它们与周围环境、现实处境密不可分，唯其如此才见其真实，才见其艰难。今天再来看《平凡的世界》，其中所讴歌的对象在当年的文学急欲现代化

140

的氛围中，很容易丢失；在今天的创作追求更高妙的深邃过程中，很容易忽略。《平凡的世界》里充满了生产劳动的场景，这在当今的农村题材创作里已属难得一见。一年四季与农业生产，城市建设与农民创业就业，这些关系可以通过小说人物的故事得到展现，可以见出它们与人物命运的关联。作家创作的叙述中也时常保持着对劳动的尊重和劳动光荣的赞颂。《平凡的世界》表达着人间最质朴的真善美，田晓霞的牺牲，孙少平向往城市但最终坚持回到煤矿的选择，润叶在丈夫残废后反而选择保持家庭，润生在救助丧夫的同学郝红梅的过程中毅然决定娶其为妻，所有这些情节选择都闪现着难得的人性光泽，是很多当代文学作品缺乏或无法艺术地呈现的宝贵品质。

《平凡的世界》直面了时代的局限但并未夸大，充满爱心与正能量的主题始终保持着足够的力量。双水村有孙、田、金三大家族，但作品中并没有过多宗族之间的明争暗斗，反而是乡情占据了上风，老支书田福堂难免自负任性，但最终突显的是他虚荣的背后仍然不失一颗善良的心。是的，善，在中国文学中始终具有强大的力量。很多爱与恨的处理都是通过彰显善而"团圆"的。《平凡的世界》里，年轻人之间的爱情悲剧为什么最后能以令人欣慰的方式收束？原因就在于善的力量成为覆盖一切的主流。润叶对丈夫李向阳态度的转变，润生对郝红梅的选择，都是在对方失去尊严之后的毅然决定。这里面当然还有艺术表现上可以探讨的余地，但"作者意图"却是文学所需要也应该具备的力量。

《平凡的世界》是茅盾文学奖的获奖作品，它的文学史地位早已奠定，同名电视剧的改编再一次激发出人们对它的追捧，也许这其中并没有多少值得今人效仿的创作法和写作技巧，但它那火一般的热情与无边无际的人间烟火，最有理由配得上"有筋骨、有道德、有温度"的创作。

(《中国文化报》2015 年 4 月 7 日)

改革开放的史诗书写

——电视剧《大江大河》的启示

2018 年，我们迎来了纪念改革开放四十周年。这一历史节点呼唤并催生着各类优秀文艺作品，为改革开放做形象生动的记录，为全面深化改革鼓与呼。在此时刻，我们欣赏到了以中国改革开放发展进程为题材的电视剧《大江大河》。这是一部振人心魄的电视剧作品。我认为最值得称道的，是这部剧在坚持现实主义的创作方法，尤其在坚持现实主义精神方面所做的精细努力。

对任何作家艺术家而言，在进行现实主义创作时，如何避免简单地、肤浅地、表面地反映现实生活，敢于直面并回应社会在巨大改革变迁过程中凸显的重大主题，这都是巨大考验。电视剧《大江大河》在此时此刻出现，确实是一部令人振奋的剧作，同时也是中国文艺为改革开放交出的一份令人欣喜的答卷。这部剧所描写的生活，它的起点离我们当下隔着四十年的历史，但描写改革开放并非是在写昨天，更不是写历史，而是写现实。《大江大河》在主题表达中反复体现出"四十年前的中国是当下的起点，而当下也是历史的接续"这一主题。这让任何观众在观剧后，不仅能看到我们的祖辈、父辈是怎么走过来的，而且能看到我们今天的生活从何而来。

在全景式地表现改革开放进程的文艺作品中，《大江大河》是难得的收获，有着重要的启示。

第一，它直面生活的复杂，也直面改革的艰难，甚至直面改革进程当中的泥沙俱下、人心善恶。《大江大河》没有回避改革开放进程中的矛盾纠葛、利益冲突，没有回避生活中的多样性复杂性，改革的艰难曲折在其中得到真实表现。它不是简单的颂歌式作品，而是把现实生活尽可能以真实的、全景的方式表现出来，有着它独特的价值判断。现实生活永远是丰富、驳杂和深广的，时代又总会以特定的旋律汇聚形成某一主潮，作家艺术家的创作总是在处理着丰富广博的现实生活与时代潮流之间的关系。改革开放的中国，气象万千，包罗万象。即使在同一个人身上，对世界、对生活的看法和态度，也会表现出从未有过的多样和复杂。创作的题材无比丰富，无论是一条大江还是一条小溪甚至一滴水，都可以是文艺表现的对象，无论是哪一种题材，都能找到一定范围的读者和观众。这就更需要我们对现实生活做符合时代主旋律的理解，对时代脉搏有更加敏感和准确的把握。

今天，现实题材受到重视和鼓励，关注现实成为更多作家艺术家的行动自觉。我们常说，现实要源于生活，高于生活。有了"源于生活"，如果没有意识去深入，没有能力去提炼，没有意识去概括，没有找到很好的叙述和表达方式，艺术上没有产生出强大魅力，终究完不成"高于生活"的目标。当前仍要强调体验生活对作家创作的重要性，同时还要强调作家对生活的认识能力、

144

把握能力、概括能力、表现能力。表现生活需要典型性，评价时代需要有倾向性。生活的多样性体现在它的多色调中，这就对艺术家的创作提出了更高要求，表现现实的多层次、多侧面，传达人们各种各样的情感和观念，在这一过程中如何把握主流，如何倾听、理解时代旋律的多声部，如何掌握并传递其中的主旋律，是对文艺创作社会担当的考验，也是对创作者艺术表现力的考验。

第二，《大江大河》描写了农村与城市双重的改革进程，这一点同样非常重要。在一部作品中做到既写农村又写城市，历来是个难题。在《大江大河》中，城市与农村的戏份未必完美，但它至少已做到了"双管齐下"。而且，城市与农村之间的戏份勾连得真实自然，观众并没有割裂地看待农村和城市。剧中的几个主要人物，特别是在改革开放中成长起来的青年，宋运辉、雷东宝、杨巡等在改革大潮中不断探索和突围的浮沉故事，他们的奋斗历程本身，就是一幅徐徐展开的画卷，让观众看到整个中国从城市到乡村的巨大变迁。其中雷东宝由农民转变为乡镇企业带头人，宋运辉知识改变命运等人物形象及其成长历程，极具时代典型性，并因此将城市与农村联结成一体。他们的爱情经历，他们与家庭、社会错综复杂的关系和恩怨故事，颇具感染力。《大江大河》是一部主旋律作品，但主旋律不应该成为一种特殊的题材，主旋律应当蕴含在千姿百态的文艺作品中，保持艺术形象的饱满和可信，防止空洞与说教，做到这一点的同时，文艺创作更应看到向善向美的趋势，传递出美好的理想和信念。《大江大河》在这一点坚持了一种艺术自觉。

第三，《大江大河》不但表现了人们的情感，还真实表现了人们的经济生活、社会生活、文化生活。该剧中既有人与人之间情感上的交织与冲突，也有工农业生产、乡镇企业、商业竞争等带来的一系列复杂矛盾。对于创作者而言，能不能真正地书写改革开放，不把它作为一个概念，而是当作现实生活来真实表现至关重要。要实现这样的创作目标，需要创作者提高艺术创造力，以高度的艺术自觉和高超的艺术创造能力，创作出更多与新时代中国相匹配，与人民群众不断变化的审美需求相适应的、具有新时代气象的优秀作品。从一部作品中看到生活的内部，真实表现人们越来越专业的工作生产和不断提升的生活现实，这是一个很大的考验。《大江大河》让我们获得这样的欣赏机会，欣喜地看到既植根于深厚的文化土壤，生动讲述中国故事，又能够调用多种艺术表现方法，实现艺术突破的优秀作品。

第四，优秀的文学作品是电视剧创作的重要资源。电视剧《大江大河》是根据作家阿耐的长篇小说《大江东去》改编而成，正是文学创作上寻求融合的成功之作。要创作出厚重的现实主义电视剧作品，需要文学和艺术实现互动，合力推出具有中国作风、中国气派的融合之作。这四十年来，在小说创作领域，不少活跃的作家坚持现实主义创作方法，在艺术表达上日益成熟。发挥文学是其他艺术类别创作的"母本"作用，以新的艺术形式扩大优秀作品社会影响力的成功例证也有很多。可以预想，这种创作上实现突破的自觉，多种艺术形式的融汇结合，必将催生更多无愧于时代的文艺精品，中国作家艺术家攀登文艺高峰的勇气与努力，必将带来文艺创作的崭新境界。

改革开放四十年来，中国取得的巨大成就，发生的伟大变革，是中国历史上千年未有的巨大变迁，也令世界为之称奇惊叹。我国改革开放历史进程中，中国作家艺术家既是见证者，也是参与者，更是书写者。可以说，中国文学艺术是伴随着中国社会一起发展的，所有的个人创作上的收获，都在一定程度上为文艺发展，为创作进步提供了价值和意义。身处这样一个伟大时代，中国当代作家艺术家的创造力得到空前释放，描绘时代巨变成为这四十年中国文学艺术创作最强劲的主题。

　　这四十年的中国文艺，经历观念上的不断更迭、形式上的各自求新。文艺是当代的，也是传统的并要朝向未来，更重要的，文艺要回应现实，把握现实主义。现实主义既是一种创作方法，也是一种精神。作家艺术家要敏锐感受时代脉搏，准确把握时代精神，要对社会发展有深刻的体悟。优秀的文艺创造，是作家艺术家对自己时代的真实反映，是时代生活的一面镜子。改革开放的新时期，优秀的长篇小说、迅猛发展的影视艺术、百花齐放的多种艺术形式蓬勃出现，一大批优秀文艺作品对中国改革开放的伟大进程做了真实、丰富、深厚的表现和反映。

　　作家艺术家在表现新时代中国人民的奋斗历程和精神世界，做出了自身应有的努力，取得了创作上的实绩。当然，我们还应当看到，与当代中国正在发生巨大变革的社会现实相比，与改革开放的伟大进程相比，与人民群众在新的文化环境中不断提升、日益多样的审美需求相比，中国文艺在繁荣发展的大格局中，亟待出现大作品，出现可以全景式展现一个时代的生活画卷，反映一个时代的发展趋势，书写一个时代人们的情感、观念的变迁的大作品。需要塑造出足以感动千百万人的艺术形象。《大江大河》带给我们的启示值得珍视。

（本文收入《中国电视剧发展报告》2019 年卷）

风雅传承中的时代脉动

用地域概念界定和划分作家群体，强调地理上的一致性，进而在不同作家的创作中间寻找"统一性"风格，这是现代以来分析作家创作的常用方法，即使今天已经进入了作家审美各有追求、信息传播极速"平面"的时代，这样的方法也依然有其适用性。在一篇文章或一个特定场合中讨论江苏作家群体的创作，在一定程度上也因此具有了合理性。

以省为界是我们最常用到的地域分析概念。其实，在十里不同音、山水相连而风俗各异的中国，一省之大，生活在同一省内的作家其实差异性远远大于同构性质。即就正活跃在创作中的江苏作家而言，出生在接近齐鲁的赵本夫和远在苏州的苏童之间，其实在根本上就有典型"北方"和"南方"典型的区别。江苏的文学地理，既有赵本夫为代表的苏北，也有走出了毕飞宇、黄蓓佳的苏中"里下河流域"，有苏童、范小青津津乐道的苏州，也有叶兆言等努力描摹的南京。但这远远不能概括江苏文学版图上的文学力量。鲁敏、魏微、叶弥小说里小城小镇，周梅森、储福金努力表现的宏阔历史，再添以朱文颖、戴来的南方格调，韩东、朱文的不羁，以及我所知道的一大批年龄或已近中年，仍然努力从人才济济的江苏文坛中冒头的作家，他们共同构成江苏文学的五彩缤纷，并在当代中国文学中格外引人注目。

江苏作家普遍关心世俗生活，并经常把世俗尘埃化作小说里的故事核心。他们小说里的形象，并不多见可以弄时代之潮的风云人物，却也没有明确的"底层"定位。他们的小说里有时代，但这时代的风貌，由看上去和历史风云关联不大的普通角色承载着。他们的小说里有城市也有乡村，但这城市往往既新且旧，乡村又经常是作家刻意描画的属于他们各自的故乡。

我一向以为，成功的中国作家往往会在自己的小说里塑造一个属于自己的故乡。他们反复描摹这个地方，使其具有仅只自己才可以在文学里呼吸的地方。江苏作家里，苏童的枫杨树，毕飞宇的王家庄，鲁敏的东坝，应该是最典型的故乡情结的表露。正是因为盖上了这样独特的印章，这些或许可以随意更换的地名，在他们的小说里却有了明确的方位，有了特定的风俗，有了各自不同的人群构成。这几年江苏文学界的朋友们提出"里下河"这样的文学地理概念，既是骄傲于苏中地区不断涌现并渐成规模的作家群体，也是要在文学品质上强调他们的一致性与相似点，让"里下河"成为一个作家们具有"本土化"特色的文学故乡。有了这样一种故乡感，作家所描写的乡土，就成了精神的皈依、心灵的归宿，就有了文学的气质和仅只属于自己的独特味道。文学的根性有时候就隐藏在这样一种近乎叙述策略的选择当中。

江苏作家的小说，普遍把市井生活的场景以及各色小人物推到故事前台，填充以大量的饮食起居等人间烟火气的描写。这种生活看上去与大的历史时代没有直接关系，但他们为读者最终呈现的，却是在社会潮流涌动下个人微小生命的失重或把持，茫然或奋进。每个人的命运都与自己生活的时代社会有着直接联系，都自觉不自觉地卷入到这一洪流当中。他们的小说也有将现实有限变形、适度夸张的略带"魔幻"的叙述。范小青《我的名字叫王村》里，"弟弟"是一个把自己想象成一只老鼠的精神分裂者，苏童《黄雀记》塑造了"失魂者"形象，毕飞宇《平原》里的吴蔓玲因为被疯狗咬伤成了疯子。但这些夸张的叙事与其说是一种寓言，不如说是一种写实。从小说呈现的面貌讲，他们的小说都有一个更加强大的现实环境，无论是乡村里特有的风俗民情、伦理感情，还是紧贴着当前的年代方位，都营造出一个比夸张、变形更加强大、更加沉重、更加坚实的现实世界。可以说他们的小说并不是刻意摆脱现实的寓言，但不失深思熟虑的隐喻。他们的小说人物和自己时代与现实之间，始终处于一种紧张状态，这种紧张既有世俗生活层面的投入与融合，也有各种显在的、潜在的隔阂与冲突。我们读他们的小说，看见的大多是俗生活，烟火缭绕，唾沫四溅，无由的争论，并不浪漫的异性纠缠，其中充满了猝不及防的悲剧，也夹杂着随时闪现的喜感。然而就在这样一种气息的烘托中，我们看到了一幅幅时代的面影，照见了沉重而又扎实的现实。某个特定时代，一个特定时期的社会风向、观念流变，这些理应更强烈地承载在"弄潮儿"、大角色身上的大主题，却逐渐浮现在小说中灰色小人物的面孔上，展现在他们的灵魂中。范小青是当下江苏作家中创作时间久、作品多的小说家，她的小说题材经历了多次"转身"，塑造过不同类型的人物，她近年来的系列短篇小说，关注城市里的农民工，关注他们的命运，但她的这些小说却与同时期许多小说里的"底层人物"不尽相同，她执着于表现的不是他们的悲情而是他们的温暖，不是他们的苦楚而是他们的善良，这些人物身上没有刻意的城乡对立，有的是一个小人物对世界的宽容和理解、隐忍和执守，散发着难得的温情与理解。

这样的气质，还体现在其他一些有代表性的江苏作家的作品中。比如赵本夫，作为一位长期坚持短篇小说创作的作家，赵本夫并没有去追赶任何一种小说潮流，他的一些有影响和代表性的短篇小说，在形式感上并不惹人眼目，却总能够依靠一种只有他才能发现和表达出来的温情独树一帜。被改编成电影而影响陡增的《天下无贼》里，傻根独守"天下无贼"的信条，在愚痴中透着罕见的温暖。正是这种温暖的愚执变成一股小说的力量。温情作为一种力量在小说里贯通，让小人物的平凡故事，抹上了一层富有传奇色彩的奇异光泽。而近年来创作上十分活跃的小说家鲁敏，她的小说一样充满了平实，没有时尚的标签，故事都是家长里短的温情，小说主题有一种朝着善的巅峰一路攀登的坚持。她对善的理解非常简洁，内心大善与人际和谐几乎是她小说写作的信念。鲁敏的代表作《逝者的恩泽》《思无邪》等小说，既表达"善"也展现"美"，一次又一次让读者信服。

江苏作家在互相的熏染过程中，渐渐形成某种趋同的文化气质，这就是他们普遍不急不躁，仿佛十分满足于浸染在自己独有的文化气息中。江南烟雨，耕读人家，金陵故都，长江太湖，南北交融，新旧杂糅，文脉的传承和经济的跃进，富庶的生活和不失风雅的地域文化，让新时代的吴地文风在日渐兴盛中制造出独具风韵的氛围。江苏称为文学大省，不但是代表性作家作品的影响力促成，也是这种仿佛流散不止的文学气质与源源不断的作家队伍营造出来的。写过《老南京》的叶兆言或许就是这种文学气质的代表。叶兆言的小说题材十分广泛，既有抗日战争、"文革"和知青生活，也有"夜泊秦淮"、当代生活和推理小说。但不管写什么，他的小说故事都似乎是在和朋友喝茶聊天，也好像是在火车上和陌生人闲谈。叶兆言的小说语言，表现出大白话与书卷气的杂糅互补。选几个小说名即可见这种市井气与书卷气的结合。《夜来香》《作家林美女士》《凶杀之都》《走近赛珍珠》，等等。叶兆言小说没有尖锐的思想锋芒，很少有作家的指点和议论，却又有一种好恶评判明确地表露出来。他的小说得自于心态的从容，体现出感情的平静。这种叙述气质，在韩东、朱文的小说里也能感受得到。

江苏当然不乏大开大合、奔流湍急的小说家，周梅森小说的价值，如果站在江苏文学的角度看，与其说是异数，不如说是巨大的能量补充。在多样化的江苏文学格局中，成为有效融合的组成部分。在江苏，还有那么多写出过好小说的名字，在我有限的视野里，罗望子、朱辉、荆歌、刘仁前、顾前、鲁羊、余一鸣、陈武、娜彧……列举可以不断延续，创作真正是枝繁叶茂。今年初，偶然读到南京作家杨莎妮的小说，十分惊讶于她的叙述能力，将幻觉的瞬间与坚硬的现实不无"残酷"地捏合到一起，创造出鬼魅、紧张的气氛，悲情中还有一点轻度的豁达，又一次增加了我对江苏创作力量无限延展、色彩斑斓的印象。

必须说明的是，印象式的评点，加上从地域总结文学的天然不足，使我无法对江苏文学风貌做出可称全面的评价，但以此对江苏文学致敬并愿读到更多充满文学气质的佳篇力作。

（《光明日报》2016 年 10 月 24 日）

与经典艺术相伴的快乐

——关于田家青《和古典音乐在一起的时光》

　　田家青是家具艺术家，我现在还记得认识他的经历。那是大约十年前，一位出版界的朋友介绍说，有一做家具的朋友想来见面，谈一谈为其家具艺术品增添文字表述的事宜。家具？艺术？我一头雾水。认识之后方知，田家青是我所毫无认知的家具领域的翘楚，先不说其打造的家具的艺术水准，单就他在这一领域的著作《明韵》，就是一部流传甚广的名著。他是王世襄先生的弟子，其家具作品，曾有多件是王世襄先生题款。王世襄先生仙逝，田先生意欲为其家具艺术品寻找新的"命名"和题款人，而他又对作家十分敬重，希望能帮其推荐合适人选。我自然没办法完成这样的任务，因为想不出认识的作家里对家具艺术还深有研究的人。但从此有了一点清谈上的交往。接触过程中，越来越对田家青多方面的艺术造诣增加了认识，这种认识又以激赏为主。

　　田家青并非科班出身，他是从实践中历练出来的艺术家。家具，因其实用性和与市场接轨的密切性所致，作为艺术品的纯度是很难坚持的吧，我想。而田家青恰恰是一位秉持艺术理想的家具艺术家，他的低调、执着，不唯市场的追求，他以做学问的态度研究和制作家具的能力和水平，特别是他自觉远离喧哗的静心、尽力，让我这个外行深为感佩。几年前，和一家出版社的朋友聊天，是否可以编一套艺术家的文学作品如散文随笔的丛书，以展示"跨界"者的文采。我当下就想到了田家青。几年后，田家青在三联书店出版了他的文学作品《和王世襄先生在一起的日子》，因为我与朋友的丛书不能很快实现，而田家青已然完成了他与自己恩师的交往史、记述其逸事的长篇作品。王世襄是三联书店的老作者，田家青的这本书由三联出版再合适不过。此书甫一问世，即引起广泛影响，当年即成为三联书店的畅销书。写得好！这是我唯一能给出的评语。

我以为田家青是一个特别值得挖掘的写作人才，在热切的交流中，确认了可以推出的另一选题作品，这就是今天终于同读者见面的新书：《和古典音乐在一起的时光》。见到新书，不胜感慨。在整个成书过程中，历经了多位编辑，好几家出版社的费心费力，作家出版社的张懿翎、人民文学出版社的赵萍，为此更是付出了非同一般的辛劳。

我特别想向广大读者推荐此书，原因如下。

田家青是标准的发烧友，而且一"烧"就是数十年。但这可不是一部纯属总结音乐欣赏经历的书，也不单是为后来者做欣赏指南的乐评。这其中时时刻刻都是作者关于音乐文化的理解，特别是古典音乐在当代中国的流传、接受过程。读的是音乐，联想到的是经典文化在不断变化的文化潮流中的命运与变形。

这是一部关于如何理解艺术的纯粹和艺术与生活的关系的生

动之书。

这是一部有物质载体即音响、有故事依托的妙趣横生的可读之书。

这是一个集毕生痴迷音乐、终于可以在文字中痛彻表达一回的动情之书。

（《文汇报》2019 年 2 月 12 日）

戏外思考

——观《丁西林民国喜剧三则》

近日，在人艺实验剧场观看了由班赞导演的《丁西林民国喜剧三则》，怀旧之作却引发不少联想。

几年前在剧场里观看话剧《哥本哈根》，不说涉及历史现在未来之主题重大、依靠台词论辩推动之紧张剧情，单是台上几个角色演绎物理学知识，并将这些知识与艺术表达完美融合，就足以让人折服，不能不感叹，咱们的剧作家什么时候能有如此强劲的专业知识，让戏剧舞台上充满令人舒服的文化气息啊。

然而，我们也真不应该太过菲薄自己，其实，早在五四时期，我们就有杰出的物理学家同时也是优秀的戏剧家：丁西林。作为学习中国现代文学史出身的读书人，我对丁西林这个名字还是熟悉的，他是中国现代戏剧史上最先应该提到的人物之一，是中国独幕剧的重要创始者。一直到 20 世纪末，戏剧文学还是文学的重要组成部分，小说、散文、诗歌、戏剧，我们都是这样划分"文学体裁"的。中国古代的剧作家、五四时期的剧作家，都是"作家队伍"里的重要成员。也就是近二十年电影、小品、电视剧的极度发展，市场效应、明星绯闻、"编剧"报酬的猛涨，使得"戏剧文学"逐渐疏离文学而投靠了演艺甚至娱乐。也因此，今天重新谈论丁西林就具有特殊的、多重的意义。

"戏剧文学"的另一层含义，是明确了它不但是可以观看的，而且是可以阅读的。从莎士比亚到关汉卿，从曹禺到夏衍到老舍，他们的剧本本身就是一部完整的文学作品，"文学性"是其核心要素。丁西林也不例外。20世纪80年代，中国现代文学参考丛书里就有《独幕剧选》一种，剧本不只是表演的脚本，同时更是独立的作品。

《丁西林民国喜剧三则》选择了丁西林早期创作的三部独幕剧依次演出，《一只马蜂》《酒后》《瞎了一只眼》都是丁西林独幕剧的代表作，且都具有喜剧风格。说到喜剧，又不能不想到当下，我以为我们的话剧里已无喜剧种类，因为"喜剧"已经和"小品"成了同义互换的表述了。不管是年关的晚会，还是平时的演出，无小品不成晚会，无小品无以谈娱乐。所谓"语言类节目"，相声可以少到一两个，小品却必须多过所有其他节目。目的就是搞笑，最好是半分钟一个笑点，最好能让所有的人都笑起来，无论这种笑的缘由及其背后多么粗鄙，哪怕笑过了觉得毫无意思。如果能产生一两句搞笑的句子进而在年度流行，那就可称极大成功。

丁西林的喜剧却是非常轻度的、温和的，它是一种婉转但不影响叙事的方向，一种未曾意料到的爆破却不会伤到任何一个角色，是一种出人意料但每个人仿佛又早有会心。观众被轻轻地挑逗了一下，发出和台上的角色同步的同样强度的欢乐，过后品

159

味，却又觉得还可莞尔一回。

《一只马蜂》是两代人的故事，"母亲"总想包办下一代的婚事，把余小姐自许给自己的侄儿，又急着为自己的儿子找对象，岂不知儿子正和余小姐恋爱中呢。一场心理错位的对话，在遮遮掩掩中既是语言游戏又是感情的巧妙表达，戏剧效果渐见浓度。丁西林喜剧的效果总是在最后一刻"爆破"，当两个年轻人相拥而被"母亲"撞见时，余小姐以"一只马蜂"的急智度过尴尬，戏剧就此收束。这样的结尾有点欧·亨利小说的味道，地道、讲究，但也传统。《酒后》的戏剧性则从一开始就设立，夫妻二人在讨论爱情与婚姻问题，又穿插了妻子提出的一个不情之请，要求吻一个酒后的男人。假戏假做还未实施，酒后的人突然醒了过来，又是一个突然中止的结尾。《瞎了一只眼》则是一出假戏真做，为了不让远道而来的朋友误会错怪，本来受了点皮伤的丈夫只能就着妻子的误报装扮成头破眼瞎，最终在真相揭开过程中让友情得以保持和发扬。

善意的玩笑，善解人意的理解，互不伤害的沟通，一切都是为了让所有的人感到心理上的舒服。过程并不紧张，冲突也从不剧烈，语言甚至都不失风雅。而全神贯注的观众又往往能得到会心的一笑与片刻的回味。

丁西林的这些戏剧创作于五四时期，那是一个风起云涌的时代，这种三人独幕小戏，似不关时代宏大主题，又怎么能在那样一个时代名噪一时呢？其实，丁西林的戏剧并没有脱离时代，五四是一个以个性解放为主张的时代，也是觉醒了的青年在现实与理想、现代与传统之间抉择、挣扎的时代。三个独幕剧里的主题或浅或深都在探讨这样的问题，寻找这样的边界。母爱与情爱、自由与束缚，是那一代知识青年都在现实中遭遇和必须解决的问题。丁西林看似与时代宏大主题联系并不紧密的探讨，在某种程度上和鲁迅、郁达夫、冰心、庐隐的小说是一体化的。这样的喜感今天已经完全淡然，喜剧变成了"剧烈的运动"，变成了语言狂欢和身体对抗，自嘲变成了挖苦，讽刺变成了调侃，连结尾的温暖收束都变成了道德夸张。丁西林喜剧如果在今天还有意义，启示就在此吧。

自然，这是传统的舞台艺术呈现，是为有一点文化准备者制造的戏剧，是文化盛宴中的一道小甜点。即使在五四时期，丁西林的戏剧也未必是主流，但它又是不可缺少的新文化元素，即使在今天也还有留存和传承的价值。在影像表达过剩的时代，在喜剧夸张盛行的时期，这样的戏剧能不能得到广泛认可从而走出"小剧场"也是可以讨论的。

在喜剧过剩的时候上演丁西林，看似旧戏重演，实则也是一种文化态度。丁西林的意义包括其艺术成就可能没那么强大，但作为一种补充、一种启发，还是很适合在今天的"实验剧场"里上演的。这里，不妨借丁西林的同时代人，同样是剧作家又兼批评家的李健吾的评价来结尾吧："一般说来，丁西林写的几出独幕喜剧，逗人发出会心的微笑，但是由于事件本身波澜不大，缺乏逗人大笑的力量。他喜爱的是幽默、是微笑，不是滑稽突梯。这说明他观察生活细心，能从平淡中领会出它的妙趣。同时也的确说明生活范围不大，知识分子的气息相当浓厚。剧作者骨子里富有祖国的诗的传统，语言和意境清楚而又含蓄。这种表现力量，毫无疑问，来自对素材的掌握、对生活的熟悉。他写戏不多，题材范围不宽阔，可是经他一写，就像经玉匠琢磨过一样，通体透明，而又趣味盎然。"

"会心的微笑"，"平淡"中的"妙趣"，"清楚而又含蓄"，"通体透明"，让我们在重看经典中期待新的创造吧。

（《光明日报》2016 年 7 月 4 日）

"飞蛾扑火"者的精神磨砺

——读李向东、王增如《丁玲传》

　　我与王增如女士相识多年，虽是一个单位的同事，我也知她有曾经担任丁玲秘书的特殊经历，但在我们有限的交流中，她几乎没有多少谈起丁玲的时候。不过几年时间里，我不时会得到她赠送的关于丁玲的著作，从年谱到传记，不下三四回。可见，丁玲于她，不是口头上的说辞和经历上的炫耀，而是默默的关注与潜心的研究。今次又受赠她与李向东先生的著作《丁玲传》，我本事务繁杂，未有开卷之心，在王增如的催促下，打算抽时间浏览，以应对她或问时的感受。不承想，此书拿起来后就很难放下，尽管仍然是浏览的水平，却是整体阅读了一遍。合书回味，感慨良多。

　　我于丁玲研究几近于零，作为学习中国现代文学出身的文学人，丁玲的作品年轻时读过，印象里，《莎菲女士日记》作为五四晚期的小说可谓独特。作品中虽有五四早期庐隐、石评梅等女作家"烦闷"情绪的影子，也留有五四青年文学写作的腔调，但表达的意绪与感情明显要更加复杂且更具深度。丁玲的长篇小说

163

《太阳照在桑干河上》是社会主题鲜明的作品，但作家的笔法却给人文学意味充足的印象。由此可见，丁玲作为作家是无可替代的，其作品也足可深究。丁玲一生的经历比她的作品还要复杂，要说穿越中国现当代文学史的"铿锵玫瑰"，永远不倒下去的"铜豌豆"，能否找出第二个人来都是可以讨论的。20世纪90年代，因中国丁玲研究会在山西长治举行丁玲国际学术会议，我因地缘关系参会并成为研究会的理事，但实与研究无涉，此后不断得到来自常德总部的研究会会刊，因此也在非研究状态下时常得到一点关于丁玲及其研究的信息。今天捧读李向东、王增如的这部传记，对丁玲的认识更进一步。阅读丁玲，于我还有另一种缘分，都曾有《文艺报》工作的经历，都在中国作家协会工作，她的人生经历，有如一面镜子，时时照出时代变迁的面影，这也让我从她的经历中更多感知中国当代文坛风云，认识文学理论与评论的历史，看出与前辈作家境界的差距。这种特殊的感受，也是阅读《丁玲传》的动因。

这本书贯以《丁玲传》的名字，但我以为它的确同一般的传记大不相同。虽也是从出生到去世的线性描述，但作者所用的写法并不是"大处不虚、小处不拘"的资料加猜想式的写法，不是小说式的按照生平构制线索然后进行情节叙述式的"创作"。作者所用的基本方法，是研究加考评。比如对材料的使用，作者大量占有并且活用材料，但都是直接引用，无一证据不直接说明出处。从第一章开始，这种严谨到底的写法就给人留下深刻印象。刚开始时对这种写法还会有点不适应、不习惯，因为作者要以学问精神投入到传记写作，把近水楼台的优势转换成学者式的爬梳。每遇一事，作者叙述的同时，一定会把掌握到的其他旧友、学者、作家的相关文章里的言论引用进来，一件关于"1935 年"的旧事，可能引用了某位作者"2006 年"的文章或著作。材料的引用过程中，作者有时会有评价，大多数时候是不评价，让材料的价值自动呈现，让读者自己去判断的。这些材料因此有时候是对叙述的一种充实完善，有时却可能是一种拆解和更趋复杂化。但必须承认，作者如此用心用力的写作得到了回报，这是传记文学中具有特殊启示价值的一种写作。在当今的中国写作氛围中尤其难得。

李向东、王增如为读者描述了一个尽可能完整的丁玲，通过其缜密的判断和丰富的采访、驳杂的引用，努力让读者回到历史现场，努力进入到丁玲的内心世界。读罢此书，我们对丁玲一生的坎坷及其复杂的精神世界，对其性格和不灭的热情，有了许多深刻而具体的印象。

贯穿全书的丁玲精神被作者定义为"飞蛾扑火"，明知赴死却勇往直前，这是很准确的。但这个成语式的比喻，要同丁玲个人一生的事迹勾连起来，还需要阅读全书，需要用大量的例证来充实。我从很多描述的细节中感到，这是一个不可替代的词，但简单理解极有可能遮蔽其人生的复杂性。

丁玲是一位作家，但她度过的是非文学的一生。丁玲所经历的人生，与其说是一个作家的起落，不如说是一个闯荡者的荣辱。她早在 20 世纪 30 年代的年轻时代即遭遇到被捕，连鲁迅都已为其写了悼诗，而她又因此沾上了终生摆不脱、说不清楚的政治经历困扰。她的人生跌宕既是个人性格所致，更是时代风云裹挟的结果；既是她个人抉择的风浪经历，更是一种不可能摆脱的命运轨迹。每一次生命的辉煌都会是人生黑暗的前奏，每一次坦途都是下一个曲折的开始。她经历的是很多中国现代知识分子共同经历的，但她的经历更加曲折、更加艰难，几乎是一个时代一种人的命运浓缩。她从未向命运低头，尽管她对这种打击有深刻的认知。书中写到，1981 年，她为李又然散文集作序，谈到李又然的性格和命运，她说："觉得他仿佛是妥斯陀耶夫斯基小说中的人物。现在仍然觉得他挣扎一生，却很少得志，很少意气洋洋。他总是暗暗地为别人祝福，寂寞地过着自己的日子。他是一个善良的人，从没有害人之心的人。"这样的评价在一定程度上是丁玲的一种自况，丁玲性格的闪光之处在于，她的意气是自己与命运做斗争时努力保持的状态。

作为作家的丁玲，永不放弃对文学创作的追求，她的作品的文学品质也是值得多方面探究的。丁玲对自己的经历并非没有自知和反省能力，但她却很少顾影自怜，对自己认定的真理从未因处境的改变而绝望和退缩。她是那么热爱文学、渴望创作，无论是否处于创作最好时期和最佳状态，她最大的愿望不是职务升迁和场面风光，而是期盼能处在创作的思考、体察和写作中。比如，丁玲从东北来到北平，参加第一次全国文学艺术工作者代表大会的筹备工作，但她在行前的日记中说，自己一年来"四处奔波，成绩太少，以后应抓紧时间，多写，多读，多所思索，毋为一不学无术之作家！"她表示这次会议开完，"以后不要再开了！让我能够有两三年的写作时间，让我回到群众中去！"她就是如此矛盾，一方面尽心竭力工作，一方面却心系创作，生怕自己变成一个空头文学家。《丁玲传》的作者能够深刻感知丁玲的内心世界，虽然书中没有直接论述，但我们可以看到，尽管丁玲的一次次挫折是冤屈，但她对放逐东北，下放山西，并没有太多怨言，她甚至对因此能够回到群众中，回到可能的创作中是接受的，只要自己能够和文学结缘，她并没有为不能身处高位而失落，没有在意失去权力和地位的悲情。传记的最后部分叙述到丁玲为创办和支撑《中国》杂志付出的艰辛努力。不断到来的俗务，不可调和的人际矛盾，没有湮灭她对事业的追求。书中写到，出访澳大利亚时，丁玲在墨尔本看到几栋很精致的二层小楼，"她羡慕地对牛汉说：咱们《中国》有这样一幢房子就好了，让编辑们每年有两个月安安静静地住在里面写东西"。这个小小的愿望如同她对青年编辑的关爱一样，是她内心同自己的创作一样最大的心愿。类似的细节里，可以看出的是她对文学以及与之相关联的人和事的关注与热爱。

说真话是丁玲不幸遭遇的祸根，是她被刻意误读或无意误解的原因，却也是她最终人格站立的根基。《丁玲传》称丁玲的人格力量是飞蛾扑火精神，阅读中最强烈的感受，是丁玲说真话的精神让人感佩，是她明知代价有多大却仍然坚持故我的精神。有太多的例证可以说明这一点。印象最深刻的是她复出之后，多次对文学问题的发言引来多方误读。这些误读甚至让她产生无奈的感叹。但她顶着被人扣帽子的风险，坚持讲自己的心里话，比如关于文学创作问题，在文坛开放风气大张旗鼓的时候，她却针对一些创作中自己认为令人担忧的问题大胆直言，这些是很多同时代、同年龄的人即使也持同样想法，但万万不敢或不愿去公开表达的。她批评"宣扬文艺作品应该远离政治",批评"盲目推崇西方","在表现手法上主张不需要主题、不需要人物、不需要典型、不需要时代感,只要表现'自我'"。她不满于一些批评文章"对新生作家爱之有余,对一些老作家很少关注"。她知道自己言论可能引来的非议,但她坚信自己是打不倒的。这是她的性格,更是她的信念;是她不能自已的性格驱使,更是自觉担当的社会责任。她说:"革命是什么?革命就是走在时代最前面的一股力量,是代表时代的东西。你跟它离得远远的,就脱离了时代,脱离了群众。"又说,"我喜欢淡雅,但我更喜欢火热火热的,我是冷静不下来的。"今天来看,也许我们可以讨论丁玲文艺观的是否周全,但她的态度以及面对无形压力时敢讲真话的品格,却是非常值得珍视的。

讲真话的丁玲并不是一个炮筒子,如果那样简单对待,我们就失去了对她人格力量的真正感受。丁玲曾经向人们讲述过茅盾与阳翰笙的逸事。阳翰笙希望茅盾能为自己的小说新作写序,茅盾却以其小说是"公式化"创作产品为由拒绝,而阳翰笙仍然执意请求,茅盾果然在序言里对作品大加批评。丁玲认为,茅盾的讲真话是可贵的,而阳翰笙面对难堪的批评却一字不动地将序言放到书前,这样的品格同样可贵。但说真话并不意味着一味的指责甚至骂人,丁玲讲述了茅盾写作"夜读抄"的情形,认为那里面充满批评的文字,但茅盾更多是写给自己的笔记,并未有拿出来发表的意思。"是以自己要求自己来论及作品的",认为茅盾的态度"是谦虚的,也是极严肃的"。可见,在丁玲的心目中,说真话不是无原则的骂声,而必须以谦虚和严肃的态度为前提。丁玲就是这样一个作家，文心剑胆，用在她身上，用来描述她的精神品格，如同飞蛾扑火一样，再恰切不过。

永远打不倒的热情、九死而不悔的激情以及由此带来的无奈和内心痛苦，是丁玲复杂人生的主线。《丁玲传》是充满真诚的，但并非是"亲情至上"的单纯热爱，丁玲的一生涉及的人和事可谓重大，足够敏感，但传记作者并没有以偏爱式的态度去臧否人物、一味呵护、一味辩护，说真话，讲道理，重事实，求真相，不避历史的复杂纠葛，但不做定论式的评价。这是非常难得的一种写作态度和方法。

（《中国现代文学研究丛刊》2015 年第 11 期）

读书：需要用生命去热爱

——厚夫《路遥传》的启示

在飞机和高铁上读《路遥传》（厚夫著，人民文学出版社），唤起的都是黄土、贫困的意象，同眼前的繁忙、繁华截然不同。即使在文学意义上，路遥所经历的一切，他的文学理想、创作目标，以及他的文学观念、现实境遇，同今天的环境、条件，以及人们的心态、做法，形成了同样巨大的反差。路遥是中国新时期文学的一部分，但他所经历的一切，却恍如隔世。路遥在致朋友的一封信中说过这样一句话："只有白享的福，没有白受的苦。"这句话道出了人生道理，也道出了读书写作的道理，路遥生命中的苦与乐，写作上的付出与成就，个中滋味尽在其中。

今天的人们，读书的条件不知好了多少倍，然而读书却仍然是一件需要呼吁的事情，今天的青少年，学习的动力压力不可谓不大，然而课本之外并无读书习惯却成了教育的隐忧。《路遥传》里记述的路遥的读书，却是另外一种情景。饥饿是少年路遥的常态，贫穷是他成长中如影随形的伴侣。然而也就是在这同时，路遥在读书上表现出来的饥饿感甚至可与其食不果腹的生存现状相比。上一个县城的中学难如上天，然而没有什么力量可以阻挡一颗求知欲达到极致的心。路遥是学校图书馆里的常客，并想尽一切办法去寻找可以读到的图书、刊物、报纸，县城里的文化馆、新华书店，只要有书报刊能借读、蹭读、"偷"读的地方，都可以看到他的身影。无力上交伙食费的他，却"如饥似渴地吞食着所能找到的一切精神食粮，抓住一切机会读书看报"。无时不在争取的阅读不但让他成为作文高手，更让他对外面的世界产生了无限的遐想，他记住了登上月球的英雄加加林，并在多年之后，为自己笔下走不出乡土的农村青年起了一个充满理想色彩的名字：高加林。当路遥成为一名作家，写出轰动一时的小说《人生》之后，通过阅读获得的放飞是彻底的、全方位的。

《人生》的巨大轰动没有让路遥飘飘然，他立下了更大的创作志向，写一部超越自己的鸿篇巨制。试想，路遥最终的创作成就和文学地位，必须有《平凡的世界》的不平凡创造。为了完成一部史诗式的作品，路遥做了超乎寻常的创作准备。而所有这些准备，同样是从阅读开始。根据《路遥传》里的叙述，路遥为创作长篇小说的阅读准备几乎是"学术"式的。为了掌握长篇小说的创作规律和艺术特点，他集中阅读上百部中外长篇小说，分析它们的主题，研究它们的结构，其中《红楼梦》读了三遍，《创业史》读了七遍。通过集中阅读，他明白了长篇小说是结构的艺术，真切体会到创作长篇小说"要求作家既敢恣意汪洋又能绵针密线，以使作品最终借助一砖一瓦而造成磅礴之势"。为了让笔下描写的生活能够入情入理，他同时阅读了大量社科著作，甚至包括工农商科、林牧财税等领域书籍。为了让自己塑造的小人物能够真正融入大时代，体现时代精神，他找来近十年内从中央到省到地区一级的报纸合订本，逐年逐月逐日逐页地翻阅。最终，这种"非文学"的阅读让他达到了"任何时候，我都能很快查找到某月某日世界、中国、一个省、一个地区发生了什么"。正是这种从中外小说到百科读物再到各类时事报纸的阅读，为他做一个时代"记录官"的创作理想打下了文学的、文化的、知识的坚实基础。

今天的青少年，享受着迅捷发达的通信，接受着乱花迷眼的信息，心性和精力还无时不被虚拟的狂欢、着魔的游戏所牵扯和吸引，读书看报这种"传统项目"反而成为边缘化的活动。没有如饥似渴，缺乏真诚热爱，读书终究成不了一件美好的事情，也不可能养成良好的阅读习惯。每一年的世界读书日，主题似乎永远都在呼吁阅读，强调读书之美。这也从一个侧面证明，读书的条件和动力最根本的来自读书者的内心。遥想路遥，闭塞中搜求的阅读，贫困中坚持的阅读，如醉如痴的阅读，广泛涉猎的阅读，漫无目的的阅读，反复精细的阅读，向大师学习并寻找规律的阅读，向经典致敬又独立思考的阅读，自己无法抑止、别人无法阻止的阅读，方才是读书正道。路遥是一位用生命写作的作家，同时，他也是用读书点亮生命之火而并因此充满创造力的读书人。《路遥传》这部友人之书带给我很多启示，而读书就是其中一道耀眼的光芒。

（《人民日报》2018 年 4 月 26 日）

诗酒人生的千姿百态

　　崔济哲是新闻人，同时也是散文家。他读书多，见识广，其散文从来不拘于一格一类，行文亦无定规定式，颇得散文文体真谛。此番，他又要结集出版自己的新散文集了，且是有"主题"的集子，所收二十五篇散文，无不专注于一个"酒"字。也是醉了，居然能有这么多说酒的话题。刚说他的散文所涉甚广，却即刻就提到"主题词"和"关键字"，我以为这不矛盾，所谓形散神不散，作文章的人通常会在一定时期内热衷于某个"话题"并使之成为"故事核"，也必定会在一篇作品里抓住一个特定的"魂"。"酒"就是这样成为崔济哲散文创作中一个特殊系列的吧。崔济哲近年来在文学创作上十分发力，已连续出版了数部散文集，今次推出"酒"专题散文，这是他勤于创作的一个旁证，他所创作的散文自然还有更广阔的领域。

　　让酒成为专注的意象，并探寻、挖掘其背后的精魂，是这本散文集的集中追求。作者的谋略在于，搜寻、整理历史上与酒相关的名人逸事，追述他们的酒故事，生发他们的真性情。餐桌上的酒也许是俗物，是"奢侈品"，纸面上的酒是雅趣，是激发性情的"润滑剂"。崔济哲就此带领读者进入到一个酒世界。但这里绝非花天酒地,绝非纸醉金迷,而是在"酒文化"背景下看取活的性情,打开一个个精彩的人生世界。从孔子、庄子到屈原、陶潜,再到李白、杜甫;从唐诗宋词到《红楼梦》;从鸿门宴到杯酒释兵权,从古代的猛士到现代的"武将军";从酒歌、酒话到醉酒、醒酒,千姿百态,杯光剑影,文采斐然,激扬文字,一个跨越千年的酒世界呈现在这一册书里,他们因文字而穿越式"聚会",仿佛在共饮共叙,又仿佛在开"诗词大会",可谓把酒临风,别开生面,杯里乾坤,挥洒自如。

崔济哲的这些散文突出酒文化。中国是酒的发源地,酿酒、饮酒的历史从未间断,"酒文化"的总结归纳无疑是个深广的世界吧,只可惜以我之学力无以了解,崔济哲的散文则从感性的层面为我们打开了这个广阔世界的一个窗口,可称解渴。第一篇章《酒的魅力》其实就是酒文化的多方位透视。八千年的酿酒史留下许多美好传说,无尽数的酒器是另一种艺术。酒有神力,也是撒旦。历朝历代的帝王既有因酒而兴、因酒而亡的前秦君主苻生,也有因酒暴露凶残面目的北齐开国皇帝高洋。一部中国文学史,从某个角度看,也可串接起一部诗人作家的饮酒佳话史。

酒毕竟有其世俗的一面,庙堂之上的酒高深莫测,文人墨客的酒五光十色,然而山林中,茅屋下,百姓的炕头,路边的小店,无不有因酒而欢乐的场景,于是,闹酒耍酒、猜拳行令等民间酒文化、酒习俗纷纷流入纸面。崔济哲笔下的酒于是就成了上可以入庙堂、下可以见厨房的妙品。

崔济哲的这些散文表达真性情。崔济哲时而在文章里流露出自己爱酒、好酒的一面。酒在他眼里不是应景的道具，而是性情挥洒的见证。他谈关于酒的种种文化，也谈文化人的种种酒态。远的不说，即就现代以来，文化名人对酒的态度，酒桌上的表现，酒后的率性，即是他发自内心欣赏、刻意要去表现的一面。陈独秀、李大钊、章太炎、鲁迅、胡适、老舍、梅贻琦、柳亚子、辜鸿铭，各类文化名人，其实都曾因饮酒而留下佳话，见出性情。古今中外的人物，他写到的太多了，尽管详略不等、角度有别，但满目飘过的身影，集合成了另一种陌生的文化人姿态。读者不妨从中寻觅，或许就会遇到自己熟悉、热爱的某位作家学者正在书中狂饮。

崔济哲的这些散文联结诗书画。李白是诗仙也是酒仙，杜甫关注时事也记述酒友，《红楼梦》里多有酒席宴上的种种雅趣。"千年醉兰亭"是中国书法极品与其作者王羲之醉酒的结晶，张旭的狂草与狂饮定有必然联系，"酒醉苏词"是诗词精品在酒兴正浓时的爆发，"给五柳先生敬酒"是对"只有饮者留其名"的典型诠释。崔济哲在这些散文里历数自己所了解和掌握的文人饮酒故事，将中国传统诗书画与酒的联系一一道来，颇有目不暇接之感。

崔济哲写酒应当也部分地因为自己爱酒。插队时的喝酒经历，出国时的酒风见闻，乡村里、城市间、工厂中、校园内，凡有人群聚集的地方，无不有酒兴正酣的场景。崔济哲尽享其中，他的散文因此多了些许烟火气和亲切感，并不是以"酒文化"的权威讲述口吻而凌空高蹈。

我于酒文化素无探究，散文心得也甚微，与崔济哲相识经年已久但往来其实甚少，毕竟不在一个领域从业，文章上都是同好，但岂有敢为之作序的能耐。然邀之殷切，拒之恐失诚意，于是只能鼓足勇气，且把感想当序言来写，不足道或不恰当处只能求得谅解了。不过，我去年曾发表过一篇写"鲁迅与酒"的文章，梳理了鲁迅及文章与酒之关系，后来有一次聚会时，崔济哲当面提到他读过此文的一些看法。我想或许这也是促成他命我为之"酒"文作序的缘由之一吧，也算是"酒"逢知己，千字不辞了。

我在写"鲁迅与酒"的时候，发现一个现象，其实在鲁迅笔下，酒并不是必须摆在桌上饮用的"神水"，很多时候不过是一点谈资、一个说辞，尤其是在他与许广平的书信往来中，"酒"多半是个虚拟之物，是以并不发生饮酒而谈论饮酒的利弊，一方劝少饮酒而表达关心，一方则以"不喝""少喝"回馈诚意。虚拟之"酒"因此变得更加有趣、更加微妙，颇似微醺之后的妙趣。进而，我又以为，其实在中国文人笔下，写酒也并非都是做饮酒记录，"酒"字果真具有虚拟特点，"醉酒"未必都是亲历亲为，有时也是借故发泄，是一种想象与夸张。一个人幻想或回味醉酒状态，借此亦可抒发当下或许只是喝了一碗粥之后也会有的心绪和惆怅。也是在去年，我枕边放了一本随手翻阅的闲书《唐诗别裁集》，我本是想通过偶尔翻阅多认识几个繁体字，却不想读到一个满眼都是的意象，这个意象正是崔济哲此番的散文集主题：酒。我个人直感上认为，其实唐诗也有其"写作模式"，这种模式是不是到了"模式化"的程度我不敢判断，但显然，古人写诗是有些"套路"的。"酒"作为一种意象频繁出现即是一例

（此外还有一个集中意象即月亮）。崔济哲上及先秦、下及明清的文学与酒之关系梳理，让我对此有了更多认识。

作为诗歌意象的"酒"，用以表达的诗人性情是多重的。细读这些唐诗，未必都是酒后真言，也许就是一种托物寄情的想象，是一种望梅止渴的表达。在唐代诗人笔下，酒可以表达离情，如"劝君更尽一杯酒，西出阳关无故人"（王维），劝酒却并未真饮。又如"但使主人能醉客，不知何处是他乡"（李白），能醉却还未饮。可以表达友情，如"且与少年饮美酒，往来射猎西山头"（高适），多半也是一种愿望。可以表达纵情，如"一生大笑能几回，斗酒相逢须醉倒"（岑参），"须醉倒"，不过期许而已。又如"白日放歌须纵酒，青春作伴好还乡"（杜甫），如出一辙。可以表达诗情，如"何时一尊酒，重与细论文"（杜甫），酒与文同为愿景。可以表达忘忧，如"今日听君歌一曲，暂凭杯酒长精神"（刘禹锡），这回可能真喝过。又如"山水弹琴尽，风花酌酒频"（卢照邻），颇似一副雅联。可以表达闲情，如"开轩面场圃，把酒话桑麻"（孟浩然），场面并不热烈。可以表达伤情，如"却忆年年人醉时，只今未醉已先悲"（杜甫），忆醉却未醉。等等，等等。中国诗文中的酒，意味繁复，寄情深广，绝对是一个可以探究的无形世界。通常所谓"醉翁之意不在酒"，我以为，与其理解成心机难解，不如看作古代文人托酒寄情的诗文手法。"酒"可浇心中块垒，亦可用作文中修辞。崔济哲在《醉里挑灯谈酒》里举了太多这样的例子，有的应和了我的想法，有的则通过考证让我更多重地思考这些话题。

写作《醉里挑灯谈酒》时的崔济哲，把关于酒的文史知识传递视作写作的重要目标，在这一点上他完成得相当好，在诗文与酒、性情与酒如何结合的认知上达到了相当程度。当然我也以为，以著作所涉猎的如此广博的知识，以文中散播的精彩迭出的人物故事，即使取其一人一事一物，深掘下去，定有更加出彩的人生世事可以让我们看到。我倒觉得，著者不妨再往深往细走下去，好好地翻检下去，定能让酒之清香、文之妙趣挥洒得更加悠远醇厚。崔济哲有这样的知识积累，也有这样的诗性才情。尽管我说过，我为他作序已是冒昧答应，但既是书前话语，文友交流，那我也必得说出点赏读当下、寄望于将来的"模式化"言辞方可打住。

无论如何，愿好酒与美文陪伴下的人们感受到更多人生快乐与幸福。

（本文系为崔济哲《醉里挑灯谈酒》所作序）

一份值得留存的刊物

——《新文学史料》创刊四十周年座谈会上

　　能有机会见证庆贺《新文学史料》创刊四十周年的盛举，对我来说，是一份格外的荣幸。在此，首先要对刊物创办四十周年庆典表示热烈祝贺！对它四十年辉煌历程和取得的杰出成就表示崇高敬意！

　　《新文学史料》是一份与中国改革开放同步伐的学术刊物。更重要的是，它的办刊宗旨与改革开放以来的时代新风紧密相连，它以自己的方式内在地体现着解放思想、实事求是的精神。回顾它的诞生和发展历程，我们可以说，正是改革开放让这样一份学术性文学刊物，以它自己的方式体现了新时期中国文学的新追求。1978 年 12 月宣布创办，紧接着的创刊号上，就推出了纪念五四运动六十周年的专号，这是对五四新文化运动重新进行客观公正的、学术的、专业的追忆和总结，今天来看，意义特殊。再过不到两个月，我们将迎来纪念五四运动一百周年，在此时刻，更让人感慨万端。

　　在众多的文学期刊和学术刊物中，《新文学史料》具有独特的地位，发挥着不可替代的作用。五四新文学，是五四新文化运动最重要的组成部分。1918 年，鲁迅的《狂人日记》发中国新文学的先声，也成为五四新文化运动的黎明信号，从那以后，无论是五四运动的风起云涌，还是接下来的潮起潮落，无论是民族救亡图存的奋起，还是全民抗日的同仇敌忾，中国新文学的每一次浪潮，注定和国家民族，和人民大众有着直接而深刻的联系。所有的文学思想、创作追求，所有的作家创作历程和文学观念，都成为这部宏大历史中不可剥离的一部分。对他们的总结、定位，对他们功过是非的评价、分析，变成了一部复杂的历史。这些历史既需要从大局观上进行评说，也需要提供可资信任的史料作为佐证，而且史料本身就是观点，就是态度。在此意义上，《新文学史料》在当代文坛存在的不可替代性不断彰显。它的目标，我理解，很重要的一条，正是为五四以来的新文学做还原历史、正本清源的工作。同时它也以百家争鸣的态度为各家提供言说的空间。经过四十年的努力，《新文学史料》为我们建立起一个丰富饱满、姿态万千的中国新文学图谱，为我们从文学史教材之外获得了大量新鲜生动的史实，也为我们廓清了许多文学史实上的迷雾。

《新文学史料》坚持端正的学风、良好的文风，这同样难能可贵。毋庸讳言，长期以来，包括在文学理论研究界，我们学术论文写作中，存在着理论空转，缺乏作家作品依据，缺少对研究对象进行深入解剖的学风和文风。重复的观点，重复的引用，格式化的文体，随着职称评定要求，等等，有愈演愈烈之势。在此情形中，《新文学史料》构成了一道独特风景。它不求文风的花哨，却要求史料的扎实，它不摆理论的架子，却要求下笔有根有据，无论是否有大胆的假设在先，它更强调每论都要小心求证。比起单调重复的学术腔，这里随时可以读到让人心喜的资料，获知未曾听闻的逸事，帮助我们厘清一段纠缠交错的人与事的林林总总，补充未曾得到过的史料细节，打开更加宽广的学术视野。四十年的《新文学史料》毫无疑问是一部沉甸甸的厚重之书，是一部鲜活的中国新文学史巨著。

我本人从20世纪80年初中期开始学习中国现代文学史，《新文学史料》时常会成为参考书，随着认知一点点深入，还一度成为刊物的订户。大约在十年前吧，我从《新文学史料》上读到一篇文章，是记述我的研究生导师、陕西师范大学的教授黎风先生的长文。这让我很受感动，更觉得《新文学史料》是一份值得亲近的刊物。最近几年，我在关注中国当代文学的同时，又有一种回到鲁迅和现代文学研究的冲动，并重新订阅了《新文学史料》，我相信，今后它仍然会是我常读常新的手边读物。

最后，向多年来为刊物付出大量心血和艰辛劳动的老中青历代编辑家致以崇高敬意！向为刊物的发展做出不懈努力和大力支持的人民文学出版社致以崇高敬意！

祝愿《新文学史料》越办越好，在新时代不断取得新的发展，创造出新的辉煌！

谢谢大家。

（《中国文化报》2019年4月6日）

《山花》与路遥：

一种文学现象孕育一种文学精神

在陕北延川，有一份名为《山花》的文学刊物，这份县级文学内刊，从创办至今已四十多年。因为和一位在中国当代文学史上产生过重要影响并已确立经典地位的作家路遥联系在一起，又因近半个世纪坚持出刊，为当地培养了一大批文学人才，《山花》名满天下，人们用"山花烂漫"来形容它的成长和贡献。

路遥的文学道路，他的精神成长，都与《山花》分不开。"《山花》与路遥"本身就既是一种文学现象，也孕育了一种文学精神。把这种现象的独特性、代表性总结出来，把其中的脉络和价值挖掘出来，把路遥精神的内涵价值讲清楚，给当代文学以启示，十分必要。

《山花》与路遥互相成就的事实证明，文学刊物无级别，作家作品有大小。大刊物不是牌子大、级别高，而是看其对文学产生过的影响和价值。大作家更不是看其架子大、名头大，而是取决于是否写出了大作品。

《山花》和路遥互相成就的事实还证明，文学是一件坚韧的事业，要耐得住寂寞，要勇于在寂寞中坚持、坚守。作家创作要甘于寂寞，办刊物同样需要甚至更需要甘于寂寞。因为作家还有可能、有机会在沉默中爆发，办刊物、当编辑则要始终为他人作嫁衣裳。山花不名贵，但山花烂漫就是一道亮丽风景。作家也是一样，路遥的创作经历中，大家现在总喜欢拿他当年如何不被理解说事儿，比如被名刊退稿之类，而这个故事的翻转里最值得评说的，是路遥的坚持与坚守。坚持文学创作不动摇，即使《人生》引起轰动，改编成电影名满天下，但只有他自己内心知道，他还有更大的追求，没有对创作的坚持，就不可能有后面的《平凡的世界》。只有《人生》的路遥不但是不完整的，而且可能不会有今天的经典地位。被退稿却仍然坚持当然可贵，获得荣誉引起轰动仍然坚持更加难得。

坚守就是坚持现实主义创作态度，坚持为人民创作的立场。我们不应当苛求历史上的人和事，潮流涌动也是时代必然和时事使然。但《平凡的世界》之所以由当年的花絮，变成一个励志的故事，事实上透露出坚守中的甘苦自知与随潮流而求变之间的互相不理解，是对文学生命力究竟何在的不同理解。理解《山花》与路遥的关系，在一定程度上就是理解文学创作是一个艰苦跋涉的过程，从办刊物的角度，是理解从事文学工作要做好始终寂寞但仍然要坚守的精神准备。

路遥的文学道路再一次证明，文学是与时代同步伐的，是时代精神的高度体现。作家要发时代之先声，在时代发展中有所作为。路遥身居西北小城而能感应改革先声，在一个没有互联网和手机的时代，他敏锐地感应到时代巨变的步伐，准确地反映和表现在自己的作品当中。而这种敏锐与准确，不在于他掌握了什么不得了的信息，采访到了什么重要人物，而在于他勤于读书读报，从大大小小的信息中感受大千世界涌动的潮流，他每时每刻都在关切普通人的命运，把他们的生活处境和期待中的改变作为自己创作的归宿。路遥的价值今天已被充分论述和承认，甚至是放大，但路遥精神还需要继承弘扬——让后人看到路遥的成就，更看到成就背后的执着。

路遥写出影响广泛的大作品是在改革开放之后，他在延川《山花》发表作品则在此之前。如何理解这本小刊物与这位大作家之间的关系，能不能说是《山花》培养了路遥，或是使他走上文学道路？从不同角度分析可能会得出不同论断。但至少我们应当看到，《山花》时期路遥的作品，看似短小简单，且留有特殊历史时期的明显印迹，但正是从这些作品中，可以读出路遥文学创作中的某种不变的追求和底色，可以看到他后来在小说作品里放大的情感基础和文学基因。比如，被视为路遥第一篇小说的《优胜红旗》，这篇作品刊登在 1972 年 12 月 16 日的《山花》第七期上，讲述了村民们修梯田争"优胜红旗"的故事：年轻的二喜为得到红旗而争时间抢速度，石大伯没有参与这种速度竞赛，而是默默地为他们因为争抢而留下的破漏处"返工"。小说从始至终强调的不是大干快上，而是烘托出一种扎扎实实的劳动态度，在今天叫"工匠精神"。这种"工匠精神"转换成文学创作的态度，恰恰体现在他多年后为创作《平凡的世界》而做的准备中。路遥最早的诗歌《老汉一辈子爱唱歌》里，在看似颂歌的信天游里加入了讽刺。诗中描写一位"权威"拿着笔要记录"老汉"的歌谣，说回去后整理成诗集出版，进而又说"老汉"的唱曲太土，认定"土腔土调话太粗，这种作品没出息"。而诗中的"老汉"却对此予以严厉反击：

> 我一听这话心火起，
> 一口气顶了他好几句：
> 山里的歌儿心里的曲，
> 句句歌颂咱毛主席！
> 山歌虽土表心意，
> 从来就没想到出"诗集"。
> 那人把鼻梁上眼镜扶上去，
> 一猫身钻进卧车里——

诗句里不但流露出路遥不可扼制的小说写作才华，更表露出他骨子里的平民态度。这种遭遇和反击，仿佛暗示了他多年之后真正走上文坛后的经历，他的斗争精神和内心坚持，都仿佛寓言般地"预设"和透露在这首初期的诗作里，颇值得玩味。

延川的《山花》也是一种启示，说明文学的人民性体现在朴素的情感里，体现在普及的过程中，虽说朴素却又是热切交流，虽是普及却也是薪火相传。目前，全国还有上千种《山花》式的文学内刊，它们的传播范围非常有限，人员经费短缺，发展面临着诸多困难。《山花》可以说是标高，是榜样。《山花》的发展得到政府和社会多方支持，现在情况不错。更多的基层文学内刊期望得到真正改观，真正实现文学"山花烂漫"的景观。

（《光明日报》2019 年 12 月 11 日）

文体流变的动力

　　文学文体的流变是有线索可寻的，人们也常常为此寻找理由。在我的印象中，讨论文体流变常常作结于思想的复杂、感情的丰富，迫使文体不断被突破。最突出的例证是中国的诗歌流变，从《诗经》的四言到汉诗五言，再到唐朝的七言为多，直至宋词的出现，文体流变表现为一个不断扩充的过程。这应该是非常有道理的。元代戏曲、明清小说，不是从外部更进一步证明文体的"扩容"势不可当吗？绝句、律诗逐渐退化到"闲笔"的境地，说明了文体的流变是和人类文明发展、同人们表达感情的丰沛程度同时进步的。

　　然而，一种文体的兴衰，受文人的追捧或淡化，被读者热衷或冷落，其实还有更多因素在起作用，外部环境力量甚至更直接地影响、左右、决定着这种起落。社会需求迫使文化人必须去适应、去追随，这是跟写作的功利性密切相关的，潜藏着"务实"的、"非文学"的动力，也大多可以说是时代风潮影响的结果。20世纪80年代，文学火热，中短篇小说掀起热潮，很多小说家都热衷于写中短篇，那是个观念日新月异、不断突破的年代，中

186

短篇表达思想、传递观念更迅速、更直接。长篇小说之类的"黄钟大吕""扛鼎之作"何时能出现，成了很多文学人的质疑。时间过了不到三十年，声音变了，长篇小说已经不再是需要呼吁的文体，它在各方面的待遇都远远超过了中短篇，长篇写作已经不再是一个作家在长期的中短篇创作发表积淀后的尝试，它已经成了很多年轻作家的处女作。人们又开始担忧，最能体现作家艺术风格和特色的中短篇为什么寥落了？

今天，为什么长篇小说热度远胜于短篇，浮躁时代不是更应该写短吗？不是更符合"文化快餐"这个说辞吗？还有，为什么诗人的影响力和社会知名度整体上明显不及小说家？市场！发行量、改编机会成为重要冲动，一部作品靠作者知名度销售，远不及靠题材、靠书名更能抓人眼球。市场这个冷冰冰的东西居然推动起一股热潮，已经极大地、内在地影响到文学文体的流变。

近日重读鲁迅的《中国小说史略》，找到了更为久远的证据和印证，说明文体的兴衰其实是一个很不文学的问题。谈到唐代传奇小说的兴盛，鲁迅认为，这其实与那时的"社会需求"，说彻底是与士子、文人、"知识青年"的生存需要密切相关的。唐时，举子们进京赶考，需要将自己写的诗抄成卷子，拜名人鉴定，如果能得到"文化名人"的赞赏，则"声价十倍"，及第希望大增。但开元年后，诗歌被人厌倦，应该是名人们也看烦了吧，诗歌不招人待见，有人就抄小说呈上，结果反而暴得名声，于是鲁迅说："所以从前不满意小说的，到此时也多作起小说来，因之传奇小说，就盛极一时了。"

今天是市场，唐时是及第，这可都是对人有致命影响的因素，是涉及生存和现实前程的，换个角度讲，是"非文学"的，不是作家、评论家呼吁就完全能做到的。即使文学批评也是一样，为什么充满感性的、精短的文学批评文章难成气候？为什么大家诟病、批评家们自己也都厌倦，但长篇大论、冗繁沉闷、掉书袋、无个性、无温度的"学术论文"大行其道？因为批评家大都需要通过学术鉴定，评职称、过选题、获资助都有硬性要求：选题必须宏观，字数不能少于三千，发表文章要求级别，开篇要罗列关键词，要写出内容提要，引文必须规范足量，必须列出参考书目，等等，此中要素缺一不可。我曾经在一所地方院校上学，我的一位老师在《读书》杂志发表了好几篇关于"红学"的文章，20世纪80年代的《读书》，在读书人心目中是一个高不可攀的文化重镇，但他说评职称时这些文章不能做数，因为《读书》不算学术刊物，不在序列当中，不可能加分。我听了以后颇为震惊，更下定不能进入如此"考评"系列的决心。文学批评现状要从总体上改变，这样的考评体系不打破很难实现，其消极因素堪比红包批评、人情批评。后者大多是赤裸裸的，一上来就暴露标识的，是除了文章作者和评论对象无人认真对待的，前者却大多正襟危坐，一副满腹经纶、学富五车的样子。

文体流变有规律，但其推手却很复杂。准确把握动力源和方向感，梳理其中的关系，文学的走向才能如人所愿地健康发展。

（《光明日报》2015年5月15日）

随笔两则

一、学问难免"狭窄"

春节回家，明知道行李很多，人流拥堵，出门前仍然改不掉习惯，塞一本书往包里。随手抓了一本最新一期《读书》（2017年第2期），准备闲时在火车上翻读打发时间。果然有暇，而且读得兴味十足，印象最深的是一篇《哲人其萎，芳馨常在》的文章，作者以神交已久、崇敬有加的口吻记述了自己与吴小如先生从书信到面见的往来。文中对前辈大家吴小如先生学问的敬仰、人格风范的赞许，对时下一些学者名人基础不实、治学不严、错谬百出尽表不屑和讥讽，这些大多是我所认可的。的确，处在学风浮躁、文风不实的环境中，学问已经变得跟从前不一样，以往学者间的那点优雅的讲究，有用也罢，无用也好，早已不被大多数学者所重视。本文作者谨慎使用古语典籍，努力使文风呈现书面文雅，与文章对老一代学者的崇敬相得益彰，读来也颇有趣。这样的文风，这样的倡导，发表在《读书》上同样觉得特别恰切。

不过，我在阅读中也发现一点瑕疵，即作者在小心翼翼地使用古典的同时，指涉到自己专业之外的地方却也有明显不当处。文章以称赞前辈学者严谨、当下学者乱用古语和典故闹出笑话为基调，在批评今日学者视野狭窄时，引用了《阿Q正传》的一段描述，观点却与《阿Q正传》本意相违。小说是说阿Q无家无业，靠打短工过日子，割麦舂米撑船，让干啥干啥，以此窘境来对照阿Q"我们先前——比你阔得多啦！"的精神胜利法。

小说里的描写：

> 阿Q没有家，住在未庄的土谷祠里；也没有固定的职业，只给人家做短工，割麦便割麦，舂米便舂米，撑船便撑船。工作略长久时，他也或住在临时主人的家里，但一完就走了。所以，人们忙碌的时候，也还记起阿Q来，然而记起的是做工，并不是"行状"；一闲空，连阿Q都早忘却，更不必说"行状"了。

而文章作者却理解成"割麦的""舂米的""撑船的"三种人。作者是这么表述的：

> 以小如先生所写的分析古典诗文类文章为例，每每能融训诂、考证于鉴赏之中，常常三言两语，却能搔着痒处，在深度上，远远超过专治古代文学者。不像现在的一些所谓专家，各自株守一段，借用鲁迅《阿Q正

传》中的话来比喻，就是割麦的只能割麦，春米的只能春米，撑船的只能撑船。

这样的理解和鲁迅小说几乎没有任何关系了。

可见，学问太苛，要做到不"株守"，其实很难。学问至深处，非"株守"而不能得，否则大而无当，连边际也找不着了。"通百艺而专一长"（knowing something of everything and everything of something）恐怕是治学者之必须，谁也别以为自己看了几本书，就可以嘲笑他人，否则，即使精用了古典，却又露出对现代经典引用错谬的马脚，自己犯了自己批评的错误。

同时我也以为，今人难免用错古典，如某个旧时称谓不确，某个字的繁简转换错误（如發、髮，雲、云），等等，只要使用者没有流露出"No，这是洋话，你们不懂"的得意，其实也是可以原谅的。当今时代，通才已难得见，学问根基确有问题，电子信息发达时代，甚至连博闻强记都有"没必要"的感觉。久而久之，人们，即使专心治学的专家，也难免在学问基础上暴露不足，但中国的学问还得由中国学者来做，一味借前辈嘲笑今人也未必是最好的办法。

二、穆里尼奥的看点

没错，"只有穆里尼奥可以带着球迷转会"，而且绝不仅止于此。穆在皇马，西甲是顶级联赛，巴萨皇马之争是世界足坛的最强竞争。穆转英超，西甲失色。即使曼联名列第六，仍是最惨烈英超之最大转播热点。没有穆里尼奥，瓜迪奥拉就是个三好教练，温格就是个三好教师，并无戏剧性看点。

穆式看点绝不仅因为他所向披靡，冠军多多，恰恰因为他常常上演英雄无泪式悲剧。在西甲，皇马是输多胜少不服输的老二；在英超，曼联连续十六轮不败也仍然排名老六不变。在西甲，皇马赢则巴萨也赢，巴萨平或输则皇马也输或平。在英超第二十二轮，曼城、利物浦、热刺皆先赛而均未取胜，若曼联取胜斯托克则追平第五，然而上半场对手零射门却1:0领先（曼联尴尬乌龙），直到第九十三分钟曼联才艰难扳平，依然岿然第六不动。穆里尼奥在英超吃尽苦头，他被裁判驱逐，他被英足总处罚，他被自己的球员阴损，然而，他永远是喜欢与不喜欢的球迷共同认可的"the special one"。在最新评出的欧洲足球史上最伟大的十名主教练中，穆里尼奥是唯一一位现任主教练的当选者。欧洲足球联赛的持续魅力和悲喜兼具的戏剧性，穆里尼奥是不二主角！他是舞台主角，也是导演，还是剧本的创设者！

体育是竞技也是艺术，足球是竞技也是艺术，而且最富戏剧性。穆里尼奥就是一位戏剧大师，他是正剧形象，却是充满了悲情故事，他的故事以悲壮为主调，同时又充满喜感，而那种喜感不乏卓别林式的喜中带泪。他是欧洲足坛里最敢跟苛刻媒体对骂的主教练，每每因向裁判质疑而遭追罚，他敢向英足总、欧足联挑衅，口无遮拦却又一针见血，他批判一切自己看不惯、不接受的人和事，大胆直言到了令人生畏、生厌的地步，他挑战一切权威，自己却并不自认为是权威，而是做最"特别的一个"，无论在巨星云集的皇马还是并不起眼的波尔图，他都能一路冲向巅峰，他的不断转身未必全部华丽，却总带出无尽话题，与其说他在挑战周围的一切，不如说他在不断挑战自我。我始终认为，穆里尼奥不是为人处世的榜样，却是一面非常有用的镜子，平面的镜子，他是揭露虚伪、挑战权贵、敢于对骂且努力做最好自己的足球人。

如果认为他是一介莽夫，那就错了，穆里尼奥始终注意呵护跟自己球队球迷的关系，很少甚至几乎不向球迷做过激之举，今日曼联，排名已经"6"了太久，但他得到了俱乐部的支持，特别是曼联球迷的支持。今天（2月9日）还读到一条新闻，说："曼联内部人士透露：赛季结束后，俱乐部想和穆里尼奥商讨续约。穆里尼奥已经爱上了这里，球迷也支持他。曼联高层都为拥有穆里尼奥而感到开心。"同时还读到另一条新闻，在欧洲各足球豪门的球衣销售中，曼联的排名高过巴萨、皇马。这也是穆里尼奥价值的另一个小小佐证吧。

（《浙江散文》2017 年第 2 期）

《文字的微光》自序

这是一本奇异的小书，当我将这些文字从网络中搬到纸面上重读时，自己都有一种陌生感甚至好奇心。这是我写的吗？我真的那么思考过？记忆有时是要更新的，因为时间流逝，记忆的空间有限。幸亏世间有文字，可以帮助我们记录下这些思想的印迹。思想一词用得大了，就理解为所思所想好了。我为自己重读这些文字时产生的新异感高兴，因为我因此又切实体会了一回文字的力量。即使记忆消散，文字仍可留存。

这些文字标注了日期但不是日记，没有完整性也没有连续性；不是散文诗，没有抒情性也没有发表过，但它们也曾经面对过认识的和不认识的朋友，因为它们来自我的个人微博。八年前的8月，当我答应开设微博时，就决定用一种"反"微博"文体"在其中书写。我最初在微博的留言已经对自己提出了这样的要求："他不提供信息，常常从别人那里得到启迪。其微博是一个寻常人的独白与絮语。"今天回过头来看，很庆幸这八年坚持做到了这一点。它们变成一本书似乎有点功利，事实却是，我真的是希望用一种特殊的方式，把自己平时来不及作文章但又觉得有意义的所思所想记录下来。话题很多，写法不一，但有一点是统一的，每当遇到值得记录的人和事，每当读到可以引发议论的书和文章，每当观赏到令人兴奋或有点遗憾的艺术作品，每当产生某种自觉独特的想法，都可以通过这样的方式写下来，贴出去，与网友分享、交流，并无功利，却时有小乐。

还有一个原因，我个人特别喜欢阅读箴言类的文章和书籍，哲学家如克尔凯郭尔的《哲学寓言》，维特根斯坦的《文化的价值》，文学家如鲁迅杂文里的"小杂感"，卡夫卡的日记，罗兰·巴特的絮语，都是我多年来要反复阅读的。它们比格言长，比文章短，未必一定是名人名言，是人生导言，却无疑都是思想的火花，充满了智慧、才情和力量。2015 年，我动手编选了《鲁迅箴言新编》，也是试图在"文体"上将自己的阅读体验做一次特殊的实验。

我在此将自己碎片式的文字串接起来，这是一种向思想家们致敬的文字结集。这几年，我所经历的文学艺术潮流，所阅读和观赏的各类文学艺术作品，甚至看一场球赛，出一次远门，所产生的或大或小的遐思，大都记录在其中了。从"文体"上讲，用最短的文字写出尽可能复杂的意思，或用有限的字数简洁地表达自己的清晰想法，是这些文字的总体追求。虽不能至，心向往之。其中的内容，是自己从中筛选过，认为尚有一读价值的部分。对我个人而言，它们是写作道路上非常鲜活和值得珍视的一部分，于读者，也希望有会心一笑或会意时现的地方。我想起鲁迅在《且介亭杂文》的序言中所做的比喻："当然不敢说是诗史，其中有着时代的眉目，也决不是英雄们的八宝箱，一朝打开，便见光辉灿烂。我只在深夜的街头摆着一个地摊，所有的无非几个小钉，几个瓦碟，但也希望，并且相信有些人会从中寻出合于他的用处的东西。"鲁迅当然是自谦的表述，而我，只想借用这样的意思，向面对本书的读者表达开卷的谢意与期望。

此书得以出版，要特别感谢挚友张继红的热情促动，特别感谢挚友苏华为此书的制作、编校、配图等一系列工作付出的热诚而艰辛的劳动，没有他们二位，此书的出版仍然还是个设想和话题而已。

是为序。

（《文字的微光》，三晋出版社 2017 年 11 月出版）

《艺林观点》自序

　　完全有想到会出这样一本书，将我在文学评论与研究之外关于艺术方面的评论和随感文章结集成册，不觉间竟然达到近二十万字。近几年来，我除了关注文学，其他艺术门类的活动也参加一些，各种艺术门类的创作、展演、研讨、争论，包括作品内部的得失、优劣，也都时而做一点评论和推介。这就是本书的由来，当时觉得每做一事都是本业之外的旁枝末节，集中起来一看，个人还是非常欣慰的。毕竟这多少算是一种意外之喜。

　　收在书中的文章，大多数写于我到《文艺报》工作之后，也即 2009 以后几年间。其中涉及的，最多的是电视剧评论，其他也包括了电影评论、电视文艺评论，也有少量关于舞台艺术、美术方面的评论，除了评论之外，部分文章是结合文学与艺术的关联，针对当前文艺思潮和各类艺术创作的走向，发一点感言，提一点问题，强调一种观点。几年下来，我个人在内心深处所获得的新认识和新收获要远大于这里的文章。一是对各种艺术有了更深入的了解，对其中从业的艺术家有了更多理解，他们的才智，他们的甘苦，他们的担当以及付出。每一个艺术门类都有其创作规律，都有必须符合自身规律的创作方式，也都有各自的传播和推介渠道。在这一了解和理解的过程中，对当代中国艺术发展的整体状况认识上更加切实，对文艺思潮的把握也更加全面。比如中国的电视剧，近十年来发生的变化，无论是艺术上还是作为产业，都是非常巨大的。中国电视剧已经形成了一个庞大的创作、制作、推广行业，优秀的电视剧不但在国内有广大受众，其中不少也正走向海外，形成了广泛影响。这其中有很多作品需要进行及时、中肯的评价，有太多的经验需要总结。

相比较而言，电视剧评论还有很大的开掘空间。一是电视剧评论包括整个电视文艺评论还没有形成自己的理论体系。我们的理论还都是基于传统的文学理论进入新兴艺术品的，结合电视艺术自身特点特别是将产业特点与艺术规律相结合的理论还有待加强。二是电视剧及整个电视文艺评论在媒介和渠道上还有进一步向艺术本身结合的必要。电视是大众媒介，电视艺术在高雅与通俗、普及与提高方面有许多需要探讨的现实问题。目前，我们的电视文艺评论主要依托的还是传统纸媒，如刊物和报纸，这样就势必造成观看者与评介者信息不对称，评论的声音不能最有效地传递到受众面前的局面。

近几年来，我受邀参加了一些艺术活动，非常感谢艺术界朋友们的信任，为我提供了许多接触、了解、参与艺术创作与评论的机会。我要特别感谢广电总局艺术委员会的王丹彦、中央电视台的闫东、秦新民、吕逸涛等朋友，和他们在一起有过很多愉快的合作，有起早贪黑，有废寝忘食，有难点攻破，也有成功后的喜悦。作为一个文学人，能有这样的经历，实为幸事。几年来，我曾先后受聘为广电总局艺术委员会的研究员，参加了多次电视剧的评审和研讨工作，担任了第二十八届、第二十九届电视剧"飞天奖"评委，担任了中国电视家协会主办的电视剧"金鹰奖"评委；参与了中央电视台第十五届青年歌手电视大奖赛终评委工作、2014年度电视相声大赛的评委工作；参与了中央电视台多部专题片、纪录片的策划、创作和评介；参与了中央电视台2016春节联欢晚会的策划工作，等等。在电影及各类舞台艺术中，欣赏的机会和兴致同时提高，对个人而言，这些都是不可多得的学习机会。所有这些机会的获得，并非因为自己有多高的鉴赏力和评判力，实在都是朋友们的信任作为基础和前提。

应该说，收在书中文章里的观点，还无法形成自己系统性的、有理论前设的论述，更多是直接的感受加一点对艺术本身的理解，电视剧、电影、音乐、舞台艺术尚且如此，对美术等问题的看法就更加直浅了。但我仍然十分珍视这些文章，特别是它们集结为一体的时候，至少可以看出自己这些年来在艺术上鉴赏上的一点长进。于读者呢，我以为也可以就其中所涉及的作品评价、对艺术创作和传播的看法进行一番探究，对文艺思潮和现象有一点了解。在此意义上，这些文章也或有一点价值吧。

在我的心目中，最优秀的批评家必须是以文学为根基，以分析经典作家、经典作品为擅长，始终把文学作为艺术之根来对待和理解，文学既是其出发点，又是其归宿。但一个批评家绝不应仅仅限于谈论文学，批评的眼光体现在，在批评家眼里，一切皆是批评的对象，都可做艺术的分析。当罗兰·巴特讨论"埃菲尔铁塔""巴黎没被淹"这些看似非艺术话题时，时时处处流露出一个批评家慧眼独具的能力；当苏珊·桑塔格在其著作中讨论"疾病的隐喻"，讨论战争、历史与艺术的关系的时候，你才会发现，做一个批评家其实是一件比创作家更幸福的事。而且他们无一例外地都对电影、摄影、美术甚至服饰、时尚展开生动的批评，使一切成熟的不成熟的、高雅的流俗的，都变成艺术史、审美史当中的一部分。与这些经典的批评家相比，我们的差距还很大。一方面加深理论根基，另一方面广泛涉猎；一方面有成规定见，另一方面敏锐观察周围世界所发生的一切，这样学术的、艺术的、专业的、大众化的素养，是对当代批评家提出的要求。我深感自己已经错过了这种综合训练的机会，只能在就事论事中防止太过人云亦云，却仍然想努力，更寄希望于青年批评家们。

　　是为序。

　　　　（《艺林观点》，山东人民出版社 2017 年 3 月出版）

《鲁迅与陈西滢》再版前言

《鲁迅还在》出版之后，责编李黎又来敲门，问我正在写什么，是不是可以继续合作。我只能回以惭愧二字，诸事繁杂，学问是需要静心思考、潜心来做的，只能期待未知之来年了。说起来真是十分怀念十年前，毕竟时间一大把，只要有人约稿，就有可能会动心动手。当年的《鲁迅与陈西滢》就是如此写成的。《鲁迅与陈西滢》为什么不能重新出版呢？鲁迅与诸论敌的笔墨官司不断被人评说，"鲁迅和他的论敌"几乎是鲁迅话题热点中的热点，有一本专门讲述鲁迅与其第一个也是最大的论敌陈西滢的书，让更多的读者了解其中的往来、冲撞、恩怨，与之相关的人物、事件、反响，不是一件很有趣的事吗？

我以为这是一个好建议，不是我的小书写得有什么出彩处，而是当鲁迅与其论敌逐渐被演变成文人之间吵架的"标本"，"骂人"成了鲁迅的性格标签的时候，尽可能以符合当时情形的态度，谈一下鲁迅与其论敌之间的笔墨往来，努力更真切地认识到鲁迅论战的由来、过程以及文章作法，更具体地知道，鲁迅的论敌既非"反动文人"，也不是风雅无尘。鲁迅在论战中最终都会处于上风，这其中有一半的原因，实在是鲁迅比他的论敌更会作文章，更懂得"论辩"之道。后来的风云不断地为此涂抹上种种多余的颜色，剥离这些不必要的"加码"，却也并不能改变鲁迅在论辩中彰显文章魅力的事实。

陈西滢是鲁迅的第一个论敌，也是他真正没有宽恕，论战过后仍然经常提及的论敌。鲁迅杂文的文体风格，我以是经过《坟》的"长"、《热风》的"短"的探寻之后，从《华盖集》开始确立的，而《华盖集》里的文章大多涉及与陈西滢的论战。也可以说，正是从与陈西滢论战开始，鲁迅找到了既有具象又每每推至类型化的杂文形象，抓住了与己相关的事件又进而论及历史、国民性、智识阶级的虚伪性，等等。鲁迅与陈西滢之争，实是一个大话题。

反观陈西滢，其实也是了不起的深谙文章之道的人物。我现在重新回过来看自己写的这本小书，意识到对陈西滢的描述还很不够，这主要是因为对其经历、文章、性格等了解不深。不过在鲁迅与之关系的话题下，能获得的更新资料也是非常有限的。其实我在写作时已经意识到，研究"鲁迅与陈西滢"的难点在于资料太少，但也迫使你必须深入解读两人文章，探讨其得失、胜败所致因素。他们二人没有私人间的交往，都是"靠作品说话"，有难度也更有价值。有些话题，可能因文章之外的恩怨因素过重，阅读者通常会关心谜底何在、八卦如何离奇，等等，而忘了文章才是根本，如讨论鲁迅与周作人。

此书能有机会重新出版，当然首先要感谢江苏凤凰文艺出版社的信任，感谢李黎的坚持。重印之际，又怀想起与此书有关的不少朋友和前辈。感谢原任职河北人民出版社的编辑李良元，他曾在酷暑之际坐长途大巴从石家庄奔波到太原，就为了当面交流修改意见。此书当年是受董大中先生提议开始的，其间还在学术上给予我多方面帮助。此书出版后，孙郁、陈漱渝等学者都曾热情推荐和鼓励，其情令人感佩。

希望这本"新书"在新面世之后让读者果真能有一点新收获。

（《鲁迅与陈西滢》，江苏凤凰文艺出版社
2018 年 11 月出版）

《鲁迅演讲集》编选前言

　　非常感谢生活书店，他们有兴趣重新出版我在十五年前编辑而成的《鲁迅演讲集》。这本书十多年前由漓江出版社出版后，常常能听到一些朋友和读者的反应，大家多由这些演讲文字中获得鲁迅在文章之外表达的思想。鲁迅并非专业的演说家，他甚至并不喜好到处去演说，他的数十次演讲所产生的影响，和我们今天通常所认为的"演讲效果"远不是一回事。也正是因此，在今天这样一个演讲越来越成为某种"专业"和"职业"的时代，面对那些愈演愈烈的空洞的、表演式的演讲，我常常会遥想起鲁迅的演讲，而且认为非常有必要在今天重新认识其独特魅力，并引发对演讲本身的思考和探讨。在此书重印之际，我很愿意将自己几年前写成的一篇短文《从鲁迅谈讲演魅力》的大部分片段置于书前，代为编选者的前言。

……………

　　鲁迅是演说家，他有证可考的讲演达六十六次之多。鲁迅本人并不喜欢到处讲演，"人家在开会，我决不自己去演说"；"我曾经能讲书，却不善于讲演"。（《海上通讯》）他的讲演大多是因为无法拒绝邀请者的"坚邀"而不得已为之。鲁迅讲话带着浓重的绍兴口音，语调也不高亢，他的话并不能为所有的听者全部听懂。然而无论在北京、厦门，还是广州、上海，凡鲁迅讲演的时候，听者的热情都格外高涨，目睹鲁迅风采是很多人前往聆听的主要原因。1929 年 5 月，鲁迅自上海回到北京探亲，其间他曾应邀到北大等大学讲演。据当时报载，在北大讲演时，"距讲演尚差一小时，北大第二院大礼堂已人满为患"，主办方只能改至第三院大礼堂，听者于是蜂拥而至，最终"已积至一千余人"。1932 年 11 月，鲁迅再次回到北京，在北师大讲演时，由于听众太多，不得不改到露天操场进行，听众达到两千余人，场面十分壮观。

鲁迅的讲演常常是到了现场才道出主题，他的讲演在并不展现"技巧"、显示"口才"的情形下，却令那么多的热血青年为之激动，靠的是什么呢？我们自然可以总结出很多，深刻的思想，讲真话的要求，直面现实的胆魄，等等。这些都毫无疑问是构成鲁迅讲演魅力的根本原因。但就站在"学者、作家及其讲演"这个话题上讲，我以为鲁迅讲演还有另一个非常重要的启示，就是讲演的真正魅力不在于现场的绘声绘色的表演，不在于滔滔不绝的"妙语连珠"，而在于讲演者在讲演背后作为作家的创作和作为学者的研究是否真正可以为其"立言"。讲演在很大程度上其实是"靠文章说话"。

我们说鲁迅是演说家，但上述那种讲演盛况对他而言并不是从来就有。1912 年 5 月，鲁迅进京在教育部社会教育司任职，刚刚履职的第二个月，教育部为普及社会教育而举办"夏期讲演会"，邀请中外学者就政治、哲学、佛教、经济、文化等做讲演，鲁迅被聘讲演《美术略论》。根据鲁迅日记记述，他总共去了五回，讲了四次，讲演的情形却并不令人乐观。6月21日第一讲，"听者约三十人，中途退去者五六人"。28日做第二讲，日记没有记载听讲情形；但第三次，即7月5日，鲁迅冒着大雨"赴讲演会"，"讲员均乞假，听者亦无一人，遂返"。10日，"听者约二十余人"。最后一次即当月17日，也是雨天赶去讲演，"初止一人，终乃得十人，是日讲毕"。五次赶场，听者总人次居然不过百，情形之冷淡可想而知。原因自然很多，但有一点恐怕是必然的，那时的鲁迅还只是初来乍到的"公务员"，以学者的身份前去讲演，号召力显然不足。到20世纪二三十年代，已经名满天下的鲁迅再去讲演，盛况之壮观每每令人惊讶。在所有的原因当中，我最想说的是，鲁迅靠的是文章立言，没有他在小说、散文、杂文方面的创作，没有他在小说史上的研究，没有他在文学翻译方面的成果，讲演又何能谈得到令人期待？我们今天的很多演说家，越来越走"专业讲演"的路径，学问没有根本，研究难得钻研，创作上未必有什么成就，却忙着上电视、进礼堂，侃侃而谈，不亦乐乎。最终让人看破真相甚至令人厌倦，实在不是什么奇怪的事。夸张的姿态，油滑的腔调，故作的高深，随意的解说，这一切的背后，都是在回避一个作家、学者立身的根本，遮蔽学术讲演立言的根基。

演讲的号召力不是或未必是言说本身，演讲的魅力来自更为深沉的、丰富的底蕴。林曦先生曾这样描述他听鲁迅演讲时的感受，我以为他的描述特别能表达我自感难以言尽的观点："鲁迅先生的讲演态度中，是决找不到一点手比脚画的煽动和激昂的。他的低弱的绍兴口音，平静而清明，不急促，不故作高昂，却夹带着幽默，充盈着力量，像冬天的不紧不慢的哨子风，刮得那么透彻，挑动了每根心弦上的爱憎，使蛰伏的虫豸们更觉无地自容。"（林曦《鲁迅在群众中》）

演讲者的信心来自讲坛之外的地方。

（《鲁迅演讲集》，三联书店·生活书店

2017 年 2 月出版）

《鲁迅箴言分类新编》编者的话

　　动手编一册关于鲁迅言论的书，这一想法由来已久。十多年前，我开始收集有关"鲁迅语录"的书籍。这类书又以"文革"时期印制的最多。说是印制而非出版，是因为其中大部分书并无正式出版单位，多是当时的大中学校学生小组、工厂里以车间为基础的工人小组甚至红卫兵组织以自己的名义编辑印制的，发行范围已不可考，但"语录体"的状况却是差不多的。翻阅这些书的过程中产生了诸多自己无法解释的问题：为什么中国作家里只有鲁迅可以"语录"？为什么鲁迅语录可以按照任何时代的政治要求、文化氛围来编辑？更深入的问题是：为什么同样一句鲁迅的话，或一个文章片段，可以在不同的条目下放置，从而看上去并不完全"牵强附会"？这绝不纯粹是一个文学问题，甚至也不是一个政治问题，在极致层面上，这是一个语言学问题。这是不是意味着，鲁迅的话语具有"超级不稳定"结构，或极具模糊性、流动性的特点？我们能不能从语言学、符号学、阐释学的角度去研究这些问题，或许可以对鲁迅的语言、文体和表达风格做一次学理上的分析与研究？我所指的是，在我看到的"鲁迅语录"里，大家都可以按照"阶级与阶级斗争""打倒孔家店""反对资产阶级""反抗帝国主义"等条目，去鲁迅杂文里找到对应的句子或片段。这些语言仿佛并非条目所指，又仿佛确实与此相关。我想就这一点而言，中国现代文学史上恐怕找不出第二个作家来了。现代以来，中国文学的表达方式大多直指主题，具有极高的确定性，一句评论时事的话，一种评论社会现象的表达，如果那时事已经消失，那现象也成为旧事逸闻不复存在，与之相关的文字也就失去了效用，扩散的幅度随之增减。鲁迅却是个例外。

但这绝不是一个人一时就能解决的学术问题，我只是想到了这个问题，却深知自己无力面对。最后，这些想法就逐渐简化成为编一本自己挑选、自己分类的"鲁迅语录"。因为即使加上"文革"后编辑出版的同类书籍，我以为我们面对鲁迅名言时往往有一种选择上的趋同，这就是，我们仍然按照鲁迅评论社会、历史的态度寻找其中的"硬性"话语，而忽略了他同时是一位文学家。他的许多论断是针对文艺问题的，他还有很多关于生活、关于个人、关于人生的议论不但有妙趣，而且惹人思。他的言论应该在更大范围、更全面的领域里被人认识。

范围还不是最重要的，理解鲁迅一段话真实、完整的意思，必须要阅读他的全文，而理解他某一篇文章的意旨，又应当对他整个的思想有所认识。但同时，鲁迅文章的复杂性是分层面的，即使你不能理解他的深刻用意，却并不妨碍你欣赏他的美文。你摘出来的鲁迅名言也许有——通常一定有——比文字层面更深刻更复杂的内涵，但即使就按照你所理解的那样去引用，大多数时候又仍然是有效的。这真是个奇妙的现象。

我们对鲁迅的误读，常常是发生在两点上：认为鲁迅的"曲笔"是难懂的；认为鲁迅的批判就是刻毒的骂人和一个都不宽恕的回骂。然而事实并非如此。于是我觉得有必要按照自己的理解来编一本鲁迅语录。

由于鲁迅是专注于解剖中国国民性的，所以在他笔下，不管是小说里的灰色人物，杂文里的学者名流，其实都不只是他个人和他那一阶级的代表，他们都具有"国民性"的通病和共同特征。这就在很大程度上扩大了他文章的意旨。他讨论任何问题，哪怕是一封给朋友的书信里探讨一本书的编辑问题，也常常会发出题旨以外的感慨，所以收集鲁迅名言不能只到他的名篇里去找，而要寻找"日记"之外的所有文字。这就是一个伟大作家的力量，这就是鲁迅文字的魔力。因此，既然自己反复阅读了这些文章，或有必要为读者做一点总括性的事情。

编辑此书的过程中，我再次阅读了鲁迅所有的文章。我深知，尽管如此，自己的编辑也是很难到位的，我自己做了一个小小的试验，将自己认为属于"鲁迅名言"的文字画出来，将画线部分全部摘录完毕后，再回过头来挑读他的文章，发现，那些未曾画线的部分里仍然有大量精彩的论断。但既然是语录，总会有取舍。我就硬着头皮把本书编成了。它们绝不能说代表了鲁迅言论的精彩，更不能说集中了鲁迅思想的精华。它们永远是不周全的。理解鲁迅，唯一的办法是阅读《鲁迅全集》，而且是一遍又一遍地进行。

这是不是有点神话鲁迅？为了避免这样的误会，我尽量在编辑条目上力图清晰。本书的分类共十五种。其中既有对中国国民性的剖析、中国文化的批判，也有对文学艺术、中国新文学的分析；既有对文学批评、文学翻译的态度，也有对自己作品的自谦或辩护；既有对青年、对同时代人的思考，也有对中国社会情状、对人生的理解。首先，选择和分类时，注意捡摘句子时的把握，每论需尽量寻找那些具有"超越性"的话语，即虽然鲁迅论述的是一时一事，但话语却可指涉更广大范围。比如对同时代人的评说，鲁迅文章里涉及的人名太多了，我所取的，是当他评说某一人时，也指向了对某一类、某一阶层人的态度，比如他关于陈独秀、胡适、刘半农三位人物韬略的比较就非常有趣而典型。其次，在分类上难免勉强，因为正如前述所谈，鲁迅的话语具有不确定、不稳定的特点，具有模糊性、流动性的色彩，谈国民性时也是谈美学问题，谈艺术时也涉及民族特性，谈青年也是谈人生，谈人生又何尝不是谈艺术。我在分类选择时，重点是看文章整体的用意和主题、文字里直接的取向和针对性。最后，所选的话语尽量保证原文的完整性，既要保证"名言"之精彩、精练，又不要随意断章取义，尽量从句号后面开始摘录，一直到以句号为"休止符"。但也有时不能完全做到，有时就在逗号处开始或结束。有时是我自己在结尾处将原文的逗号改为句号，这也是没办法的事，不过这样的情况尽量少之又少。

　　本书的目标不是想编一本可以省略阅读《鲁迅全集》的工具书，真正的目的，或许倒是引起读者阅读鲁迅文章的兴趣，借这些片段摘录而去查到鲁迅原文去整体阅读。对今天的读者来说，这样的用意是否恰切，能否达到那样的目的是不敢断定的，也因此，我也希望，即使就本书内容而言，也可以帮助读者加深对鲁迅、对鲁迅所评说的人与事的认识。

我以此冒险的工作，来表达对一位中国现代的伟大作家的致敬，也希望读者能从中理解和了解到他的伟大，激发起对中国、中国文化、中国文学的探索热情，引发出更多关于人生世事的思索和理解。编者所愿若能实现十分之一二，则亦为幸事。

（《鲁迅箴言新编》，三联书店·生活书店

2017 年 2 月出版）

《须仰视才见》自序

今年5月4日，我应北京十月文学院邀约，前往北京城南做了一次关于五四与鲁迅的主题讲座。话题是很应景应时的，朋友也做了不少预热工作，但我心里仍然忐忑，这一天是五一小长假的最后一天，返程的匆忙和拥堵，上班的期待或心理紧张，才是城市的主流人群和主要心态，有多少人会来听这么一场所谓的讲座呢？让我意外的是，那一天现场去了足够多的人，据说连现场的椅子都不够用了。我这才意识到，在纪念五四一百年正牌热点话题的氛围中，将鲁迅与五四作为一个共同的话题进行讨论，这是很多很感兴趣的事。当然，十月文学院的组织力和讲座的系列推进，也是重要原因。这次讲座之前形成、之后修改的文章也收到这本书里了。如此一来，这本书里的文章，从写作时间上已经超过了三十年。个人的学术成长并不明显，但坚持三十年对一个话题不断言说，这或许倒是值得欣慰的吧。

我倾心于五四那样一个伟大的时代，这种热情在同时代人们笔下又呈现出多彩的、多重的、复杂的面貌。悲与喜、哀与乐、愁苦与激昂、压抑与张扬，无论什么观点，如何冲突，这种"情绪化"构成了五四时代的文化氛围。即使是曲笔，也显得十分率真；哪怕是讽刺，也仿佛传递着热情。基于这样一种被深深感染的原因，我的硕士毕业论文选择了"五四小说的主情特征"这一论题。随着阅读和思考的不断深入，随着新时期文学的参照，我更逐渐感到五四之于鲁迅的意义、鲁迅之于五四的价值，都是更加值得评说的学术课题和文学命题。五四造就了鲁迅，没有五四的时代精神，就不会有鲁迅思想与文学的全面爆发和精彩呈现。鲁迅的艺术创造无疑是五四新文学的最高峰，一个作家和他所处的时代之间究竟处于怎样的关系？鲁迅与五四是一个重要的启示。

收在本书里的，大都是关于五四和鲁迅的文章，面对这一永无止境的话题，这些文章当然不可能完成说清楚的任务，但五四与鲁迅互相映照的、不可剥离的关系，始终吸引着我探究的热情。

《须仰视才见》，是我几年前发表的一篇文章的标题，"须仰视才见"也是源自鲁迅的文章，须仰视才见，也恰好能表达我对五四、对鲁迅的敬仰之情。

是为序。

（《须仰视才见》，江苏凤凰文艺出版社
2019 年 9 月出版）

第三辑　怀人·恋土

一个人和一种命运的逝去

——怀念我的导师黎风先生

　　师兄李继凯已经多次催促我交稿，然而这样一篇怀念文章却始终无法下笔。往事果真如水盆里的鱼鳞，只要伸手一搅，就会翻腾上来，点点片片，唏嘘感慨。先生的音容笑貌，顿时浮现眼前。

　　1983 年，我结束山西大学本科四年的学业，即赴陕西师范大学就读研究生。跟黎风先生的结识与交往也从那时开始。任何一个经历过 20 世纪 80 年代初的青年，都有过与时代同步伐的梦想，那梦想真的不只是个人的，而是时代潮流催生出的激情与联想。对所有在大学中文系读书的学子来说，成为一名作家和诗人都是最高理想。我也做过这样的梦，而且在大学时代饥渴般读书，疯狂写作，在一个绝大多数青年都想成为作家的时代，全力朝前拥挤。然而，直到毕业也未曾将自己的任何一篇文章变成铅字。文学却因此变得更加神圣，那不是一个四处寻求引荐的时代，人人都希望自己的自然来稿能从编辑部的麻袋里被翻检出来。应该是大学二年级的时候，收到《汾水》（今《山西文学》）编辑部的来信，编辑说我的一组诗歌已被采纳，有望在近期的杂志上刊出，并希望我能提供更多作品以备挑选。那样一封信对一个追梦的文学青年来说，带来的只有狂喜，尽管期末考试在即，我已不顾任何分数的可能，骑一辆借来的自行车满太原寻找山西省作家协会所在地南华门东四条，在没有百度的时代，这并不是件容易的事情，细节已经全然忘记，但只记得我肯定是找到了编辑部，奉上了自己从笔记本上抄下来的更多诗歌。其后就是每天的等待与热望，感觉自己已经是一个颇有成就的诗人了。结果却是失望，种种原因所致，我的诗最终没有得到发表，仍然回到一个接受退稿的学生身份当中。

学生的本位不是创作而是学习。受当年一位学者长辈的鼓励，我开始准备考研。1982 年，大学生已是时代骄子，研究生则是个陌生的、高不可攀的名词。许国璋《英语》是必背的，从第一册到第四册，我开始了一个人的死记硬背；专业是随意选的，中国现代文学史，感觉是比古代文学和外国文学更容易准备的科目；学习完全是自学式的，一切都没有人指点，甚至没有人知道你有此打算。即至报考时，从一大册报考名录里，既是随机也是挑拣自己可能获得机会的学校，我报考了陕西师范大学鲁迅与中国现代文学史专业，导师：黎风。这是一个我并不了解的大学，也是一位并不知晓的导师，但对我这样一个与学术无根源、准备根本不充分的学生来说，也许还有一点可能的机会吧。名录似乎只有一行字，打头的地方还标了一个"△"，那意思据说是无硕士学位授予权，因为并未报必胜信心，所以也没有在乎这个。

考研的经历就不说了。1983 年初春的一天，我收到通知，陕西师范大学中文系的一位教授将来校对我进行面试，这在当时无疑是一个爆炸性的消息，高不可攀变成了可能的现实。来面试的是高海夫教授，唐诗专家。面试之后是等待通知，应该不是很久，我知道自己被录取了。喜悦是毫无疑问的，因为这意味着青春梦想还可以继续做下去。

秋雨绵绵的西安，完全不是西北城市的面目。我就这样入学了，也从此开始了与导师黎风的交往，每天与我同去导师家里的是师兄李继凯。导师的身体和生活现状可以用清瘦、清贫来形容，他的人生经历，也如一卷不愿打开的相册，在点滴认知过程中，留下了可叹、悲剧而又不失荒谬的记忆。黎风先生是江西吉水人，青年时代的他是一位热血沸腾的诗人。他和后来的著名诗人公刘是乡友，黎老师片段地讲述过，当年他和公刘如何一起扒火车北上求学，追逐一个诗人的梦想。那时的他一定是一个意气风发的青年吧，怀着梦想和希望去读书、去写诗、去参加革命。黎先生毕业于北京师范大学中文系，学生时代的他就是一位积极的、活跃的革命青年，他曾担任过北师大中文系党支部书记，是一个把革命和诗歌当作双重理想去追求的青年知识分子。这样的青年从五四开始就大量在中国涌现，他们从来都既是创作者也是剧中人，真可谓是你在桥上看风景，看风景的人在看你。每个人既是造梦者，同时也装饰了别人的梦。

作为一名青年诗人，黎风先生显然比我有更大的追逐勇气。他投稿泥土社，并和文学大家胡风有过书信往来。然而，梦魇也是从那时开始的。胡风反党集团是一个时代的重大事件，仍然在做诗人梦想的黎风先生就因为一篇投稿和几封通信而成了这个集团的一分子。应该是没有进一步证据的原因，黎先生受到的处分是无法继续在北师大学习、工作，被派遣到远在西北的西安，成为陕西师大的一名老师。我从没有主动问过他到西安以后的心情和景象，虽然不懂，但深知那是一个理想青年遭受的重大打击。天下之大，哪里不能让一个诗人生存，更何况是西安，一个诞生过无数伟大诗人的地方。但他的生活从此发生了巨变是肯定的。从同校的老师那里，我听说了一点他后来的身世。印象最深刻并产生最大想象的，是他孤寂的身影，多病的身躯。不知是身体本来的原因还是心情所致，他的咳喘让人揪心。据说，即使在夜半时分，周围的人仍然可以听到从他的住处发出的长久的、巨大的咳喘声。这一事实我没有求证过，但我想这样的景象应该不属于编造的范围。一个青年诗人从此成了一个胆怯、懦弱、多病的教师，那样的情形无法让人去想象。

关于黎先生和胡风集团的关系，事件的由来和平反的时间，我真的并未过多寻问也理不清其中的脉络。不过为了写这篇文章，我有幸读到陕西师大一位早年师友的文章，其中提到两点，一是由于黎风先生早年被划定的是胡风集团嫌疑分子，"文革"结束后，由于当年办案人已不在世，他的案子始终无法作结。甚至虽然胡风本人已经平反，黎风先生却不能。直到胡风平反两年后，黎风先生方才得以彻底平反并恢复党籍。二是黎风先生的夫人李老师当年是作为黎风先生的女朋友而非妻子一起来到西安，且她长期选择既不结婚也不离开黎风先生的态度。后在陕西师大中文系领导的要求下方才结婚成家。我在山西作协的挚友、今为厦门大学教授的谢泳，既出于他研究中国知识分子的学术兴趣，也因为与我同室多年的原因，对黎风先生的命运给予特殊关注。我甚至从他的著作里读到一则自己并不曾听闻的材料，方知先生早年的经历之片段。这则材料原文如下：

[北京分社二十八日讯] 北京师范大学中文系在二十四日下午举行了胡风问题漫谈会，会上该系的两个助教黎风（一九五〇年在师大毕业，原系党员，一九五二年忠诚老实运动中因历史问题，交代不清，脱党）和祝宽（一九四八年在师大毕业，原是党员，面粉统购统销时因套购面粉，被开除党籍）谈出了一个情况。据他们说，泥土社的前身是师大中文系青年人组织的泥土文艺社的刊物。该刊在一九三七年四月十五日创刊，共出六期，第六期出刊日期是一九四八年七月二十日。该刊从第四版起就开始变质，稿件大都由上海寄来，作品都是柏山、舒芜、阿垅等包办。祝宽、黎风都曾和胡风有信件来往。黎风的发言并说到他在抗美援朝时曾写过一首诗，他写信给胡风，胡风回北京后还曾写信要黎风去看他，但他因为自己的诗写得不好，主观战斗精神不够，所以没去看胡风。祝宽谈到他在中学时受胡风影响很深，他也曾接到胡风给他的两信。但他们的发言谈得都很模糊。对此两人情况，校党委正在查究中。

我见到的黎风先生已是一位老者，但现在想来，当时还只是副教授的他，应该也不过年过半百未进花甲。他戴一副不能再普通的眼镜，视力很差，一只眼睛，不记得是左眼还是右眼，已经全无视力，眼珠略陷，让人不忍目睹。矮小的身躯行走已显不便，走起路来身体微侧，但说不清楚困难在哪里。他的居室是一套位于二层的普通楼房住宅，应该有将近一百平方米吧。屋里没有家庭的气息，大多都是他一个人出入，除了几个书架和一张书桌，就是一张简易的床。书架上的书摆放并不整齐，也不成体系，偶尔能见到几册旧版图书，可以证明他是从那个时代过来的人。书桌有点零乱，先生习惯用毛笔写字，笔多半是秃笔，墨盒也非书法家的砚台，而是一个小小的黑色的塑料方盒，里面垫着棉絮，浇着墨汁，有点像初学书法的中学生置办的工具。烧饼是我印象中先生最常用的食品，他出门常带一个尼纶兜子，里面除了一两册书，可能就是烧饼了。他身体看上去很弱，说话一多，每每就要喘甚至咳嗽。师母偶尔会在房间里见到，后来听说，她住在自己单位的宿舍里，陪伴和照顾着自己的母亲生活。师母显然是一个干练的妇女，利索，有文化，北方人，普通话很好，我们很少交流，因为她表情通常很严肃，也不多言语。她年轻时一定是朝着一位诗人走来，很快又共同承受生活的磨砺。多少年的苦衷，不用诉说，全写在了不变的表情上面。他们有一个儿子秋羊，同样也是偶尔见到一面。

黎先生研究的专业是中国现代文学史，重点是鲁迅。除了鲁迅，他研究最多的还有闻一多。在鲁迅研究界，先生算不得名家大家，作为他本人第一批、也是陕西师大第一批中国现代文学专业硕士研究生，我们的学业是很平常的那种，上无同门师兄，下无同门师弟，远不像别的专业的同学，阵容强大，颇成势力。那

222

时的学校里，研究生本来就少，同年级全校文理科研究生加起来不过四十多人，英语、政治等大课都是在一起上，像个班级。跟导师的联系就是到家里交谈。交上读书笔记、学习卡片、短篇文章的作业，如此而已。那时，中国当代文学红火热闹，作家作品不断涌现，小说诗歌流传甚广，我的爱好不是听课，而是泡图书馆翻阅，读当代作家作品成了比学习现代文学还要热衷的主业。印象最深的，是自己动手从头至尾抄录了朦胧派诗人舒婷的新诗集《双桅船》。黎先生很快知道了我的不务正业，在与他的交谈中，他语重心长地教导，三年时间很快，毕业论文非常重要，加之必须到外校答辩论文，难度可想而知，如果把精力放到当代文学的关注上面，势必影响将来的学位论文答辩。但他并没有严厉批评，作为一位年轻时代曾经做过诗人梦想的他，一定知道一个文学青年无法抑制的梦想和爱好。

时间过得很快，我的论文以五四小说为研究对象，题目为《论五四小说的主情特征》，研究的目的，是证明五四是一个热血沸腾的时代，文学家们无论才情高低，思想观念、文学见解多么不同，但都是以强烈的感情色彩去抒写个人、表现时代、批判社会。这种主情特征，弥补了他们艺术准备上的不足，以真诚、真挚、率真而营造了一个特殊的文学时代，即使如鲁迅，其小说也多有格外的抒情色彩。我坚持认为自己的观点还是有可取之处的，至少对一个文学时代的氛围描述而言，是一个可取的角度。黎先生大体认同我的论文选择，但也经过了多次精心的修改，提出了中肯的意见。那时没有电子版，论文用钢笔一遍遍誊写后，拿到附近村庄农民家的印刷作坊里打印成册。一旦成形，就不能再修改了。我们的答辩分两步，先是到西北大学进行毕业答辩，相对而言还是顺利的，但已经可以感觉到黎先生对是否过关的担忧。那种师生的感觉有如父子，每一次冲击都仿佛是一次共同冒险。

　　真正的考验是学位论文答辩。因为本校无权授予，所以必须由导师联系一个有授予权的大学，交上学生论文，等待同意通知。1985 年，在整个西北西南地区的众多高校里，有中国现代文学硕士学位授予权的大学只有四川大学一所。后来成为鲁迅研究界大家、以一篇《鲁迅小说：中国思想革命的一面镜子》而轰动学界的王富仁，鲁迅杂文研究专家、毕业即到陕西师大任教的阎庆生，他们都是西北大学的第一批本专业研究生，导师是著名的鲁迅研究专家单演义，但他们的硕士学位也都是到四川大学取得的。黎先生起初想避开这个热点，毕竟与王富仁、阎庆生等相比，论文的成熟度，尤其是我的论文的随笔性质和长度，都是值得忧虑的。但几番斟酌后，我们还是申请了四川大学并很快得到同意的回复。1986 年 5 月的成都之行是愉快的，与我们同去申请的还有外国文学专业的学友张志庆、段炼。年轻的学生并无多少学问的担忧，在川大的近十天时间留下的是轻松愉悦的纪念。

　　其实，论文答辩本身还是一个充满紧张感的过程。当时川大的现代文学专业学科带头人是华忱之教授，其他如诗评家尹在勤、郭沫若研究专家王锦厚，也都是颇有影响力的学者。坐在答辩现场的五位答辩教师，除了黎先生，其他人从未谋面，完全不认识。继凯兄的答辩相对顺利很多，这也是他用功良多的回报吧。我的论文却遇到一点麻烦，据说是王锦厚先生不大同意我将

224

五四小说概括为主情，因为在他看来任何时期的文学都是表达情感的，这样概述一个时代的文学不尽准确。黎先生自然非常紧张，应该是论文答辩结束当天吧，他带我去拜访了王锦厚先生，当面再次向他说明论文的本意和所指。解释我已经全然忘记，只记得王锦厚先生的回应，他并非不同意论文通过，但是从学术的层面上，他仍然持有保留意见，希望以后做论文更严谨些，并不影响授予学位。有惊无险的经历让人松了一大口气。我也因此和王锦厚先生结下师生情谊，记得之后的某一年，他到太原参加书展，还专门设法联系到了我，并到我的小屋里一聚。回首当年，真是难得。而此行最纠结、其后最开心的应当是导师黎风先生，那种如同父亲担心孩子遭遇挫折，并把这遭遇的原因算到自己头上的感情，无法再去体会。

毕业后我回到山西，到山西省作家协会工作。现代文学的学问离得远了，做个文学评论杂志的编辑兼写一点当代小说的评论成了主业。然而也就是在我刚刚工作不久，师兄李继凯从陕西师大寄来两本《中国现代文学研究丛刊》，打开一看，在1986年的第三期杂志上，刊登了我平生发表的第一篇文章《略论五四小说中的母爱》。在那个时代，《中国现代文学研究丛刊》是一家同样高不可攀的杂志，全中国据称有四千多名研究和学习中国现代文学的人士，大家都把能在《中国现代文学研究丛刊》上发表文章视为最高目标，而我无非是把交给导师的作业之一随意投去，自己也根本没有想过会得到发表。但不管怎么说，对一个身处作家协会的人来说，这更多的是一种兴奋而无实用的考评作用。我却因此产生了继续写文章的信心和兴致。写作的对象仍然是当代文学评论。之后，和黎风先生的联系也只有通信。联系渐少，但我知道他很快成了教授，身体也一如常态。其间曾去西安出差时拜访过他。那是一个炎热的夏天吧，记得先生带我从他的家门出来，沿着一条小路前行，他请我吃了一顿午饭，在一家小饭馆一人一碗酸汤饺子。而那次简单的探望和更加简单的聚餐却成了我与先生的诀别。1997 年，中国现代文学年会在太原举行，继凯兄来参会，其间得到先生不幸去世的消息，我们一起到邮局发了唁电，然后继凯就赶回去帮助处理丧事。惭愧的是我并没有同行，之后我从继凯处知道他回去以后处理后事的一些情形。先生的骨灰送回到江西老家，从青年时期离开家乡，他在外奋斗数十年，又把妻儿留在西安，自己魂归故里了。这是一种归来的欣慰还是一种分离的遗憾？先生不用再回答这样的问题了。在我的心中，先生的逝去也带走了一个时代的特殊命运。

时代已经进入到 21 世纪。世事也发生了太多的变化。每念起导师这个词，眼前就会立刻浮现出我此生唯一的导师黎风先生。他非名家，不是权威，大半生的坎坷注定了他有一颗卑微的心。他生怕自己不能给予别人太多，从不知道自己应该获取多少。对于此生的遭遇，他也很少提及。而在我的心目中，黎风先生的一生，就是一个意气风发的青年、一个慷慨激昂的诗人，突然间变成了一个疾病缠身、生活清贫、默默无闻的教师。他从不在任何场合抛头露面，也极少跟人谈笑风生，他就是一个默默承受、咀嚼命运的知识分子。他没有享受过成就的荣誉，甚至连生活的温暖也未曾感受过多少，所有的理想都已停滞于青年时代。应该是十年前吧，颇具影响的《新文学史料》似乎发表过一篇纪念和追

226

溯先生的文章，他这样一位本来有机会却与文学史绝缘的梦想诗人和普通学者，也有人记得并记述，这是一件值得欣慰的事，可惜他本人已无从知晓这一切了。

今天的诗人，可能会因为只能写诗而百无聊赖；当今的学者，也可能因为学问得不到利益和荣誉的足够回报而不平，而我的导师黎风先生，却是一个独守在寂寞中并害怕这寂寞也被人打破和侵占的人，一个卑微的知识分子是很多作家笔下的人物，然而我读到的再多，仍然觉得不如我的导师黎风先生带给我的震撼、影响以及其中的人生教益更多。就此而言我又觉得自己是多么幸运，得以和一位人生充满曲折、内心充满复杂的人在一起度过了三年时光，并长期在他的教益下学习做人做事，他的心性有如一面镜子，始终反射出某种奇异的光泽，给人警醒，让人自省，并时时可以化作一股强劲的力量鼓舞和激励人前行。

（《延河》2015 年第 3 期）

无法接受的送别

　　我怎么也不会想到，今天，在北京阴郁的天气里，我会写这样的文字，悼念永远离开我的兄长、朋友钟道新。听到他突然去世的消息，我回不过神来。3 日上午，我和朋友去北京某医院看望一位同道的朋友，路上接到《黄河》主编张发的电话，他要我近期回太原一趟，一起聚聚，电话中知道，他正和刘淳、谢泳在办公室喝茶，我还直感慨，南华门的日子真的好清闲啊。

　　中午一点，手机响起，一看是刘淳的号码，我就想，他们几个又在哪个小店里喝上了，弟兄们喝得高兴就来个电话和我说几句，这已是这几年我经常遇到的情形。没想到，刘淳开口说的是：钟道新刚刚去世了。我无言以对，不是不敢相信，是无法相信。很快，又得到苏华的短信，我知道，一个真心朋友，一个智慧的兄长，真的离开这个世界了。

　　和钟道新认识近二十年了。用不着一一回味我们的交往史，从 20 世纪 90 年代初以来，我们一起工作、生活在同一条小巷里，几乎隔三岔五就要一起喝一场。这么多年下来，私人聚会里，他通常都是当仁不让的埋单人。比这更重要的是，只要我们在一

228

起，就总有说不完的话，那是多么美妙的酒场气氛啊。钟道新不是一个喜欢在会议上或公开场合里讲话的人，但在闲聊中、在饭桌上，他却通常都是主讲者。他走了，更让人感觉奇怪的是，想到他的离去，我都会想到，老钟真的从此沉默不语了吗？他的音容和笑貌，总在眼前晃动，即使我明天动身回去向他告别，意念间仍然无法和诀别联系起来。

钟道新是一位出色的小说家，他的小说在智性上可称独一无二，尽管他从不张罗着为自己的名声做任何努力，但我知道，读者中有很多钟道新小说的追捧者。他擅写高知人物和高科技题材，他更擅长使用充满智性的语言，使这些人物故事不仅仅是一种社会题材，而是一种充满了趣味的生活。他的小说《国手》《超导》《股票世界的迷走神经》《权力场》，以及他最新发表和出版的《配方博弈》，仅从题目就可看出他小说的题材与趣味取向。今天不是谈论他小说成就和艺术特点的合适时机，但我相信，凡是看过电视连续剧《黑冰》的观众，都会对剧中的精彩对白欣赏有加，我也知道，"编剧钟道新"因此深入到更多人的心中。在太原期间，我和老钟住对门。我经常会到他家里，在他那间安着排风扇的书房里谈天说地。我们全家曾从他那里借得一套《黑冰》，通宵达旦地观看，妻子、儿子以及我本人共同的观后感是，住在我们家对门的老钟，果然是位出手不凡的人物。

老钟是个乐观通达、喜欢开玩笑的人。有一次，老钟急着要打开一个皮箱，却怎么也记不起密码了。当时我和我儿子正在他家串门，正在上小学的儿子插话道："试试电话号码或生日什么的，咱们这些人，不会用太复杂的密码。"老钟当即笑着反驳道：

"什么咱们这些人，谁跟你咱们这些人呢。"逗得大家一通乐。从此，只要老钟在家门口或院子里见到我儿子，都会打趣地喊一声："咱们这些人，上哪儿去呀？"

老钟是一位小说家，他博闻强记，读书甚多，谈吐中总是自信带着自谦，或用自谦的口吻谈自信的话题。离开太原后，不管在哪里见到我们共同相识的人，我都会关切地询问老钟最近忙什么、怎么样。得到的回答，不是说他在喝酒，就是在写电视剧。早些年，老钟有过一句周围朋友都知道的名言："吾与豪华同在！"对任何最新的科技新产品或高端消费品，他总能有头有尾地一一道来，并把这些化入自己的小说中。去年春节，我们一同在太原吃饭，饭桌上他过来和我喝酒，笑着对我说："不错啊，戴上超薄手表了。"我笑着回应他道："您的特长又来了，不过是假的。"对笑无语。

钟道新是一位热爱生活、珍惜生命的人。出生于清华园一个高知家庭，他也常常以此为骄傲，如果问他生命中最美好的时光，他一定会回答是童年、少年时代。十六岁开始当知青，上电校，当技术员，当作家，他的梦其实总是在对少年时代的回味中。他谈吐不俗，博览群书，大多是自己从书店里买来学习。他曾风趣地说，有人问我学历，我就说我的学历不是"博士后"，是"博士前"，"前"多少就不能告了。他早期写过一篇短篇小说叫《风烛残年》，以自己家庭生活为背景，那篇动情感人的小说，我至今认为是钟道新小说里的上品，尤其是从中可以感受到喜欢清谈、以洒脱闻名的钟道新，内心多么细腻、敏感。几年前，他曾在从北京返太原的路上出了一次大车祸。再次见到他时，面部有了很大变化，让人有点不敢认。老钟对我说，当时情况真的很危险，大量失血危及生命，在医院里，他拒绝了大夫要给他输血的要求，因此承受了更多痛苦。我问他为什么，他说，在那样的医院里，他不知道会被输入什么样质量的血，所以宁愿忍着。我当下的反应是，老钟虽然是个不在意小节的人，可他骨子里却懂得珍惜生命。

逃过大难，理应换来大福。这才多久啊，还不用说他仅仅五十六岁的年龄。怎么能让人把死亡和这样一个工作不止、娱乐不息的人联系在一起。他经常自嘲不擅长做学问，但我知道，为了写好一部小说，写好一个电视剧的情节，他总是要搜集、浏览大量文史、学术资料。在他的书架上，就分门别类地保存着不同题材的有用素材和资料。他真的是个有心人。

老钟总是那么善良地对待朋友，尽量不给他人带来麻烦。今年以来，因为他最新小说的出版，我们通了几次电话，每次通话，他总是以商量、探寻的口吻谈论相关的事情，生怕我在电话的另一头感到为难。我也知道，他写电视剧本这些年来，也很少给制片方或导演出难题，尽管这些问题会涉及利益，只要稍一争取就会有效果。他是本心善良又要保持君子风度。

钟道新可能不是名声多么暴响的作家。他处事泰然，不争不抢不高调。但我时常会在一些场合，不加说明地使用"我们单位钟道新有言……"的句式讲话。比如他不吃海鲜，点菜时别人拿这个打趣，他总会说"吃不吃是我，点不点是你，这是一规格"或"这是一场面"。谈到做朋友的江湖气，他说，人要有点江湖气，但江湖气是一器物，你不能随时都带着，动不动就拿出来示人。这些都是典型的钟氏风格话语，平添许多气氛。

老钟走了，善良、热情、天才、乐观、好玩、义气，我无法形容他。但真的会十分想念。世上还有那么多美好的事物，他还有那么多没有完成的作品、没有实现的愿望，他怎么舍得走啊。他去得那么突然，这怎么能是一个通达之人的结局呢？此时，心仍然不能相信他已经远离的事实。但我必须使用对一位已逝者的赠言向他道别：老钟，一路走好！你永远是我心里的朋友和兄长！

（《山西日报》2007 年 8 月 7 日）

《钟道新纪念文集》编后记

　　这是一组用友情的火焰和怀念的泪水融合而成的文章，是生者试图通过文字与已逝者进行对话的絮语。真切，是这些文字的共同特征，他告诉人们，生命可以在不可知的地方抵达终点，甚至像钟道新那样，在最具活力的时候突然终止，然而，"生命力"却仍然可以顽强地延伸，仿佛除了不可见之外并未改变。钟道新离开他的亲人、朋友，离开他热爱的写作事业已经整整三年了。这三年来，他的亲人和朋友无时不在缅怀他，为他的离去悲痛和唏嘘不已。值得欣慰的是，他的作品仍然在读者中传阅，未完成的创作，甚至通过儿子的努力继续进行，他的生命仍然存活在自己的作品中，他的名字依然传递在相熟者的言谈中，他的逸闻和妙语继续活跃在朋友们的酒杯里。在他离开这个世界三年之后，朋友们希望将这些怀念文章编辑成册，印行出版。这肯定不是一种"为了忘却的纪念"，而是努力通过钟道新最喜欢、最擅长的方式，证明他依然和我们在一起。

　　收在这里的文章，散见于这三年来的刊中和网络上，是大家以极速的方式收集起来的，它肯定是不周全的，有些文章还略加

233

删节，但相信相关的朋友不会计较。时间真的可以磨洗一切，甚至可以消融痛苦的浓度，今天再来读这些文字，除了激起我们对一个人的缅怀之情，也会引发我们对很多人生话题的体会。收在集子后面的部分评论文章和作品索引，意图在于让读者可以从中了解钟道新的创作生涯和主要成就。

我们强调了逝者以其影响力和亲与力继续活在我们中间。但生命的失去毕竟是一种巨大的悲痛，已逝者带给自己亲人的痛苦更是难以想象，所以我们也希望通过这样的纪念醒示我们自己：热爱生活，珍惜生命。为了自己、亲人、朋友，为了事业的继续和美好的未来！

（《钟道新纪念文集》，三晋出版社
2010 年 7 月出版）

在天水缅怀雷达

一直以来，我非常期待能有机会来到甘肃天水，因为这里是雷达的故乡。在我以前的想象中，应该是和雷达一起来，我们相互陪伴，共同游历，但是没想到的是，我今天是以这样一种方式来到天水，来天水祭奠雷达先生。

今天是雷达去世一百一十天，在这段日子里，我一直在思念他，因为雷达先生最后的日子，我和他的亲人一直陪伴在他身边，把他送到生命的终点。

我和雷达交往多年，他是我的老师，除了文学，他还教会我很多东西。雷达是中国当代著名的评论家和著名的作家，在他去世后，中国文坛出现很多追忆、缅怀先生的文章，这是值得我们欣慰的。这体现了他在中国当代文学界的重要地位、作用，四十年他亲历了中国文化的发展，是一个见证者、引领者，他的评论文章一直对作家、对读者都起到重要的作用。

雷达是一个坚持在现场评论的人，他几十年如一日，运用丰厚的文学功底和真灼的目光时刻关注着中国文坛的发展，虽然如此，几十年来，他没有建立起自己的体现，因为他一直忙着追逐文学现场，他把更多的时间和精力用在阅读大量的文学作品上，用在写作各类文学的评论上，不论对小说、散文还是诗歌的评论，雷达的评论不是游走的，是本着诚意和良知的评论，是对每一位作家负责的、有影响的评论。

不论中国文学走向的主义也罢、思潮也罢，出现什么样的变化，雷达都始终坚持现实主义的评论基调，这种基调是鲜活的、是生动的。从他自己提出"现实主义冲击波"以来，这么多年，他对任何作家或者文学新人的评论，不是选取他自己喜欢的角度去评论，而是站在现实的基础上，针对具体作品、作者给出生动、鲜活的评论。

雷达始终对当代作家、作品给予高度关注，这充分保证了他自己始终站在中国文学发展的潮头浪尖。尤其是他对故乡甘肃文学发展给予的关注，其热情是格外的，充分表达了他的一种人格魅力和情怀，这也是他作为一个文学评论家的理由，因为文学创作、文学评论都是从感情出发的，我觉得在甘肃有一个这样的活动，并不是因为他是甘肃人，而是因为他对这片土地的热爱，对这片土地上的人们的热爱，对这片土地上的文学是深沉地热爱着的。这种神情在他许多关于甘肃、天水的散文里都得到了充分体现。

雷达在当代中国文学界，特别是文学评论界的地位和作用是非常重要的，我们不仅现在要写文章、出文集追思、缅怀他，更重要的是我们要研究他，研究他的文学思想，研究他的文学评论，研究他的散文、文学创作观，这些都是他留给我们的宝贵的财富，这种研究是甘肃文学界义不容辞的责任，让我们记住雷达在中国当代文学的贡献！

（《天水日报》2018 年 7 月 23 日）

燃烧到最后一刻的写作者

——念红柯

　　红柯是我的同龄人，我比他虚长一岁，可自从认识开始就没觉得他有什么从前年轻如今年老的改变，他似乎是不变的；红柯是我的朋友，是君子之交式的往来，交情从始至终既无升温也未淡漠，老熟人却无多少只属于我们之间的特殊故事；红柯是我的校友，我多年前曾在陕西师大求学，他多年后成了那里的教授；红柯是我的同道，他是小说家，我在作协供职多年也写一点小文章。不过说到是同道，他却要出色得多，无论是在西域还是在长安，无论是在技校还是在大学，他都是一个以笔为生、从无懈怠的写作者。他看上去并不擅长言辞，但同他聊过天儿的朋友都说他特别能说，不管教师这个身份是不是他最恰切的职业，作为作家，他是很典型也颇具代表性的。在一个自己向往的世界里活着，并努力以笔为旗，试图带领更多的人通过文字喜欢上那里。他简直就是一个疯狂的写作者，谁也弄不清楚他的写作目标和终极地究竟在哪里。

　　然而，他的生命却在五十六岁的盛年戛然而止。今年 2 月 24

日上午，我从朋友圈看到一则消息，作家红柯突然去世了。因为太突然，所以比震惊更直接的是不敢相信。赶紧联系陕师大和陕西作协的朋友，确定消息属实，不禁悲从中来。我看到案头上摆放着刚刚收到的他寄来的新书《太阳深处的火焰》，却必须要面对他本人的生命停止燃烧的残酷事实。五十六岁，是鲁迅离开这个世界的年纪，但八十年前的时势，鲁迅被同时代人称为"老头儿"已经很久，人们似乎并没有太在意五十六岁意味着老还是不老。可今天，面对红柯的离去，我看到文坛朋友们发出的哀悼里多有对其英年早逝的惋惜。的确，无论作为教师还是作家，红柯的事业都处在成熟、旺盛时期，作为家里的丈夫和父亲，他也毫无疑问是顶梁柱。他个头不高，身体看上去很壮实。据说他还经常自觉锻炼，并常常向人推荐气功等健体之道。这真是让人无可言说。在我眼里，红柯没有什么不良嗜好，生活很安静，专注度极高，怎么会突然如此？3 月 26 日，我陪同铁凝主席到西安他家中慰问他的家人，在那样的情境中，不禁倍感悲痛。红柯是作家，他的作品仍然在读者手中流传，这似乎也让他的生命有一种额外的延续感。在陕西作协的座谈中，发言的朋友们反复提到他的名字和他的作品，甚至让人感觉他只是当天没有到会而已。

作为小说家，红柯有他突出的标识。这些标识几乎成了人们对他小说的固定化认知。如浪漫主义，他的作品名字《美丽奴羊》《西去的骑手》《太阳发芽》《绚烂与宁静》，等等，的确天然地散发着浪漫主义气息。还要加上他多以新疆为题材创作小说，西域、荒原、风光、风情、民族、传说，等等，这一切，让他的小说涂上一层厚厚的浪漫色彩，特别容易辨识。他是秦地人，但大学毕业不久就到新疆工作生活，一去就是十年。于是他内心的世界就积淀下很深的多重文化基因和情感累加。他后来回到了长安城，但他的感情有很大一部分留在了新疆，可以说他比很多的陕西作家多了一重看关中看陕西的眼光。他今年2月6日曾寄给我他的散文新作结集《龙脉》，他在扉页上写下这样一段话："没有昆仑山—天山—祁连山的秦岭就是一道土墙，没有西域的长安（西安）就是一个大村庄。"这话当时并没有让我觉得多特别，现在想来，这不正是阐释红柯小说世界多重性的一个很好注脚吗？在新疆与陕西之间，在长安与西域的路上，红柯看到了太多不同的风景，西域在自然地理上与关中的关联度、在文化上对内地的重要性，红柯一定有很深的认识。这或许也是他创作上疯狂掘进的一个强大动力。

小说是由一个一个的细节组成的，不是心细如发的人做不了小说家。我又从书架上找出红柯三年前寄赠我的一本书《少女萨吾尔登》。扉页上他写了这样一段话："2013年底刚完成书稿，父亲病危，很快去世，我累倒住院。抽出其中第四章以中篇《故乡》发表。山西祁县读者自发召开《故乡》研讨会，感谢山西人民。"他知道我是晋人，所以有此特别交流。

但面对红柯小说我是惭愧的，《乌尔禾》之前的红柯小说我大多读过，也在一些文章里提及、举例过他的作品，但一直没有写过专文给予评论。他是那么高产，是充满了热情和倔强的写作不止的创作者。我想，要追踪红柯的小说，可以等他的创作尽情绽放到一定时期再来交流。后来因诸事繁杂，即使收到他的新书也不能充分展读了。总之是近几年不停地收到他寄出来的新作。

他的创作力太旺盛了，我就只能在见面时向他表达敬佩。

所幸还有很多朋友——勤奋的评论家、敏锐的记者、热心的读者，对红柯的作品给予充分的评论、中肯的评价。在红柯去世不久，我的师兄李继凯就力主编辑关于红柯的评论集并付梓出版。这一行动彰显了母校对红柯的尊敬，表达了朋友同道对他的缅怀。收在其中的文章，是学校的老师同学广泛搜求所得，全面完整地展现了红柯小说产生的持久而多重的影响，包含了作家、评论家、读者对他小说高度、深度和艺术特点的定位、评价，包括他的小说浪漫主义风采下的现实主义精神，这很重要。在红柯的创作因生命的消逝而突然终止之后，再来翻看这些评论，又如一团团热情之火光，汇聚成一种力量，证明着文学的生生不息，佐证着一个作家的价值。我相信，这样的文章结集，是对红柯非常郑重的纪念，从文学上也为后来的研究者提供了足够丰富的资料，同时也是文学薪火相传的一种特殊表达。在此也必须向多年来对红柯创作、工作和生活给予多方面关心支持的人们，对他的作品给予文字评价的朋友们致以真诚的敬意。生命的逝去无疑是令人颇感悲凉的，但有这样一种文学的精神闪烁和情感传递，又是多么令人欣慰。

特别需要声明的是，我本无资质为此厚重之书作序。但念及朋友红柯人已西去，校友师兄格外信任，又觉得以此为评述红柯创作先做个铺垫和准备，不如索性把推却变成一种责任，借此参与到阅读、评介，缅怀、纪念红柯的行列中来。

愿文学之光照亮每一个生命。

（《文汇报》2018 年 5 月 24 日）

心事浩茫连广宇

——念梁归智

　　梁归智先生在大连去世了。这消息至今觉得不那么真实。首先是因为我与他相熟多年，互无音信却也有几年时间，所有的记忆，他的音容笑貌，还是中年时的，绝无一点与老相关的信息。而且在我认识的朋友当中，梁归智是与世俗烟火看似相距最远的一个人。这种距离，使我每想到他时，就是一副静态、安静的样子，伏案读书或者写作，貌似少了点常人的欢实，却也与常人的疾病之类没有多大关系。他无任何不良嗜好。

　　然而疾病偏偏就来敲他的门，哪里是敲门，分明是来砸门，是来抢劫，是来夺命。可怕的病魔让他永远离开了尘世。七十岁，一个在生死界线上多少有点尴尬的年龄，既非英年，也远没有到终老之时。所以对他的逝世，我看到悼念者的反应多是唏嘘之感慨。以他的修为，我必须相信，他是到另一个世界去了。

　　大约是在今年8月的某一天，我接到一位朋友的电话，说梁归智老师突然查出了重病，大去之期不远矣，医生的判断是三四个月。这消息很让人震惊，但我又觉得天数的判断未必恰当。必

241

须相信，现代医学虽然还远没有达到攻克癌症的程度，但各种维持生命的手段却是相当值得期待的。所谓三四个月，即按百天计算，应当不会是初查确诊者的宿命吧，我想。9月初，我正在远行途中，又接到梁归智的儿子梁剑箫的短信，比较准确地叙说了病情，要而言之，梁归智所患的是一种被视为最凶猛的大病，剑箫已跑了京城数家大医院，咨询专家的结果，都说大连的医生判断无误，而且所知得此病者结果相近。

我说印象中的梁归智与夺命之病无关，既是与认为他无任何不良嗜好所以理应更健康的判断有关，也有切实的证据。9月的某天，我与我们共同相熟的朋友志申通电话求证，知他最早得此消息并第一时间赶赴大连看望。志申说，梁归智得病的消息在他的周围引起很大震动，学校刚刚在5月组织了体检，中年人甚至青年中各种指标不正常者不在少数，唯梁归智老师的体检结果没有任何异常，他一时还成了大家羡慕的对象。谁能想到，仅仅过了几个月时间就传来这样的消息。这让人怎么相信又如何对生命做出判断。

梁归智于我亦师亦友。师者，他在山西大学读研时因为有教学实习要求，所以为我们这些正在读本科的学生上过古典文学课，时间很短，但必须是终生为师。友者，我们那时研究生很少，不像今天的许多大学，研究生与本科生数量对半。他们就与我们住在同一个宿舍楼的同一层，同样的宿舍格局，只是身份和宿舍人数不同而已。时间久了，大家慢慢相识，也有聊天散步的时光，趣味相投，渐渐地有点同学、朋友的意思。总之，我们就如此相识相熟了。从那时算起到今天，有近四十年时光了，我一直称他为梁老师，这称呼里含着尊重，也带着友情。

梁归智是红学家。这个名号在他读硕士研究生时就已获封。20世纪80年代初，整个中国一派百废待兴的景象，文化复兴更是充当着先锋角色。对于很多有志于通过写作发出自己声音和观点的人们来说，能把稿纸上的文字变成铅字是多少人的梦想。写作，退稿，再写作，再退稿，是大多数写作者的常态，对于在校的学生而言，即使能发表个"豆腐块"，一则读者来信，也是十分难得。梁归智应该也是其中之一吧。可是有一天，我们都听说梁老师发表论文了，而且是关于红学，而且更是在香港的一家刊物上。红学，论文，香港，那得有多么高不可攀啊，他是怎么做到的，真是个奇迹，太让人钦佩了。我现在只记得，发表梁归智文章的那家香港刊物叫《抖擞》，一个奇怪的名字，更加引人好奇。还记得他的发表经历是，他知道有这么家刊物，发表文章但不支付稿酬，于是一试。可是，对于渴望发表文章的学子来说，稿费算什么呢？我终究没有见到过那本刊物，但这件事真实发生是确凿无疑的。应当就是从那时开始，梁归智正式走上了红学研究的道路，而且开创了一个新的学派：探佚学。起点从一开始就是各种高。在山西大学，梁归智一时成了青年学子的标高，而且他的气质也是才子加用功，全面典范。

我于《红楼梦》纯粹外行，在学业上没有任何对话可能。但这并不影响我与梁老师也能顺畅交往，这就必须要说说他身上除了学者之外的其他气质了。没错，他算是青年成名，又是一副学者形象，但他的趣味绝无一点呆板和迂腐。他爱好写作，尤其是旧体诗，时常与友人唱和。他身上有一见可知的书生气，接触久了可知亦有浪漫多才的书生意气和柔中有刚的文人风骨。他的研究以古典文学为主，他的视野却联结着当代与世界。他追踪姚奠中、周汝昌等前辈学者，他平时的交往则多有意气风发的青年。的确，在我印象中，梁老师对来访的青年学子总是充满了热情，并在教导他们的同时，也极真诚地学习他们身上的优点。有时，他甚至是带着欣赏抑或羡慕的眼神从旁观察，每到会心处，总显现出不深不浅、得体而又合拍的笑容。无论他如何执着于学问，钻研于书桌，但他不是一个象牙塔中的学问家，他努力地开阔着自己的视野，虽无暇参与，却也自觉地感受和体悟着人间烟火气。也许正因为他身上具有这样的潜质和冲动，所以他能够从众多的学问家中走出一条充满活力的学问之路。"红楼探佚"，在文学研究里近乎"费尔马大定理"了吧，我虽不懂，但我以为梁归智的努力并非是枯燥的考据，而是努力要让一部《红楼梦》生发出无数可能，打开开放格局。他遥想曹雪芹的作者意图与高鹗等续写者之间的高下差异。同时，他也是为防止红学固化做出挑战性探索。而这些学问追求与他的人格心性应该是具有内在关联的。

我从未与梁归智探讨过他走上红学道路的缘由。不过，《红楼梦》无处不在的诗性、直面现实的批判、通往人性自由的哲理，以及包容这一切的世俗烟火，决定了它是中国文学史上空前绝后的文学经典。这种诗性、人性与烟火气，也正是梁归智终生追求的目标。或许正是在这个意义上可以说，唯有《红楼梦》能在一部著作里满足他对所有这些问题的思考和探索要求。在我浅直的印象中，梁归智的探佚学，常常会通过小说里的诗词做深奥解读，而解读的方向，又常常指向小说未能写尽的远方。他的研究里，人物命运往往通向遥不可及的世界，而且他坚信这是曹雪芹本来的创作理想，续写者不可能理解到这一点，所以格局在八十回之后被缩小了。这纯属我的猜测，但我相信这或许正是梁归智探佚学的价值所在。他的学问是一场个人的精神漫游和长途旅行。

执着于书斋的梁归智同样十分喜爱旅行。他寻找一切可能的机会出门远行。他安静的状态下其实有一颗躁动不安的心。上学期间，就听说他和我的两位同学有过一次特殊的经历，在一个夏夜，跑到一个墓地里度过一个通宵。他逝世后，剑箫发来他在逝世前半个月写下的遗嘱，内中感谢了许多人，其中特意感谢了历次旅行北美、欧洲时曾经帮助过他的亲朋好友。而且在安顿后辈时，特别强调不必过分追求功名利禄，而应该到世界上更多的国家去走走看看，增长阅历与见识。如此善言，可见读万卷书、行万里路确是他心中最高的人生境了。他自己也是如此努力践行的，只可惜他突然去世，没有能完成理想中的许多旅程。

旅行也应该是我与梁归智老师交往中记忆最深的往事了。那是20世纪90年代中，我任职于山西作协，其时《黄河》杂志的主编张发组织一次赴青海的采风计划，因为《黄河》一向得到黄河上游沿线的西部作家的支持，早有路遥《平凡的世界》第三部发表，后有青海作家杨志军、西剑等力作连续刊出，故刊物的朋友决定一路向西到西宁走访。我因友情和参与《黄河》读书栏目的组稿，所以有幸同行。忘了是什么场合，总之是梁老师知道有此行程后，主动提出想要一起远游。张发主编爽快答应，因为梁归智亦在《黄河》潜在作者之列。我们一行张发、谢泳、刘淳、王爱琴、梁归智及我六人就在春夏之际踏上旅途。火车一路向西，经西安，过兰州，辗转两天到达西宁。那是一次尽兴的旅程，没有硬性任务，没有明确时限，没有场面应酬，只有文友间的交流和对辽阔西部的感受。要说我们几个人的出行方式，有诸多方面是梁归智未必能参与的。沿途一路玩"锄大地"游戏，到了青海难免有每次长达数小时的聚饮。滴酒不沾、从不玩牌的学者梁归智却每时每刻都和大家在一起，要么若无其事地从旁观看，要么一样与大家相谈甚欢。他虽不参与，却乐见欢闹，绝无抵触。而且我相信，这也是他愿意和许多年轻人以及并非学者类型的人在一起的原因，因为他从中可以观察到更多生活层面，获得更多的信息，感受到更多人生乐趣。《红楼梦》，不就是这样一幅人间景象吗？研究红学，从生活开始，我以为这是学术正路，体现了他独特的学术追求。回想起来，那次旅行，真正让人感受到"时间就是金钱"的别样含义。通常以为，这句话的意思就是争时间、抢速度，其实，它或许还包含着这样的道理：当时间可以让人自由支配时，它才是充裕的，才有拥有财富一般的从容。我们一行坐绿皮火车跋涉到西宁，颇觉不易，都觉得不妨再往远走走，记忆中这也是杨志军提出的建议。有两条线路可选，拉萨或者敦煌。讨论再三，大家决定不如继续向西去往拉萨。那才是一次说走就走的旅行。第二天就张罗买票启程。坐十七个小时的火车，穿过茫茫戈壁到达格尔木，再转乘老式长途大轿车，穿过唐古拉山口进入西藏，在拉萨的短暂参观后，几个人又凑钱飞往成都，再从成都一路北上回到太原。旅途中经历了许多惊险，也遇到不少奇人逸事，回忆起来，无论是曲折还是劳顿，无论是惊诧还是好奇，皆成美好记忆。而这美好记忆的一部分也属于梁归智老师，而且他也是增加快乐的成员之一。在此后我们的畅谈中，这一次旅行的桩桩件件，经常成为愉快的话题。梁老师去世后，我看到有一位朋友所写的缅怀文章里说，他们一群人与梁老师有过一次快乐的郊游。受气氛的感染，梁老师说过这样的话：他愿意用自己的半部书换这样的经历再重来一次。那我似乎可以不客气地说，以我们在一起半个月的奇幻旅行，以我们天天都有不同景观铺设眼前、不同话题口若悬河的经历，他恐怕愿意用至少两本书来换得再来一次这样的旅行吧。

1999 年的某天，梁归智老师突然告诉我一个重大决定：他将告别山西大学的讲台，举家迁往大连，入职辽宁师范大学。我知道他虽是晋籍，但家世并不拘于本土，他出生于北京，成长于武汉，回乡插队后就学于山西农业大学，据说红学界都有一种戏说，探佚学创始人梁归智原来是个种果树的。我以为这话里有几分玩笑，也含着某种钦佩。他安于书桌，但不安于现状，对于他的决定我毫不奇怪，只是略惊讶于这个去向从未听他说过。只记得他有过一种急于挪动的紧迫感，说自己正好五十岁了，再要不动，往后别的学校接收起来就难度更大了。我没有印象去专门向他告别，也未就此做过深谈。但我完全能理解他的抉择与他心性之间的必然关联。"面朝大海，春暖花开"现在已经成了一句流行语而让人麻木，但我不得不用这句话评价一下梁归智的选择，他一定相信，即使居住在一座陌生的城市，面向大海的生活，一定会让他心胸更加开阔，更方便他走向更大更远的世界。

他到大连后的情形怎样我不甚了了。大概是在 2003 年左右，他告诉我要来北京参加活动，希望能在离我最近的地方入住，以便可以尽情叙谈。这当然是求之不得的机会，他便在我办公楼内的客房里登记住了差不多一周时间。我说过，他虽无酒肉之好，却从来都是比清谈更近一层的师友，完全可以畅谈无碍。而那也是我们相见的最后一次机会了。想来真是奇怪，这么多年，跑了很多地方，却竟然没有去大连的机会。一直到 2017 年，因汪曾祺小说奖颁奖，我匆匆赶赴，停留不到一天时间，活动结束即离开，大连的海和梁归智师一样都没有见到。

记忆中，我们曾通过几次电话，最后一次应该是他打来的，叙说了刚刚从圣彼得堡访学归来的感受，强烈推荐我有机会前往。电话中他还谈到了自己在访学过程中写了一本关于圣彼得堡的书，绝非游记，特别文学。这我是相信的。忘记了他是希望我推荐发表还是推荐出版，总之我们就此交流过。印象中，我曾表达过出版事大，恐难及时安妥，但可以择其要者在我所供职的报纸发表。但我后来并没有收到他的来稿，也未就此交流过。再后来，我知道他的这本书已由某大学出版社出版。

梁归智执意离开内陆，选择客居于海滨。我以为这与其说是一种学术选择，不如说是对诗意栖居的向往和抉择。我隐约觉得，他二十年前的离开，带走了某种学术气质甚至某种学术趣味，对一所大学而言，其实是某种难言的损失。不过，他虽然离开了一所大学，却从未离开过故友旧亲，他一直得到山西文化界和出版界的支持。这些年，三晋出版社出版了他的多种著作，《名作欣赏》为他开设了专栏，他和许多过去的朋友保持着密切的往来与联系。情谊和梦想有时或者常常就是如此不能统一。在此意义上讲，梁归智终究没有找到他理想的诗意栖居之所。这种一生寻觅最终却无所归依，或许正是许多知识分子、文人墨客以及理想主义者的常有心态和共同命运。当然，在今天这样的时代，即使是普通人，也会因为生计、职业，因为气候、环境而选择异乡为生活之地，或者人已至老还要去过一种候鸟式的生活。交通和通信的便捷缓释了、有时是掩盖了这种迁徙所带来的心灵问题。生活在不断丰富的同时，精神却也会出现这样那样的裂缝。以梁归智二十年来晚年生活为例，他似乎一直没有停止过四处游走，甚至频率更高，我以为他是利用一切学术交流、寒暑假期的机会外出，他在书海里寻求知识的精要，也在人海里找寻心灵的安放之地。他累了，病倒了，这一切是那样突如其来，但又仿佛与某种宿命相关联。满屋的书籍恐再也少有被翻读的机会，未完成的旅途上却从来都不缺少过客。他是一名耐得住寂寞的学者，并因此名世，既得前辈大家肯定，也为众多文友赞赏，就此而言，这也是他的一份幸运，毕竟苦苦追求的学问还不至于知音难觅。他同时又是一个不安分的行者，一生都行走在追逐梦想的路上。我知道他写过两本高僧传记，我虽没有读到过，但那种云游中得道的境界，一定是他为之神往并产生创作冲动的重要缘由吧。心事浩茫连广宇，鲁迅这句诗的字面意思用在他身上似不为过。如今，他的骨灰已按照他的遗嘱撒入大海，他的生命因骤停而进入永远飘零的状态。只有亲人和好友的念想还留在世间，更有他的著作依然可以传递下去，证明着生命的价值与长存。

我愿以此小文缅怀这样一位师友，并借此纪念甚至接续我们似曾疏淡的友情。

（《山西文学》2020 年第 2 期）

胡同深处酒清香

——读玄武《汾酒赋》并谈汾酒

　　玄武是我在太原时时常交往的文友，对其文笔之独特印象极为深刻。2002 年前后，我与苏华、张继红一起策划主编三晋旅游文化丛书"人说山西"，玄武承担了其中的一册关于晋祠的写作。他那部长篇散文写得出入古今，虚实结合，有玄想，有纪实，有旅游，有文化，非常得体。当时我提出一个非常不准确的丛书写作概念：主观叙事，客观抒情。虽于文理不通，但那意思，是希望作者们能以独特的眼光观景叙事，又在抒情时照顾到大众观景与阅读的平均取值。在这一点上，我以为玄武的《晋祠》是最贴切者。而这贴切的缘由，虽时间太久记忆不确，但绝不是他刻意执行了主编者们的"旨意"，事实上，或许是主编者从他的写作中得到启发，至多是我们对"旅游文化"概念理解上不约而同的合拍。

　　近来，微信圈里众多四方朋友转发玄武的一篇《汾酒赋》，引起我的好奇，展开一读，果然妙笔生花，行若流水，舒卷如云，引经据典，有情有理，有悟有道，非常可读。我不能说他写尽了汾酒的历史及其内涵，但他的确实现了"从内容到形式"的高度统一。推想一下，假如这任务厂家交与我，纵使绞尽脑汁、揪断头发、赏"半吨酒"之双倍，恐也不能得其神韵的十之一。不过，我也在读后略略想了一下，纵然写不出来，假如构思一篇关于汾酒的文章，我能想到些什么呢？或许也还有与玄武重合之外的另外一点意思吧。

汾酒，正是那"汾"字独树一帜，不可替代。汾河是山西的母亲河，她从北至南与黄河并行而下，及至河东万荣汇入大河，两河汇合处，早有秋风楼屹立，即使毁了也要原地重建、再重建，极具河东人之执傲特点。更有汉武帝《秋风辞》成千古绝唱，实为酒后诗文之经典，更是汾水诗文之极品。汾酒以此命名，不可替代性天然确立。

然而，在汾酒以白酒始祖名世的过程中，它却受到多方困扰，这困扰有关于命名的，也有关于荣誉的。汾酒有一个非常诗意的并被入诗传唱的产地：杏花村。"借问酒家何处有，牧童遥指杏花村"，还有比这更好、更诗意、更平民、更亲切的广告词吗？然而，诗意的"杏花村"究竟在哪里？山西汾阳杏花村，安徽池州杏花村，湖北麻城杏花村……大家虽没有争抢，但都在寻找诗意的理由，做有历史依据的宣传。其实，杏花村者，平常如桃花沟、柳河湾，亦如李家庄、王家坪，天下类似地名者比比皆是。不用争，不用考据，诗人杜牧也未必真去过其中任何一个杏花村。然而杏花村者又与酒家相关联的，舍山西汾阳杏花村还能有哪家？

汾酒是不是中国白酒资格之老大，这事其实扯不清楚。自古

251

而来的很多文化，特别是与烟火气相关的，要究其根还让人服帖得无话可说者，很少。什么麻婆豆腐、夫妻肺片、过桥米线，其起源都是传说而已。外国人给这些名菜杜撰出许多令人捧腹的菜名，实在因为在我们这里也不过传说而已。但汾酒的酿造史属于最早者应该并非虚构，至于其他名酒是否大都是山西人带着秘方跑出去再造，那是山西人强调、别地的人未必去考据的事实了。汾酒独占"清香"一翼风格，这是汾酒历史上最值得荣耀的。好好守住这份清香，不让它因包装打扮、因市场比拼而失去原有之清之香，这仍然是汾酒所应坚持的本位。

传统的白酒业正在经历现代工业的洗礼，批量、庞大、集团作战，分级、分层、分价格，是所有酒业公司的策略。我们虽然喝的是同一种酒，而事实上却在品质上、价格上相去甚远，不独汾酒，中国名酒无一例外。除此之外，还要加上很多荣誉性命名，有"国酒"名号在先，汾酒也推出了"酒魂"之称，然而这更多是一种自称。我以为并无此必要。招牌自立，人们的选择并不一定受到多大影响。大家现在都批判"酒好不怕巷子深"，认为这是观念保守、不做广告、不重宣传、好也白好的代名词和统一比喻。然而，如果换成说"胡同深处有好酒"，是不是又别有意趣在其中？"牧童遥指杏花村"，那意思不也有点异曲同工的意思吗？近些年，关于究竟谁在国际上第一次获奖也成争议。其实，既然中国白酒逾数千年而不衰，又何必非得有国际认可才算荣誉？"巴拿马"者，除了名字一看是外国之外，实在也未必有什么值得在白酒上授人荣誉的资格。对于两家或几家酒厂去争国酒名号，去考据国际荣誉先后，实在觉得和百姓爱酒、认酒、买酒、喝酒没什么关系。汾酒也推出了高中低档不同品种，年份不一样、瓶子不一样，价格就应该不一样，我不懂其中的奥妙，但也知其中的无奈。"旧瓶装新酒"固然不对，高档的瓶子灌陈酿也不一定巧妙到哪里。大约三十年前，汾酒的经典就是一种俗称"手榴弹"的瓶装。玻璃瓶清亮如汾酒之清香，标贴美观如邻家之淑女，瓶盖之牢固、之简洁如古宅之门锁。一队队排列在货架上，亲切而又庄严，绝不似今天的很多酒，豪华包装，不见酒瓶，有如坐在宝马车里哭的女子，生怕嫁不得富家儿郎。那时也有外包装，是"手榴弹"汾酒旁边立一瓶等高的竹叶青，瓶子是淡绿色的，其他妆扮与汾酒大同小异，一看就是"门当户对"的同心者、相伴者。如今，这种装束的汾酒不多见了，反而是在某次画册上，见得"手榴弹"汾酒已成收藏家、拍卖家的获取对象。这正如民国时的月份牌，失去的反而珍贵了。

我对汾酒还有一份担心。在山西，汾酒已成少有的名优品牌。其发展或许也遇到急于事功的问题。既要守住山西本土的"巷子"，又要为走向全国、走向世界付出宣传、广告的代价。所以我看见很多山西之外的节目、活动，时有汾酒的赞助与广告，而本省的机构似乎还未能得到更多甚至平等的机会。这是一种感觉，未必准确，但并不美妙。而在本省之内，凡有大的活动，大的花钱项目，汾酒又常常被抬到出钱出力的位置上，不给钱就有被舆论批评的危险。比如山西男篮前年的冠名纷争就是一例。企业是否愿意出资、愿意和能出多少钱去养一支球队，本应是企业自己审慎考虑的事，但这一过程中的一些议论声音，明显有"绑架"汾酒之有意或无意。不堪重负恐怕也是有一点的。全省之人并非全喝酒，喝也并非全喝汾酒，为何凡事都要冠以"汾酒杯"呢？企业发展自有其内在需要和战略考量，医院、学校、宾馆、文工团，等等，都需要从企业内部剥离开来，这才是现代企业之趋势，为什么同时必须要为养球星、请教练付出巨额投资呢？过去，我也很为山西企业不注重文化事业如体育事业的赞助与投入感到失望，今天，我却觉得企业亦如个人，大家还是量体裁衣、量力而行为好。表达有心而坦陈无力，至少是避免了盲目行动的危险。不要轻易打扰，大家才有可能专心做好自己的事情。

汾酒是名酒，但主业者和消费者都不可以认为名酒就是名贵的酒，就是豪华的酒，就是价格吓死人的酒。汾酒要发展，必须为酒友考虑，必须要坚持造出牧童也能开瓶即喝的"手榴弹"，而且不能抛弃站在其身旁的竹叶青。因亲切自然、清香悠然而又不失刚烈雄浑、绵长回味的正途，而不屑与浓妆艳抹者为伍。

以上是读玄武《汾酒赋》所得的一些杂乱文字，全无献计之想法和价值，纯属文友间之交流。也因此，如果玄武还有为其赋作续篇的打算，他又恰好能读到此文，不管是否可以助力于其思考，都是一件令人开心的事。因此开一瓶"手榴弹"也说不定。

附录：

汾 酒 赋

温以斩强虏，煮以论英雄。壮士豪饮猛虎至，美人浅酌百媚生。何为酒也？夫酒者，观若静水，饮若烈火。蓄静存动，含阴抱阳。

何为汾酒也？白酒之始祖，众生之极享。汾者分也，取酒共酌之意也。世所饮之汾酒，可比汾水汤汤矣！

何为汾水也？尧都平阳，舜耕浍历。一水上下，乃有二帝。三晋之士慷慨，重耳复国，主父骑射；董狐直笔，程婴抱义。北方佳人倾城，赵姬盗虎符，子夫舒广袖。汉微云长，徐晃张辽，并称国士；唐末存勖，存孝杨业，相继无敌。

夫河有魂，地有魄，人有勇。河下潜为井，出而为泉，泉曰跑马，曰古井。以泉酿酒，是谓水精；地魄为粮，化而为酒，是谓粮精；人勇为骨，化而为酒，是谓人精。集此三精者，盖汾酒乎！

汾水之阳，有村曰杏花，汾酒出焉，于今六千春秋矣。古有北朝慧达，世称中国释迦。少年为将，醉死七日，大悟出家。西行天竺，十年归国。慧达为离石稽胡，其地近汾酒杏花。其所饮之酒，莫非汾酒乎？长醉尘间捉生将，横出释门大宗师，汾酒功至伟哉！

酒能丧德失邦，酒池微波激滟，小怜横陈；酒可施仁开国，高林黄袍隐现，兵权尽释。然何罪于酒，亦何功于酒耶？汾酒汩汩，河断山枯难易其清，世朽代更不改其醇。

汾酒之为名也，北齐曰汾清，曰干和；唐曰干酿，曰竹叶；宋曰甘露堂；明清始曰汾酒。汾之为酒也，亦若晋人之朴质，高古清冽。其香于骨，烈于骨。又低敛不争，遂能长远。

夫北方天高，圣人所居，曩昔万马嘶鸣，风疾草劲，群山奔腾。高士豪客，苍头大贾，士人好女，皆爱汾酒，是所谓逢必酒，酒必汾，汾酒遂遍于天下。

明清两代，晋商游走，苦于他地无佳酿，好事者以汾酒妙方，贵黔地取古井酿之，名曰茅台。他处亦有汾酒流觞，如湘汾溪汾，如佳汾汉汾，然溯其源，皆出于汾酒也。

西元一千九百一十五载，巴拿马万国博览，汾酒夺甲等金奖，举世皆惊，以为神品。南溟北辰之洲，掌击瓦德缶；日升日落之地，指竖拿拔王。他国之白酒若伏特加者，盖熊饮之物耳。又三十四载，河晏海清，汾酒开国。喜泪与酒酌，欢啸和歌飞。

汾酒之品类，有四大名酒，曰汾酒若凛冽寒泉，曰白玉汾若润泽美玉，曰竹叶青若迷离虎魄，曰玫瑰汾若光照晨露。今之汾酒，其色也清亮，其味也醇厚，其下口也绵，其入喉也香，其豪饮也不上头。其酿造之法，谨依礼记，六齐六必。又三大绝技，曰大曲酵母，曰分离发酵，曰酒土分离。多处工序，坚守人工之法，故其酒质卓尔不群。

夫文贵浩然之正气，亦贵高古之清气；文尚骨，酒亦尚骨。文士借酒御文，文气万里；美酒借文行世，香飘千载。竹林贤会，兰亭雅集。滕王阁高，袅袅风起；醉翁亭远，渺渺人逝。文士与酒，每遇而相合乎！

酒厂嘱某作赋，原浆半吨以赠。慨然为诺，斟酌十日，兴发一瞬。即往他国，夜起临屏，狂草叉手而成。赋千字得半吨酒，遗美谈于天下士，不亦乐乎！独乐乐不如众乐乐，持瓢以赠九州友人，不亦乐乎！痛享汾酒之清冽，追慕古人之高风，不亦乐乎！

并州书生玄武，

戏作于东涧河红祉苑听风堂乙未年端午前夜寅时

（《黄河》2015 年第 4 期）

我与《黄河》

　　人到了一定年纪是要回忆的，下笔者固然有字可查，即使没有伏案的习惯，凡事也一样多从经验出发，而经验就要靠回忆说事。记得还是几年前，我的大学同学约稿纪念入学三十年，我写的文章不过是一篇关于同学情谊的随笔，有点泛泛的经验之谈，更多却是对青春岁月的怀念笔调。即至今日，再有类似约稿，则更多的是对旧事的重提。可见，"年过半百"还是有标志的。《黄河》杂志要庆贺创刊三十周年，我虽非这家杂志的曾经成员，也非其主力作者，但收到《黄河》杂志社长刘淳兄热情邀约的信函，即忆起当年在一起摸爬滚打的日子，好像也一样可以像模像样地写点什么了。

　　我于1986年到山西作协工作，所在的是《批评家》杂志社，山西作协是一条小巷里的院落，或者说这条小巷就属于山西作协。多年来山西作协所建的所有楼房，都不出这条不过两三百米的巷子，大家也因此越聚越多，越来越集中。所有的人都工作、生活在一起，起早贪黑无不如此。创作者的成就大小、同事们的出身性格，甚至连各家各户的家长里短，几乎都是尽人皆知的事情。《黄河》是山西唯一的一份大型文学刊物，编辑部聚集着当时省内许多著名的作家编辑，联系着国内众多优秀的作家诗人，20世纪在80年代文学格外火热的时代，这样一份刊物的重要性和影响力是可想而知的。路遥的《平凡的世界》，其中的一部就发表在这家杂志上。另一家杂志叫《汾水》，资格更老，历史更久，绝非是《黄河》的"支流"。但《黄河》发表大部头文学作品的优势渐显，成长的势头非常强劲。我真正与《黄河》有了专业上的联系是1988年，那一年《黄河》要发表青海作家杨志军的中篇小说《海昨天退去》，张发兄热情向我推荐并希望我能就此写个"同期评论"。张发是一位热情无比的编辑家，只要是他发现的好小说，那一定是奔走相告，恨不得大家同时都能欣赏并持同一态度。而我对杨志军这个名字却已经不陌生，我刚参加工作由中国现代文学转入当代文学，就有了足够的理由阅读当代作家的小说，而杨志军就是第一个让我有震撼感的作家。1986年，他发表在《当代》杂志的中篇小说《环湖崩溃》，那种将西部荒漠风情写到极致，将人与历史的思考写到诗意境界的笔触，让我读到一种从未体验过的震惊与感动，推荐《环湖崩溃》也成了我的第一篇当代小说评论文章。《海昨天退去》让我延续了这样一种难得的感受，文章很快完成了，《黄河》也如期发表了。其后，杨志军正是凭借这篇小说而获选当年度的"文汇文学新人奖"，记忆中获奖者至少还有风头正劲的小说家苏童。

在我十六年的南华门生活里，《黄河》杂志及其同人们是交往最多、相处甚深的一个集体。除去一起探讨刊物的办法，找什么人约稿、发什么作品这些业务事宜，平时的活动、聊天、聚会，也是常来常往，相谈甚欢。1994 年，我们甚至还一起来了一次"西部行"，那其实是《黄河》组织的一次采风活动。我同《黄河》编辑部的几位朋友一起坐火车一路向西，经西安、兰州直抵西宁，在那里见到了神交已久的杨志军以及当时新起的作家、也曾在《黄河》发表过小说的西剑等。那真是一段自己制造欢乐的时光，一路上的乐趣不是接待水平规格有多高，而是自己编织出许多欢乐的故事。西宁兴尽之余，几个人策划继续远行，是敦煌还是拉萨，大家对距离没有感觉，只是从新鲜程度选择了前往拉萨。一路上发生了很多奇遇般的、不乏惊险的故事，一切却都已成美好回忆。这些故事虽非本文主题，但非常强烈的印象，就是那种时间是最大财富、任由自己支配和挥霍的感觉再也寻找不到了。也是因为那次旅行，我至今始终认为，"时间就是金钱"这句名言，意指只认为是需要去争抢去拼命未必周全，它还应包括时间的自由支配权如同金钱般宝贵，在时间之水上随意奔走，是一种拥有财富一样的满足与开心。举个小例子吧，我们一行六人坐绿皮火车从西宁前往格尔木，当时正值世界杯开幕，我因为自己强烈期待观看揭幕战，于是执意要求晚走一天前往拉萨，一定要等我在宾馆看了开幕式和第一场比赛，大家居然没有争议地答应了。结果是因为时间恰好记错了一天，当晚我也没捞着球赛看，大家却因此多了一天格尔木的旅行记忆。放到今天，这几乎是一个不可能做出的共同决定。因为，同样的时间长度，每个人都有自己"金钱"比值与换算法。

20 世纪 90 年代中期，《黄河》打算开设"作家书斋"栏目，组约一些作家谈论读书的文章，我和谢泳应邀作为编外人员负责此栏目的组稿工作。栏目坚持到现在还在办这是让我最意外的，当时我们各自组稿，分别负责一期栏目，还是组织到一些不错的文章。现在只记得我曾向著名作家萧乾先生约稿，他虽未寄文章来，却写了一封很长的信给我，主要讲述了他与夫人文洁若正在夜以继日地翻译乔伊斯的小说《尤利西斯》，那是当时文学读者热切期待的一件事，如果当时把那封"婉拒信"发表可能效果也不错。谢泳后来直接就到《黄河》任职上班，直至从副主编位置上南下到厦门大学任教并继续他的专业研究。虽说"作家书斋"这个名称并不那么特别，但作为一家文学杂志，关注作家评论家们的读书生活，却也是一件不容易的事，这种栏目后来见得多了，仿佛不稀奇，但《黄河》肯定是较早的一家，这也是编辑朋友眼光远大之一证。

近十年的文学环境发生了很大变化，媒体平台变异之快超乎人们的想象，即使专业作家们也都经历着从博客到微博再到微信的追逐。传统的文学杂志，无论是"百年老店"的杂志还是青春壮年如《黄河》者，面临着一样的生存困境。这种困境真的还不只是经费多少导致的困窘程度，而是作为一家文学刊物，它的号召力、吸引力、关注度都大大缩水，这是大家都心知肚明的事情，彻底的挽回已经很难，我自己后来再做几年编辑，对此一样深有体会。如何在新媒体时代坚持把文学刊物办下去，办出自己的味道，办出自己的乐子，这不是一朝一夕的事。在《黄河》迎来而立之年的美好时刻，同样也迎来更加艰难的办刊前景和工作挑战。作为曾经的见证者和参与者，我的祝愿只有一句话：好好地活下去，活出自己的味道和精彩。文学的魅力和力量通常是后发的，并被有意无意地埋藏于世俗的深处，而我们的职责，就是努力地挖掘它们的价值，增添它们的光辉。不急于在时间和速度上比拼，要相信自己从事的是金子般的事业，这才是文学人应该具备的文化自信吧。

（《黄河》2015 年第 5 期）

什么样的聚会不散场

　　人生是由很多场聚会组成的，有时你是组织者，也有时你是旁观者，更多时你是参与者。有时你会觉得聚会很累，也有时你会觉得兴味不高，更多的时候你会觉得很开心。

　　常会有这样的时候，你会觉得很清闲，你想找一些人来聚会，可提起电话却不知该打给谁。如果非打一个不可，你选择的对象可能会是一位朋友，而且是同学。

　　大学同学是最佳的聚会人群，因为他们具有最强的发散力，你约了甲，甲又约了乙，不一会儿就会凑成一桌。聚会的可能性最强。大学同学是最佳的聚会人群，假如我们是同事，难免会有所顾忌；假如我们是亲戚，未免七姑八姨。若干年后相聚，我们没有竞争关系，只有友情值得维系；我们没有利益图谋，只有相互的关爱和问候。我们可以叙旧，这是新朋不能和老友相比的地方，我们可以谈青春的无悔，也可以感叹世事的变幻，这是亲戚不能与朋友相比的地方。你知道我的恶习，我记得你的脆弱。没有人会嘲笑你在聚会时喝醉，也没有人故意捉弄他人，所有的嘲笑都建立在亲切的基础上，所有的争辩都是渲染气氛的助推器。

想一想，我们都是在完成了"自然生长"过程之后相聚到一起的，可以说是一群没有历史感的人，但我们都对未来充满了朦胧的憧憬。假如我们是在什么"干部培训班"上做过同窗，带着一点光环、身份、地位来到一起，这样的情谊如何能够相比。我们相聚在一起四年，然后分开了，在不同的土壤上继续生长。若干年后再见面，可以一起回忆共同的时光，也可以询问不同的岁月。这时候我们可以像诗人，敏感一点；可以像哲人，沧桑一些；也可以像个老于世故的人，劝说一下坐在身旁或对面的朋友。我们甚至可以像亲戚，打听一下住房的面积、孩子的学习；也可以像生意人，探问一下有没有共同致富的路径；甚至还可以像政客，求一下寻官问职的"协作"可能；也可以像顽童，只问一下何时他可以请你吃一顿饭。如果你得到的是承诺，自然会很高兴，不过聚会之后你可能不会拿着这张"支票"去兑现。如果得到的回答是否定性的，你也不会认为这是一种拒绝。因为所有的一切此时只是一种话题。话题的虚无性是我们早有准备的，我们在乎的是聚会本身以及话题的丰富性。因为这里面没有任何一丝交易。

　　这么多年来，我有过无数场聚会。文场的、官场的，会议的、活动的，国内的、国外的，官方的、私人的，中午的、黑夜的，夏天的、寒冬的。然而印象最深、持续最久、感觉最好、心态最放松、越聚越高兴的聚会，还是和大学同学在一起的时候。已经记不清有过多少场这样的聚会了。在太原、在北京，有过那么多不同组合的同学聚会。可以在一起谈文学而只喝茶，可以在一起打羽毛球然后吃肥牛，可以在一起先喝酒再打牌。有朋自远方来要聚会，有朋自更远的美国、日本、澳大利亚来要聚会。北上忻州、朔州、大同，南下临汾、运城、晋城，都会寻找曾经的同窗聚一下。离开太原七年时间了，但同学相聚这条线索没有断，没有淡漠。

辉煌也罢，落寞也罢，都是暂时的，心灵需要有一个小小的归宿，人生需要一点真正的安慰。想一想，人生在世，有没有"无意义"的生活乐趣，有没有并无功利色彩的友情联系，有没有一张不必经营、不刻意利用的"关系网"，对一个人的生活质量以及对他的人生观、价值观有着怎样的内在联系和制约作用。这场聚会的没完没了，是我们的共同需要，这种需要是无须号召、不用解释的。没错，三十年是个聚会理由，三十一年、三十二年，又何尝不是？听说，为了这场大型聚会，相关的朋友已经举行了近十次不同规模的聚会，我以为这很好，这正应和了我的想法，我们需要的是聚会本身，我们需要有这样一种生活趣味；因为聚会而聚会，漫无目的地聚会，有人召集、有人埋单但不求非得有所谓"重大成果"的聚会。让这场筵席继续下去吧，让这样的聚会像一张流水席永远没完没了。只要友情还在，我们就永远不会散场。

（《中华读书报》2013 年 9 月）

乡贤们的固执与坚守

一

我一向认为，在中国，乡贤是非常重要的文化资源，举凡地域文化研究特别是整理、保存、传承，所仰赖者，既需有专业的学者教授，如拥有大局观的历史地理学家，更不能缺少所在地域乡贤们的努力。传统意义上，乡贤是某一地域才德突出的人，乡贤文化本是中国传统文化中非常宝贵的力量，撰修县志，考察文物，记录民俗，歌颂家乡，乡贤一向是一个地方最忠实的文化守护者。他们是固执的，或许正是由于外人的漠视，他们更增添了书写自己土地一草一木的热情；他们甚至是偏执的，举凡自己家乡有，就一定要申明是最正宗最独特的，即使外人完全不知情，他们却连"天下第二"也不愿意承认。他们是自己家乡的讴歌者，甚至不知道自己的感情不可能让别人同等对待；他们更像是地域文化的辩护者，所有自己家乡的文化被漠视、曲解的时处，他们都要高分贝地为之呐喊。

很多时候，由于区域划分、历史沿革、记载不详、传说不一等原因，或本身就有无法确认的因素，一处名胜、一位名人、一首歌曲、一种美食，时常会出现两个以上的地方在争抢，在争论，而且永无宁息之日。这种时候，乡贤的作用就特别重要，大家都会出来辩说，他们各自的力量很大程度上影响着结论的归属和民意的倾向。那种胶着、争夺的程度，甚至由此带来的不服、隐痛，非乡贤而很难体会到。也许你会觉得他们狭隘，但他们才不在乎你的态度，如若你进入人家的区域却又不懂人家的乡情，很可能就会被认为"没文化"，尤其来访者表现出轻慢态度，很可能就会成为不受欢迎的人。然而，这种固执与偏狭中包含着的，却是中华文化中非常了不起的精神传承，即以乡情浓得化不开作为精神动力的乡贤文化。今天我们为中华五千年文明未曾中断而骄傲，而这种绵延不绝，有相当部分得自乡贤文人的作用。

二

位于晋西北的忻州市偏关县，是我的家乡，在现当代社会中属于发展滞后的地方。如果按今天的指标分析看，工农业生产可圈可点者着实不多。即使要论证"人杰地灵"等大家都会使用的概念，可举的例证也很寥寥。但从小我就记住了一句话，偏关县位于黄河之畔、长城脚下，是黄河与长城"握手"的地方。我离开它已近四十年了，尤其近二十年几未回去，那里的人们究竟怎样生活着，不甚了了，各行各业的人所识者越来越少。

近日，我意外收到一包书，是偏关县政协文史研究员卢银柱寄赠。内中有两册非常厚重的书籍:《三关志》和《偏关志》。两书封面均标明:"卢银柱校注。"另有一部书稿的打印稿,书稿名曰《万世德传》,是卢银柱本人创作的未出版物。万世德是偏关本地历史上最有名的人物了,他是军事家或为官者,历史上应当还是相当有功业的,可惜似乎正史里记载不多。但我知道,历经数个世纪,本地人都在为拥有这样一个人物感到骄傲。正史未曾记载,那是修史者不公所致,卢银柱先生著《万世德传》,很大程度上也是因为《明史》里忽略万世德而产生"逆动力"。

在书籍和书稿之外,卢银柱先生还有一封亲笔信写给我。信中的大意是,《万世德传》书稿几经撰修,终于完成,然而在出版上遇到不小困难,本来省里有一个专门编撰出版本省历史文化名人传记丛书的项目,但因万世德并非"文化名人",在文星璀璨的山西历史上,很难被列入其中。卢先生并没有在来信中表达希望推荐的求情,但内里的无奈是可以感知到的。我粗粗翻阅了书稿,作为传记,可能此书还有不尽如人意处,"传"的色彩不浓,考证的成分更多。文学笔法还不够有力,传奇性不强。我查了下有关资料,觉得我这位乡友可能在写法上不够讨巧。比如明朝人万世德曾经到朝鲜任职,今日首尔的几座"关王庙"(关帝庙)中,其中的一处"南关王庙"就与万世德有关,有学者指出,南关王庙落成当年,代替杨镐赴任明军统帅的万世德前往朝鲜,神宗命其在汉阳为关公建立祠堂,为此拨付了建立祠堂的经费。如果把类似情节在传记中突出出来,"阅读效果"上一定可比万世德抗击倭寇且屡建战功的故事。但无论如何,这是一本有价值的书,它难以出版我也无奈,由此更联想到乡贤文人之不易。他们所用力者甚多，所回报处却极少，然而他们一个个如飞蛾投火，无怨无悔，实在让人感慨。

我虽不认识作者本人，但对卢氏一族在偏关本地的文化影响力久有印象。偏关历史上实为军事之地，成为县制规模也不过是明朝以后的事，所谓三关，雁门关、宁武关、偏关是也。而偏关又是晋地之西北锁钥，战略地位十分重要。重兵把守，进而渐成生活之地，应是其沿革线索。这里的民俗与文脉，既有古来自有成分，更有众多外来者驻扎后形成的独特元素。我于地方志素养颇浅，但读过的唯一一本《偏关志》，其作者的名字印象深刻：卢承业。今次读卢银柱先生校注的《偏关志》，方才对其中的一些由来脉络有所了解。说起来也是有意思，话说1915年，已是民国四年，浙江杭州人林端到任偏关县事。这位林先生自然想找一本县志，以便了解当地历史人文，结果他问遍了当地人，方知并无一本完整印行的县志可得。他后来从前任移交的卷宗里得到一本显然是未刊行本的《偏关志略》，知"乃前明关绅卢君承业所首创"，卢氏先贤卢承业实则此一小县修志第一人。从林端的叙述中还知，此志虽曾经多人增修，但在林端看来，仍然"体例错杂，叙次无伦"，非他所习见的县志水平。但需知对一个边塞小县而言，已实属不易。适逢林端一浙江乡友名王莼赋者来偏关游历，他于是与之相商，请其重加校订，历经三月，终于完成。林端在《偏关志序》中认为，自明以来数百年，"区区志略"都难以成书，可见本地人文与财力之不足至于何地，仅此"何以慰作者于地下"，也见出他对先贤卢承业的认可和尊重。在林端眼里，偏关此地"山川之表里环拱，营堡之星罗棋布，风俗之朴实勤俭，人物之发强刚毅，皆斯土独有之精神"，撰修县志自有价值。据载，这部尘封了数百年的县志，最后还是林端个人"捐俸钱如干千"从而得以"活版"印制成书。

卢氏一族最早有明代乡贡卢承业始撰县志，后有清代庠生卢一鳌继述，今有专事县志工作的卢银柱，一门卢氏四百年，文脉相传，从不间断，为本地文史做出了不可替代的贡献。我看卢银柱本人经历，未见官职，他却不但主修本县旧志整理校注，而且对本地近现代历史上的重大事件均做过专门著述，用功难以想象，担当更加感人。如此坚持，且在文风显然并不盛行的边塞之地，更令人激赏。实话说，卢承业署名的《偏关志》，多少有些单薄，我没有见过原版模样，影印的志书虽分为上下册，但即使合一也规模不大。卢银柱在前辈诸方家的基础上，广泛搜求，四处征集，增添了几乎成倍以上的内容。他虽偏居一隅，与同道往来困难，信息相对闭塞，沟通不易，经费条件也可想而知捉襟见肘，但他克服常人难以克服的困难，数十年矢志不移，做出了一般人难以做到的实绩。诚如他自己在后记中所言，举凡涉及偏关县的任何一点资料，他都"悉为胪列，视为珍宝，及时抢救录入"。为了获得一份"小资料"，求证一个小问题，解决一个小疑问，纠正一个小错误，他或频繁电话，或四处求学，东到北京、山海关，西到西宁，北到呼和浩特，南到福州，认识的、陌生的，皆因学问而自认相知。在我想象中，这种为了学问不耻下问，为人却谨言慎行，正是中国知识分子端正品格的体现。

近五百页的《偏关志》，比起先贤原著不知厚重了多少倍。内中除卢银柱先生搜求来的各种资料补充外，校注文字的字数应在近一半左右，可见其用心用力至于何种地步。校注这种书籍，所涉文史知识绝非教科书上所有。其中既要有一般文史知识的运用，也需有对地方历史的了解，更需对多种史书上没有记录的人与事、城与乡等掌故的熟稔，需要做大量的田野调查。再看他另一部校注著作《三关志》，厚度和做法的认真如出一辙，值得称道。

三

我读卢银柱两部校注大书而心生感慨的另一个原因，还因为为其《偏关志》作"跋"的李德忠先生，卢银柱称其为恩师者，正是我中学时的语文老师。年少时对李先生的学问所识甚少，今读其跋中文字，见其字字真情，感其拳拳之心，念其作为外乡人（内蒙古人氏）对这片土地的无限深情，足令人想到人与土地、人与人之间割舍不断的深厚感情，倘若人间有不可更改的感情，此情正是吧。先生不过是一位山区普通语文教师，但这篇不过千字的病榻上写就的文章，却包含了太多真挚感情和人生道理。他为弟子在学问上的成就高兴，却也指出其中"难免有断句失误与注释不准的地方"，他虽早已与世无争，但对"世风浮躁""鄙视著述"的风气深感悲愤。他是外乡人，但隔河（黄河）相望，他对自己曾经学习工作过的"第二故乡"充满深情。"虽伏枥，但得冀望于桃李"，也许一生清贫，也已病体难持，但那文字的穿透力却绝不输于鸿篇大文。这些普通知识分子身上所蕴积的力量，正如一种不灭的火种，给后来者以信心，照亮前行的道路，让人感受到"走的人多了，也便成了路"的希望。

即使居于一个小县城里，卢银柱先生其实并不孤独，与他一起对地域文化深掘、投入所有心力著述的还有同城的秦在珍先生等人，后者也曾寄赠独立完成的四卷本地域文化著作予我。我与他们从未谋面，写这些文字，正是卢银柱先生家族历经四百年传承不断的文化追求，这种近乎传奇的文化热流，以及今天他与自己的同道们孜孜以求从不放弃的精神，让我感受到一种文化的力量，一种不死甚至不老的精神。我无意于命名他们是新一代乡贤，但我借此意识到，文化的复兴、文化的兴盛，必须包含尊重、呵护、支持这些为了自己确立的文化目标而不懈努力的人们。我甚至还想到请自己的朋友前来修志、用自己的俸禄支付书籍印制费用的"林端"们，今天为卢银柱们的工作给予支持和帮助的人们，他们也实是不可忽视、值得尊重的文化人。

今天的山西偏关，黄河入晋第一县的概念被放大，黄河长城交汇的奇观广为人知，黄河老牛湾已经成为山西的地标性景观之一。每到冬季，这里的黄河上还会举办国际性的滑冰赛事，高速公路的开通为这里与外界的沟通提供了便利。而乡贤们的文字努力，他们的固执与坚守，也一定会为此增添新的光彩。

（《光明日报》2017 年 8 月 25 日）

《万世德传》序

　　乡友卢银柱又有新书要出版,这自然是一件可喜可贺的事。深居晋西北一座小县城里,却选择了学术与写作作为自己的人生道路,这让我想起很多小说里的人物,因为现实环境与内心理想的巨大反差,造出许多悲喜剧。卢银柱矢志不移几十年,如今年过花甲仍然笔耕不辍且屡有新作,倒不像是在与命运做斗争,而是顺应了某种正确的选择。细想这也不是偶然的事。一是他的研究和写作与生于斯长于斯的家乡有关,他是植根于自己生活的土地上的研究者和写作者,成果不论大小,传播勿论远近,他做的工作总会有或一方面的价值体现,时有欣慰。二是他赶上了一个好时代,文化受到重视,地域文化的挖掘整理、研究宣传得到多方面尊重。

　　著者力邀我为其新书《万世德传》作序,这实是可喜可贺中唯一让人为难的环节。我与著者为同乡却从未谋面,我对他的评价完全是阅读中遥想出来的"类型化"印象,再进一步则无从评说。比这更为难的,是我对传主万世德其人所知甚少,评价卢银柱的传记因此缺乏资质。如此情形,著者仍然力邀,实是因为乡

272

情产生的天然信任，因为此前也曾有过一点文章上的关系。那是去年的事了，我读到了卢银柱寄来的《偏关志》校注本和《三关志》校注本两册厚书，非常感佩，阅读中更是获益颇多。我联想到了和著者经历相似的很多乡贤式文人，他们必须克服比庙堂里的学者更多的困难，方能在事业精进上取得一点成绩，他们必须突破自身可能存在的某些天然局限，方才可能让自己的声音得到传播，正因此，他们对理想的坚持以及从中体现出的韧性，正是这个时代非常宝贵的品质。我就此写了一篇随感式文章，见报后遂与著者有了一点通信往来。

万世德是晋西北小县偏关历史上分量最重的名人。他自有官位，亦有武功，还有文采，更重要的他有功德，有为了国家奉献智慧与生命的传奇，在灿若星河的历史名人长廊里，他可能不是最耀眼的部分，但他的道德文章，他的功名伟业，是家乡人民的骄傲，是民间口口相传的神奇故事。本地人视其为神话式人物，而且将很多生活上的特殊习俗与之关联，就像端午节与纪念屈原有关一样，无论如何，这都是一种特殊的、最反映民间意愿的纪念方式。我印象中，偏关城内独有的十年一次的"万人会"就说是与纪念万世德有关。可这样一位人物，却缺少文字上的足够记载，传记更是乌有。卢银柱挑起了这一重任，殚精竭力，完成了传记写作。万世德这样的人物，离今天已过去几百年，史书记载甚少，真实故事与口头传说互相混杂，苦于资料太少的同时还苦于如何塑造起一个可感可知的人物形象。我知卢银柱本非作家，他写作此传，实是因为研究地域文化而产生创作的激情，主动承担起文化的责任。他要为万世德做历史地位的辩护，要为乡人塑

273

造一个在历史河流中跃动的可敬人物，他要辨正许多学术上的错误，也要纠正口头传说中的些许不实。他要写出一个人的一生，还要安放他在正史中的位置，他要借此为一方水土一方人做充满激情的诉说，在某种程度上，也是为乡人们找到一种文化上的足可欣慰的信心。应该说他努力地做到了自己所能做到的一切。书中大量的旁征博引，实是一般的写作者所不可能及，对传主生平的尽力梳理和证据找寻，也体现出认真扎实的写作态度。当然我必须要说，卢银柱毕竟本非文学创作者，虚实结合度，叙事生动感，说到底，文学语言的操作上还能看出某些不够圆润、纯熟的地方。但我又坚信，著者在信史与故事之间，在学术与虚构之间，都自觉选择了前者，而这又是一种比妙语佳构更有意义的创作精神。也许它不够风雅，但它足够真诚。这种学术上的严谨又恰恰切中了写作的要害，谁能说不是一种对位与融合呢？我相信认真的读者一定会从中读到这一点。

是为序。

（《万世德传》，卢银柱著，三晋出版社

2020 年 7 月出版）

不尽的黄河，奔流的艺术

——以晋陕峡谷黄河沿线艺术为例

一

《地球》杂志希望在自然科学与人文科学之间打通，实现一定意义上的"互动"，让科学与艺术相映生辉，这是一种顺应时代潮流的办刊努力。科学与艺术，从知识的角度讲，貌似井水不犯河水，互不搭界，随着学科与艺术的各自发展和不断细化，相互间的隔膜也越来越深。今天，再想出现文艺复兴时期那些既是艺术家又是科学家的人物似乎已不大可能。然而，科学与人文之间寻求"联合"的努力从来就没有停止过。在这种"联合"与沟通的过程中，艺术就是最好的桥梁。

今天的中国，科学技术日新月异，人文领域活跃发展，促生出各种融合的趋势。其中，以科幻文学为代表，以科幻电影为亮点，科学与文艺的结合趋势，既是文学艺术家创作上的自觉要求，也呼应着科学发展到21世纪，更加强调与人类精神生活相适应的趋势，同时也是社会公众审美欣赏的新要求。《地球》杂志开设专栏，并在办刊过程中体现科学与人文、与艺术的结合，正是一种值得倡导的努力。

二

地球太大，只能取其一点一滴来表达一下感想感受。我想到了黄河。黄河，这是一条自然的河流。想象一下吧，她从青藏高原一路奔流，谁能想到她最后入海时的情景，那是怎样的宏阔，又是怎样的壮美。她一路前行万里，汇聚了多少大河小溪，跳跃了多少沟沟坎坎，经历了怎样的风霜雪雨，克服了多少艰难险阻，不顾一切地向南、向东，直至归入大海。黄河，她养育了多少华夏儿女，凝聚成一股磅礴伟力，生生不息千万年，熔铸成一种伟大的民族精神。这种伟大的精神，随着历史的发展，不断增添新内涵，她不断成熟、壮大的过程本身就是一部伟大的史诗。

三

在黄河文明形成壮大的进程中，黄河沿线的各族人民创造、丰富、发展出色彩斑斓的艺术，这些艺术为民族精神的凝聚起到了不可替代的重要作用，成为黄河儿女乃至中华儿女共同的精神财富。万里黄河产生和拥有的文艺作品数不胜数，可谓灿若星河。我再截取其中一段，即晋陕峡谷的黄河，看看在这一段黄河沿线，从古到今，产生了多少杰出的艺术作品，涌现出多少优秀的文学艺术大家。我是晋人，所列举的又以黄河东岸山西一侧为主。

四

　　黄河自内蒙古进入山西，第一站是偏关老牛湾。那里是黄河与长城"握手"的地方，乾坤湾，烽火台，无一不彰显着黄河承载着的厚重的文化。她一路向南，穿过整个晋陕峡谷，撞中条山东折，出垣曲马蹄窝而出山西，一"牛"一"马"间，经过山西十九个县市，形成了非常独特的文化。黄河从此可以说进入了中游阶段。

　　晋陕峡谷的黄河，创造出太多流传千古的艺术。山西河曲是晋北民歌的发祥地，或悠扬，或委婉，或喜庆，或凄美，唱出了黄土地上人们的奋斗、拼搏，安逸、祥和，团聚、分离。一曲《走西口》更是晋西北民歌的集大成之作，是历史的写照，民生的记录，更是亲情、爱情的深切表达。在晋西北，在陕北，在内蒙古西部，以"二人台"、信天游为代表的民间艺术，具有广泛而深远的影响，无疑是黄河流域民间艺术的瑰宝。

五

　　峡谷中的黄河雄浑、隐忍、跋涉、奔腾，黄河两岸的山峦苍茫、荒凉，炊烟袅袅中，灯火闪烁间，是黄河儿女生存、繁衍的见证。如若在严冬季节，站在黄土高坡上，遥望远方，最让人想到的经典诗词，无疑是毛泽东的《沁园春·雪》。那真是一首震古烁今的伟大作品，是现代中国的诗词顶峰。而这首千古名篇的诞生，同样离不开黄河。毛泽东主席是在何时、在哪里创作完成《沁园春·雪》的？对此历来有几种说法。综合各家说法和史料，基本上可以认定，《沁园春·雪》是初稿于山西石楼、定稿于陕西延安、发表于重庆的诗词。无论如何，这篇作品一经发表，即成名篇经典。它的精神气度与黄河的气韵有着最深沉的关联。重温它，不但可以感受到现代革命家的精神气概，也可以感受到上下五千年、纵横千万里的中华文明的深厚意蕴。

北国风光，千里冰封，万里雪飘。望长城内外，惟余莽莽；大河上下，顿失滔滔。山舞银蛇，原驰蜡象，欲与天公试比高。须晴日，看红装素裹，分外妖娆。

江山如此多娇，引无数英雄竞折腰。惜秦皇汉武，略输文采；唐宗宋祖，稍逊风骚。一代天骄，成吉思汗，只识弯弓射大雕。俱往矣，数风流人物，还看今朝。

这首孕育、创作于 1936 年的诗词，一直到 1945 年发表，历时近十年。柳亚子作为最早的读者，在得到毛泽东所赠这首词的手书后不禁感慨："展读之余，以为中国有史以来第一作手。即便苏、辛在世，也不能抗其万一，何况余乎。"

六

位于晋陕峡谷的壶口瀑布，毫无疑问是"整部"黄河的"最高潮"。瀑布因季节、气候的不同会呈现出不同的姿态，即使是同来的人群中，面对壶口，都会在内心深处激荡起各不相同的感受。长期以来，对两岸的普通百姓而言，壶口瀑布是一个难以跨越、无法绕过的难关。在陆上交通不发达时期，黄河航运是沟通西北与华北的重要途径，而任何船只行至壶口，都不得不弃水上岸，于是这一带就是有"旱地行船"的奇观。壶口又是作家艺术家们心向往之的地方。千百年来，歌吟壶口瀑布的诗文不计其数。现代诗人光未然、音乐家冼星海因受壶口悲壮、雄浑之势的感染，写下了著名的《黄河大合唱》，壶口所拥有的艺术灵气被激扬到了极致。

七

沿着峡谷下行，位于山西河津和陕西韩城的龙门，是黄河上的又一著名景观。中国文学史上的伟大作家之一司马迁就诞生在这里。"史家之绝唱，无韵之《离骚》"，这是鲁迅对司马迁《史记》的评价。陕西韩城已是公认的司马迁故里，山西这一侧也仍有司马姓氏者视其为先祖。司马迁的身上，他的作品，无疑蕴含着黄河文化的精髓，这精髓深深地熔铸在黄河儿女的文化性格中，为一个民族的灵魂塑造和精神传承起到了培根铸魂的作用。

八

黄河出峡谷而入平原，来到山西万荣。这里有黄河与汾河的汇合之处。遥想当年，汉武帝在此写下知古名篇《秋风辞》，为这里做上了最好的艺术标注。"秋风起兮白云飞，草木黄落兮雁南归。兰有秀兮菊有芳，怀佳人兮不能忘。泛楼船兮济汾河，横中流兮扬素波。箫鼓鸣兮发棹歌，欢乐极兮哀情多。少壮几时兮奈老何！"人生的喟叹穿越千年，令人感慨。

同样是万荣，这里还是唐代著名诗人王通、王绩、王勃的故里。王勃的一篇《滕王阁序》更使这诗文世家声名显赫。黄河出峡谷进入平原，河东一带不但物阜民丰，文学艺术方面更是璀璨夺目，名家辈出。仅就黄河边上的永济一地，就云集了众多的人文古迹。这里有"唐宋八大家"之一的柳宗元、《诗品》作者司空图的遗迹，中国古代四大名楼之一的鹳雀楼正在修复中，开放在即，到此游览的人们，可以登高远望，体味王之涣"欲穷千里目，更上一层楼"的感怀。位于永济市的普救寺是《西厢记》故事的发生地。莺莺塔上传出的奇妙回声，还有那种清脆的蛙声，吸引着四方游人。

九

这就是黄河，它养育着一代又一代华夏儿女，传承了中华文化的火种。晋陕峡谷的黄河，北自河曲凄婉动人的民歌，南到河东如醉如痴的蒲剧，那种散发在民间的动人旋律，让这片苍凉的大地回响着生命的活力。古塔、戏台、寺庙、楼台，自然的胜景，先人的遗迹，无一不在告诉我们，黄河作为中华文明的发祥地，中华民族的母亲河，蕴含着巨大无比的魅力。而那巍峨的群山、沟川峁梁、羊肠小道以及裸露的荒原、漫起的风沙，又记录着黄河儿女的艰辛与生命的顽强。无尽的黄河是自然的造化，奔流的艺术是伟大的创造。时代的步伐迅猛向前，黄河人的生活在宁静中变化着，只有那条黄色的巨龙，携泥沙而下，日夜不停地流动着，告诉你时间的永恒。

（《地球》2020 年第 3 期）

图书在版编目（CIP）数据

凭栏意／阎晶明著. — 北京：中国文史出版社，
2021.2

（政协委员文库）

ISBN 978 - 7 - 5205 - 2187 - 1

Ⅰ．①凭… Ⅱ．①阎… Ⅲ．①随笔 - 作品集 - 中国 -
当代 Ⅳ．①I267.1

中国版本图书馆 CIP 数据核字（2020）第 154984 号

责任编辑：薛未未

出版发行：**中国文史出版社**

社　　址：北京市海淀区西八里庄路 69 号院　邮编：100142

电　　话：010 - 81136606　81136602　81136603（发行部）

传　　真：010 - 81136655

印　　装：北京新华印刷有限公司

经　　销：全国新华书店

开　　本：720 × 1020　1/16

印　　张：18.5　　　　字数：228 千字

版　　次：2021 年 2 月第 1 版

印　　次：2021 年 2 月第 1 次印刷

定　　价：66.00 元